大鱼

有爱的青春陪伴者

相思好
Xiang Si Hao
大芹菜 著
中国致公出版社·北京

图书在版编目（CIP）数据

相思好 / 大芹菜著. -- 北京 : 中国致公出版社,
2024.5
ISBN 978-7-5145-2189-4

Ⅰ. ①相… Ⅱ. ①大… Ⅲ. ①言情小说－中国－当代
Ⅳ. ① I247.5

中国国家版本馆 CIP 数据核字（2023）第 222407 号

相思好 / 大芹菜 著
XIANGSI HAO

出　　版　中国致公出版社
（北京市朝阳区八里庄西里 100 号住邦 2000 大厦 1 号楼西区 21 层）
发　　行　中国致公出版社（010－66121708）
责任编辑　贺长虹　高　瑞
责任校对　邓新蓉
策划编辑　娄　薇
封面设计　Insect
责任印制　周仲智
印　　刷　长沙鸿发印务实业有限公司
版　　次　2024 年 5 月第 1 版
印　　次　2024 年 5 月第 1 次印刷
开　　本　880mm×1230mm 1/32
印　　张　9
字　　数　226 千字
书　　号　ISBN 978－7－5145－2189－4
定　　价　39.80 元

目录

/CONTENTS/

目录
/CONTENTS/

Chapter1
让我们荡起双桨

1994年9月1日，谢思好上幼儿园的第一天。

清晨七点，天已经很亮了，刚升起来的太阳是橙红色的。河东街道这一片的九层高楼建起来没两年，外墙的蓝色玻璃崭新，阳光照在上面，形成一条波光粼粼的“河”。

街道上逐渐热闹起来，在一屉一屉冒着热气的蒸笼前，大家唠着家常，收集邻里信息。学生和上班族或步履匆忙，或在站台前翘首盼望公交车。不时有自行车经过，发出清脆铃响，摩托则轰隆隆的很拉风，偶尔也有汽车驶来，驾驶座上的人总要被打量一番。

河东路17号3单元7-2，就是谢思好的家。从屋内陈设来看，她的父母拥有相当不错的经济条件。她家早已用上冰箱、空调、彩电这种与时俱进的大件家用电器，客厅压花玻璃茶几上还放着一部大哥大。她的爸爸谢书均正坐在深红色的沙发上看报纸。

厨房门开着，里面传出粥煮开了的咕噜咕噜的声音，同时，还有妻子苏永莎的吩咐：“阿均，你去叫好好起床，给她穿那条领口缀着蝴蝶结的粉色裙子。”

谢书均应了一声，他不紧不慢地看完眼前的这则新闻，才放下报纸，站起来朝女儿的卧室走去。他很高，个头不低于一米八，穿着一件扎进西装长裤里的黑色 polo 衫，腰间系了一根宽皮带，腕上戴了块西铁城手表，看起来很有成功男人的派头。

今年七月才满三岁的谢思好小朋友已经被要求独自睡觉，屋里窗帘紧闭，黑暗中，她睡得香甜。

谢书均拉开红色的百褶窗帘，房间立刻充满阳光，床头柜上那一盒穿着漂亮衣服的芭比娃娃显露出来，而床上的谢思好受到光线刺激，紧锁眉头，这是要醒的征兆。

谢书均立即走到床头，用高大的身躯挡住刺眼的阳光，俯身摸摸女儿的脑袋，笑着叫她起床："小懒猪，太阳晒屁股了。"

听见爸爸的声音，谢思好睁开眼睛，一双眸子圆圆的，像黑葡萄一样。她刚醒来，饧着眼睛。谢书均捏捏她软乎乎的脸蛋，单手将她从床上抱起来，问："还记不记得今天我们要去哪里？"

谢思好趴在爸爸的肩头上不说话，等到洗干净脸，她才清醒起来，叽叽喳喳地问："爸爸，数和哥哥呢？小姑姑知道我也上学了吗？我可以去找她玩吗？"

大概由于家里小叔叔、小姑姑都是开朗且话多的性格，这点她倒是受到感染，语言能力比同龄的小朋友要稍稍强一些。

谢书均挤了黄豆粒大小的牙膏，让女儿张嘴，一边给她刷牙，一边耐心回答："放心吧，数和哥哥还没有去学校，他等着你一起出发，所以我们要抓紧时间。小姑姑当然知道你上学了，你最喜欢的小书包就是她送给你的开学礼物。不过，小姑姑和你不读一个学校。来，喝一口水，不要吞下去，咕噜咕噜两下再吐掉。"

谢思好乖乖听爸爸的话漱完口，又好奇地问："为什么小姑姑不和我读一个学校哇？"

谢书均领着她回卧室换漂亮小裙子，说："因为小姑姑是高中生了，她读高中生读的学校。"

"那我什么时候才能变成高中生，和小姑姑一个学校？"谢思好第一次产生想要上学的念头，就是跟在去早读的小姑姑的自行车后面追了一段路，被抱回去后还十分伤心地哭了一场的时候。

谢书均好笑道：“等你变成高中生的时候，小姑姑早就毕业了。”

谢思好还不明白毕业是什么意思，她只听进去了前面半句，小胳膊从袖子里伸出来，发出豪言壮语：“我要赶快变成高中生！”

谢书均趁机教育道：“那你要多喝牛奶、多吃青菜才能长高高！”

苏永莎不知父女两人的对话，在餐桌上，见到女儿不用多哄，自己就捧着杯子喝光了牛奶，又主动吃掉了碗里的青菜，惊讶地夸奖道：“好好真棒！我们上幼儿园的第一天就不挑食了！”

苏永莎是个很时髦的女人，身材匀称修长，穿了一条红色波点连衣裙，一头乌黑浓密的头发烫成大波浪鬈发。虽然她没来得及化妆，但她生了一双电眼，眉不描而弯，唇不画而红，天生靓丽。

她给谢思好扎了两根粗辫子。谢思好挑了一对花蝴蝶发卡别在头上，又背上粉色小书包，穿上了白色袜子和凉鞋，蹦蹦跳跳地往外走，却被谢书均长臂一伸一下子抱起来。她顺势搂住爸爸的脖子，发出一串清脆笑声。

见楼下 6-2 的门敞开着，谢书均停下了脚步。谢思好伸着小脑袋往里面张望，奶声奶气地叫：“数和哥哥，上学啦！”

很快，走出来一个穿着蓝白校服的男孩，还有一个穿着白色条纹衬衫的男人，这是周数和与他爸爸周清平。

周清平笑着逗谢思好：“上幼儿园开心吗？”

谢思好重重点头，说：“开心！”

周清平摸摸她的小脑袋，教她：“要是有男同学欺负我们好好，好好就到二年级（1）班找数和哥哥，记住了没？”

周数和仰头看了一眼他爸，听到谢思好响亮地回答：“记住了！”

周清平笑得更开心：“那周叔叔考考你真的记住了没有，数和哥哥读几年级几班？”

“二年级（1）班。”谢思好准确回答。

“真棒！”周清平又摸摸她的小脑袋。

见到数和哥哥，谢思好闹着要从谢书均的身上下来。这栋楼建于九十年代初，没有装电梯，女儿太小，谢书均怕她在楼梯上摔着，不放心她自己走，于是没有允许。直到到了一楼，谢书均才将她放下来。她立即跑到周数和身边，伸出小手要他牵。

周数和七岁，眉眼鼻嘴，哪一处都生得很好，个子高高的，在班上显得鹤立鸡群。

他习惯了谢思好这样的举动，立刻牵住她。听到谢叔叔说“你们就在这里等一分钟，我去把车开出来”，他回答道：“好。”

谢思好这个小话痨开始向周数和汇报早餐食谱，她这么黏他，是因为谢、周两家关系处得不错。谢书均和周清平原来是中学同窗，没想到多年后买房成了上下楼的邻居，大人们经常往来，两个孩子接触的机会多，自然而然亲热。

周数和见过谢思好生下来一个月后的样子，小小的一个，头发却浓密得让人惊诧。别的婴孩这时候头发大多稀疏，她却毛茸茸的，给四岁多的周数和留下了深刻印象。那时候她还不会说话，睁着圆溜溜的大眼睛好奇地望着他，望着望着，突然弯起眼睛笑。她妈妈就在旁边说：“妹妹喜欢数和哥哥呢。”

也许正是因为他觉得谢思好喜欢自己，所以他待她很好，大方地将自己最爱的奥特曼送给谢思好玩，只是她看起来对它不感兴趣。妈妈告诉周数和，女孩子比较喜欢洋娃娃，于是周数和从零钱罐里倒出了一堆硬币，去商店买了个芭比娃娃送给谢思好。这是她人生中的第一个金发芭比。她果然抱着不放。

谢书均开着奥拓出来的时候，就看见周数和牵着谢思好，一个低着头一个仰着头，他女儿的小嘴没停过，不知道在说什么。谢书均不由得笑起来，他们整个谢家，好好是第四辈的第一个孩子。家里没有哥哥，楼下有个哥哥，倒是件好事情。

平时周数和步行去学校，雁城实验小学离家只有10分钟路程，谢思好就读于雁城实验小学附属幼儿园，她一定要和他一起上学，因此他今天才搭谢叔叔的顺风车。他知道，和自己走仕途的爸爸不一样，谢叔叔是大老板，听说一年可以赚几十万。

谢书均开的是服装公司，自产自销，他和苏永莎白手起家，现在妻子主要负责生产车间的工作。夫妻两人白天都忙，恰好小学和幼儿园都是下午四点半放学，他们就让谢思好跟着周数和一起回家。

之前已经叮嘱过很多遍，车上，谢书均最后一次对谢思好说："除了数和哥哥，其他人谁都不能领你走，知道吗？"

坐在后座的谢思好答应道："我知道，其他人是坏人，专门拐小孩卖掉，我只跟数和哥哥回家。"

周数和领了带妹妹回家的任务，也被爸爸妈妈耳提面命过几次，立刻很认真地向谢叔叔保证："谢叔叔，你放心吧，我不会把妹妹弄丢的。"

谢思好跟着有样学样："爸爸，你放心吧，我不会丢的。"

谢书均笑声朗朗："行，那我就放心了。"

车子停在校门口时，七点四十五分，正是学生进校的时间，广播里放着《让我们荡起双桨》，歌声悠扬。

谢书均从钱夹里抽了张五元纸币给周数和，说："放学后和妹妹一起买吃的喝的。"

周数和想也不想就拒绝："我有零花钱。"

同时谢思好说："我要吃小布丁。"

谢书均坚持给他，说："拿着吧，把你自己的零花钱存起来，以后再用。"

谢思好古灵精怪的，从爸爸手里抢过钱，迅速往周数和的校服兜里一塞，一本正经地说："数和哥哥你就拿着吧，放学了给我用。"

周数和才七岁，妈妈一个月给他五元零花钱，比起班上大多数同学，他的零花钱已经很多了。他不爱吃零食，连买水的需求都没有，现在是夏天，妈妈每天早上都会泡一壶金银花茶让他带着。

这会儿意外得到一笔“巨款”，他也没有很高兴，只是礼貌地说：“谢谢叔叔。”

谢思好又跟着他学：“谢谢爸爸。”

今天送小朋友来幼儿园的家长有很多，但开汽车来的只有谢书均，所以他们很出风头。

下车的时候，周数和碰见了班上的同学，他一到教室，就听到他们在议论：“周数和家里有小汽车，周数和的爸爸长得好高，周数和的妹妹就像洋娃娃一样漂亮。”

同学们好奇地围在他桌前，七嘴八舌的。

周数和一边从书包里取出课本一边解释，原本的问题回答清楚了，又要应付他们新的疑问。不过，幸好这时语文老师走上了讲台，大家很快散开，各回各的座位，一个个端端正正地坐直了，两只手放在桌上，听到老师说“上课”，又听到班长喊“起立”，然后全班站起来，异口同声道：“老师好！”

同一时间，谢思好的班级里乱成一片。今天是小班的小朋友们第一天上学，家长刚刚离开，有的孩子就哭闹起来，形成连锁反应，教室里哭声一片，陈老师哄完这个哄那个，忙得不可开交。

谢思好没哭，因为她知道数和哥哥就在旁边三层高的教学楼里，数和哥哥答应下了课就来看她。而且，她的小伙伴程玥彤跟她分在了一个班，现在她们两个正坐在小板凳上讲悄悄话。

程玥彤的爷爷奶奶和谢思好的爷爷奶奶住在一个大院里，逢年过节她们总会见面。她们还是婴孩的时候，彼此的爸爸妈妈夸对方长得漂亮，长大后她们才明白这叫作“商业互吹”。刚学会走路的时候比赛看谁先抵达爸爸的怀抱，大一点了被各自的妈妈追着喂饭，再大一点了就被爸爸妈妈赶去一起玩，坐在电视机前分享小饼干，看动画片《蓝皮鼠和大脸猫》。

上午八点四十分，周数和下了第一节课，他按约定去看谢思好。早晨从家里出来时，妈妈往他书包里装了一把大白兔奶糖，告诉他：“如果好好妹妹哭了，你就拿糖哄她。”

他不知道谢思好有没有哭，以防万一，走的时候还是抓了几颗带在身上。

周数和到了小班教室门口，发现前后两道门都是关着的，只好踮着脚伸长脖子从后门上的玻璃往里面看。

穿着花裙子的年轻女老师正在组织小朋友们做自我介绍。班上那么多小朋友，周数和没费什么力气就找到了谢思好。她扎得高高的两根小辫子，正随着她乱动一晃一晃的，怪可爱的。他决定大课间结束后再来一趟。

做完广播体操，周数和又揣着那几颗糖来到了小班门口。他的好朋友许思宁也跟来了，要见见同学们口中像洋娃娃一样漂亮的小妹妹。

幼儿园也刚跳完操，几个老师正组织小朋友们回教室。谢思好等着数和哥哥来找自己，所以第一时间发现了他，快乐地喊着“数和哥哥”，朝他飞奔过去。

周数和就见到小女孩像一颗粉色的炮弹冲过来，他真害怕她摔倒，急忙往前走几步，弯腰张开双手接住她。她用亮晶晶的眼睛看着他，说：“数和哥哥，我等你好久了。”

跟着老师蹦蹦跳跳地跳了十几分钟操，谢思好的脸蛋红扑扑的，鼻尖上还沁着汗。周数和细心地替她擦干汗，问她：“上幼儿园好玩吗？”

谢思好点点头。她很兴奋，得意扬扬地说：“数和哥哥，我告诉你哦，最开始我们班上好多小朋友掉‘金豆子’，后来都被陈老师哄得不哭了。陈老师还让我们讲自己叫什么名字、几岁了，还要大家乖乖坐十分钟不要说话，谁做到了就奖励一朵小红花。数和哥哥，你猜我有没有得到小红花？”

许思宁在旁边听得目瞪口呆，怎么这个小女孩往外吐话噼里啪啦的，不过她确实像洋娃娃一样，一点不惹人讨厌。他忽然想，爸爸妈妈为了生一个妹妹连国营单位的工作都不要了，如果自己的妹妹也像她这么漂亮，那他就大方接受好了。

周数和见谢思好脸上浮现出得意扬扬的神情，将大白兔奶糖摸出来递给她：“你肯定做到了，数和哥哥奖励你吃糖，记得要和喜欢的小朋友分享，好不好？”大人们哄妹妹时，经常用“好不好”结束，周数和不自觉也学会了这一套。

“谢谢数和哥哥，你也吃糖。”谢思好塞了一颗给他，又睁着圆溜溜的大眼睛好奇地盯着许思宁。

许思宁见她看着自己便笑，朝她伸出手，逗她玩：“我是你数和哥哥的好朋友，我也想吃一颗糖，你可以给我吗？”

“我给你。”谢思好甜甜地笑，大方地放了一颗在他的掌心里。

许思宁没想到这么容易就要来了糖，小孩子护食，他本来还以为要哄一阵子她才肯给。回教室的路上，他喋喋不休地对周数和夸赞谢思好，送上了最高评价：“我希望我以后的妹妹也这么可爱。”

周数和提醒许思宁：“可爱的时候是很可爱，但是哭起来也很让人头疼。”

都怪他自己乌鸦嘴，中午的时候，陈老师就领着抽泣不止的谢思好找了过来。

谢思好眼睛红红的，脸上挂着泪，见到他，委屈地扑过来要抱抱。以前他小她也小，爸爸妈妈不许他抱妹妹，担心他抱不稳。直到他上了小学，好好也不是特别脆弱了才被允许。

这时候周数和已经驾轻就熟，抱着她听她老师讲：“刚才好好被班上调皮的小男生撞到地上摔疼了，哭得停不下来，一直闹着要找哥哥。你安慰一下妹妹，一会儿她不哭了再送回班上午休，可以吗？”

周数和点了下头，听到妹妹摔疼了，心里有些发慌。只是他一贯冷静，坐下后将谢思好放到自己的大腿上才开始检查：“哪儿疼？”

谢思好掉了两滴眼泪，抽抽搭搭地指指后脑勺。周数和轻轻扒开她浓密的头发，看到那儿红了一块，不过还好，没口子也没起包。他松了口气，低头吹了吹：“哥哥给你呼呼，一会儿就不疼了。”

她“嗯”了一声，重新依偎到他的怀里，脸蛋埋进他带着清新洗衣粉味道的校服里，小肩膀一抽一抽的。

他的同学们也围过来，见到这么可怜兮兮的小豆丁，升起了一股作为哥哥姐姐的保护欲。有的女同学还拿出自己的小零食送到她面前，试图哄她高兴。

周数和轻轻拍着她的背，问她要不要吃。谢思好脑袋抵着他胸口摇摇头。他教她：“那你对姐姐说‘谢谢，不用了’。”

谢思好很听他的话，慢慢从他怀里探出头来，鼻子和眼睛都红通通的，细声细气地说：“谢谢姐姐，不用了。”

周数和摸摸她的脑袋，对同学们讲：“谢谢你们的关心，她哭一会儿就好了，没事的。”

谢思好慢慢止住了眼泪。周数和等到她情绪变好，才说：“哥哥送你回教室，好不好？”

她立即用双手抱他的脖子，明显不想离开。现在快到午休时间了，周数和跟她讲道理，认真地说：“现在哥哥姐姐们要睡午觉了，你在这里，大家对你好奇，所以睡不着，这样下午就没有精神听老师讲课，会影响他们学习。我们不能影响别人学习，你说对不对？”

谢思好想了想，点点头。

周数和再次问：“哥哥现在送你回你自己的教室，你也要睡午觉，好不好？”

她虽然不情不愿，但还是乖乖同意。

周数和便将她放下来，牵着她的手往幼儿园教学区走。到了小班门口，有个穿着白色短袖衬衫和黑色短裤的小男孩冲了过来，他停在谢思好面前，有些局促不安地开口：“谢思好，对不起。”

谢思好被他撞到地上疼死了，还不太想理他，闭着嘴巴不说话。周数和便问：“他是故意撞你的吗？”

她还没回答，小男孩便急急开口：“我不是，我不小心的，对不起。”

周数和耐心地问谢思好：“他不是故意的，又向你道歉了，我们出于礼貌，是不是应该回答‘没关系’？”

谢思好思考了一会儿，觉得数和哥哥说得有道理，于是才开口：“好吧，没关系。”

周数和听到她很勉强的语气，笑了笑，然后对小男孩说：“以后不要在教室里乱跑了，桌子、椅子那么多，很危险的。”

小男孩看着比自己高大很多的周数和，心里有点害怕，点点头。

周数和一只手放到谢思好的肩膀上，轻轻将她往里推了一下：“进去吧，下午放学后等我来接你。”

谢思好只走了一步，又回过身，依依不舍地说：“一放学你就来接我，数和哥哥。”

周数和失笑，朝她伸出小手指：“拉钩。”

下午四点半，放学铃响了。

老师布置完家庭作业就宣布下课。周数和迅速将课桌里的所有书本装进书包里，拉好拉链背上，急急忙忙地走出教室。

幼儿园的小朋友乖乖排着队，谢思好手里拿着老师刚才发的两袋旺旺仙贝小饼干，等待周数和出现。老师早就被谢书均交代过，中午还领谢思好去找过周数和，见他来了，就将谢思好交给他。

周数和牵着谢思好正要离开，却被一个穿着红色无袖T恤和喇叭牛仔裤的年轻女人叫住："好好，爸爸妈妈不来接你吗？"

"李阿姨。"谢思好甜甜地叫对方。她是好朋友程玥彤的妈妈。谢思好条理清晰地道："爸爸妈妈还没有下班，我跟数和哥哥一起回家。"

程玥彤已经和谢思好交换过"信息"，主动表现："妈妈，这个哥哥住在好好家楼下。"

程玥彤妈妈问过之后放下心，对他们笑笑："阿姨请你们吃东西，想吃什么自己去挑。"

学校门口有一排小商店，有卖文具的，有卖杂货的，最多的还是卖零食的，辣条、糖果琳琅满目，对于小孩子而言这里仿佛天堂。也有一些小贩推着铁皮移动车来卖小吃，炸串、油饼、冰粉、凉面，食物香气扑鼻，每天下午放学的时候生意火爆，常常有小朋友哭着央求大人买，一派热闹景象。

"数和哥哥会给我买，爸爸给了他零花钱。"谢思好被家人教得好，她知道拒绝，然后跟她们说拜拜，特意对程玥彤说，"彤彤，明天见。"

"好好，明天见。"

两个小姑娘道别后，谢思好将手里的旺旺仙贝分了一袋给周数和："数和哥哥，给你。"

周数和并不喜欢吃这种饼干，就替她存了起来，伸手向她要另一袋："现在吃吗？我给你撕开。"

"现在不吃，我要吃小布丁。"谢思好说着。她取下书包，将旺旺仙贝放进去，又重新背上。

夏日炎炎，商店老板将白色大冰柜放在店门口，方便学生们挑选雪糕。周数和从里面找到蓝白色的包装袋，拿了一支，付完钱，撕开包装袋后递给谢思好。谢思好问他："数和哥哥，你不吃吗？"

周数和觉得越吃越口干，还不如喝他妈妈泡的金银花茶，他"嗯"了一声。

谢思好举起手里的雪糕往他嘴边送，非要他咬一口。周数和浅浅尝了个味，对她说："走吧，回家。"

这会儿依然烈日炎炎，只不过光线没有中午那么毒辣，街道两边房子的雨棚下，大大小小的学生背着书包，成群结队地朝着家的方向走。

周数和平时走得很快，今天带着谢思好，走得慢了一小半。她还在慢吞吞地舔雪糕，高温下小布丁化得快，等她吃完，小手变得黏糊糊的，很不舒服，她对周数和说："数和哥哥，我想洗手。"

两边的商铺外面没有水龙头，周数和随身带着纸巾，他用保温杯里的金银花茶打湿纸巾，蹲下去替她擦了擦手，说："很快就到家了，咱们回去再洗。"

到楼下时已经是四点五十五分，走了一会儿路，谢思好小脸红扑扑的，越发衬得她两颗眼珠像黑葡萄。周数和取下她的书包拎在手中，另一只手牵着她走楼梯，中途还停下来休息了两次。终于到了6–2门前，他拿出钥匙开锁，谢思好在玄关脱了鞋就心急地往里钻。她站到客厅的落地大电扇前，使劲按下了3挡的按钮，三片风叶一下子呼啦啦地转起来，吹得她身上的小裙子裙摆飘荡。

周数和很快跟进来，他放下她的书包，又将她抱到一边："不可以这么对着风扇吹。"

"我热。"她仰着脸看他。

周数和让谢思好穿上她放在他家的小拖鞋："可以站远一点，不然会感冒。不是要洗手吗？"

洗干净手，周数和找出自己的水彩笔和图画本，让谢思好自己玩，他则坐在旁边写家庭作业。

周数和的家与谢思好的家明显可以看出经济条件不同。周父周母都是单位上的人，薪资水平只能算中等，以前倒是有分配单身公寓，虽然名义上叫单身公寓，但其实订婚的情侣和刚结婚的年轻夫妻也住在里面，单间配套的房型。周数和小时候还能和他们共处一间卧室，上了幼儿园，渐渐就不方便，于是两家的父母资助了一部分，再找朋友借了些钱，购下了这套新房。

新房墙刷得很白，沙发背后挂了一幅巨大的千里江山图，看起来气势磅礴。对面电视柜的墙上则挂了挂历，挂历上的女郎是周迅，因为家中有小孩，他们挑了保守的款。靠近卧室的墙上则挂了许多裱好的照片，记录了周数和从襁褓里的婴儿成长到小学生的样子。他家没有空调、冰箱、彩电，电视机还是黑白的，旁边放着收音机和座机，家里的女主人细心，特意裁了尺寸合适的刺绣花布盖在上面遮灰。

这时候，座机丁零丁零地响起来，周数和猜到可能是谢叔叔打来的。他放下手中的铅笔，过去揭开防尘布，拿起听筒“喂”了一声，果然传来谢叔叔的声音。他主动汇报他们已经安全到家，然后对谢思好说：“好好，来接你爸爸的电话。”

谢思好继续在本子上涂了两笔才过来，她欢快地叫爸爸，说自己在画画，又说自己听数和哥哥的话，没说几句就讲了拜拜，放回听筒，回到书桌前继续画画。

没过多久，周数和的妈妈纪春到家。纪春穿了一套剪裁合体的白色西装裙，气质干练。但她对谢思好很温柔，放下包走到谢思好旁边，指着本子上花花绿绿的颜色，耐心地问谢思好画了些什么，一问一答颇温馨。

纪春开了下班回家的头，大概过了半个小时，周清平、谢书均、苏永莎也陆续抵达。四位家长已经口头说好晚上去外面吃饭，谢书均订了餐馆，桌上谢思好坐在周数和的旁边，有什么想吃却够不到的菜就让数和哥哥帮忙夹到她的碗里。

苏永莎看周数和颇细心，谢思好要吃鱼，他就挑了块没有刺的鱼肉给她，并嘱咐她吃慢点。苏永莎感叹道：“数和很有哥哥的样子，看他多会照顾好好。”

纪春忍俊不禁：“他这是喜欢好好。”

这一句，谢思好认真听了，立刻抬起脸表示：“我也喜欢数和哥哥。”

周清平逗她：“既然好好喜欢数和哥哥，那你来我们家，给数和哥哥当妹妹，好不好？”

大家的目光都落在了谢思好身上，她歪头看了周数和一眼，回答：“数和哥哥来我们家，给我当哥哥。”

大人们便笑。

周清平赞扬：“真是个小机灵鬼！”他又问，“今天第一天上学，在幼儿园哭鼻子没有？”

谢思好很诚实地说：“哭了。”

“想爸爸妈妈了？”

“是李星成在教室乱跑，他把我撞到地上了，太疼了我才哭的。”

“那你去找数和哥哥没有？”

谢思好点点头：“数和哥哥让李星成给我道歉，我就原谅他了，因为他不是故意的。”

苏永莎对纪春说：“你俩把数和教得真好。数和带着好好，我和她爸爸省了不少心。”

纪春想到了另一方面：“现在一家只能生一个，小孩子都孤单得很，好好活泼，有她跟数和做伴一起长大，挺好的。”

大人们的话题便由独生子女延展开，讲到其他事情上。而两个小孩做伴成长的日子随着墙上画报日历的日期一天又一天往后移，很快，见到了黑色数字“20”底下的红字标注的中秋节。

中秋节这天，早饭后收拾一番，谢书均、苏永莎带着谢思好回老院子过节。谢思好的爷爷和二叔在外地工作，她奶奶跟过去照顾两人，老家只有在报社上班的小叔。她最喜欢的小姑姑则是爸爸的堂妹，过节都是由太奶奶、二奶奶张罗。

他们到 6-2 时，正好碰到周家人出门，于是一起下楼。明明昨晚才分开，也不知道谢思妤哪儿来的那么多话，在爸爸怀中叫着数和哥哥，告诉他她要见到小姑姑了，她的小姑姑超级无敌漂亮。

小姑姑谢书约今年读高三，她是思妤爸爸那辈中最小的孩子。虽是堂妹，但谢书均待她却好似半个女儿，所以一见到人，他首先关心的就是她的成绩。

谢书约学习不太好，她期期艾艾地讲课本难，谢书均反劝她不要太辛苦，考不上大学也没有关系，毕业以后直接去他的公司上班。

“她才没有很辛苦，心思都不花在功课上，成天只知道跟对门那对龙凤胎疯玩，你别太惯她。”拆台的是谢书约的妈妈，谢思妤的二奶奶。

谢书约脸皮厚，她将谢思妤抱了起来，说：“妤妤，小姑姑带你去对门玩。”

谢思妤立刻抱紧小姑姑。她们两张脸挨在一处，瞧得出来十分相像，特别是那双又圆又大的眼睛。可以预见，谢思妤长大了也会变得明眸善睐。

对门的龙凤胎兄妹正在客厅里看《我爱我家》的 DVD。为了迁就小朋友，他们找出了以前看的《葫芦娃》光盘。晚上回家的时候，谢思妤学会了里面的一句台词——“妖怪，快放了我爷爷！”

她没看过瘾，央求爸爸买了一套碟片回家，国庆节的时候就拉数和哥哥陪她坐在电视机前看。

周数和对此有要求，她必须先把老师教过的阿拉伯数字认完，才能看电视。他还手把手地教她写，从数字“0”到“10”，从汉字“零”到“十”，再到二十六个大小写英文字母，以及她的名字，都是由周数和一笔一画带着写出来的。

十二月底，新历的年关，单位事情多，这周六爸妈们加班，谢思妤被交给周数和照顾。上午谢思妤折小船，这是她的家庭作业，昨天老师教过，只是她忘记步骤，于是向数和哥哥求助。

周数和带着她折好小船，她轻轻拿着它在桌子上来回推，模拟海上航行。玩了一会儿，她突然想起一件事："数和哥哥，你会折菠萝吗？彤彤的表哥送了她一个菠萝的笔筒，我也想要。"

周数和答应她："给你折一个。"

谢思好朝他甜甜地笑，露出两个小梨涡："谢谢数和哥哥。"

他领她下楼买卡纸。

出门的时候，天边响起一声闷雷，周数和拔掉了电视机的插头，他记得昨晚天气预报播了今天有雨，以防万一，取下了门背后的伞，牵着谢思好去了文具店。

回来的时候，两人顺便在馆子里吃了碗米粉，到家时雨仍未落下来。谢思好跟着周数和折了一会儿拼菠萝的三角形，连打几个哈欠，他便问："睡午觉吗？"

谢思好点点头，她犯了困，整个人软绵绵的，朝他伸出双手并要求："抱。"

隆冬时节，衣服穿得多，圆滚滚的一团抱在怀里，需要格外小心。

两人年纪尚小，无男女大防，周数和将谢思好放到自己的床上，帮她脱了棉袄、棉裤。她迅速钻进被窝躺好了，闭上眼睛，鸦羽般的睫毛覆下来，巴掌大的小脸，皮肤白，嘴唇殷红，漂亮得像洋娃娃。周数和没忍住，轻轻捏了捏她软乎乎的脸蛋。

谢思好午睡，周数和回到书桌边，继续叠三角形，很快叠得堆了起来，他一个一个拼装，慢慢出现菠萝的样子。

窗外乌云渐厚，黑压压地笼罩着雁城，雷电比大雨先到来，空中轰隆巨响，一道亮光快速自天边来到眼前，周数和心中一紧，同时，他听到卧室里传出来哭声。

谢思好是被吓醒的，睁开眼看到身边没有人，她感到害怕，于是哭了起来。这时候忽然大雨滂沱，窗户外一下子就变得水汽氤氲，房间里越发昏暗，谢思好不安地从床上爬起来。

周数和一进门，便见到谢思好淌着泪扑过来。他弯腰抱住她。

小姑娘使劲抱紧他的脖子，哭得撕心裂肺，嚷嚷着要找爸爸妈妈。

他被她哭得慌了神，企图用“菠萝”转移她的注意力。但谢思好从梦中惊醒，一时半会儿难以接收到信息，周数和最后只得承诺：“等雨停了，我就带你去找爸爸妈妈好不好？”

谢思好终于破涕为笑：“好。”

周数和松了口气，擦她脸蛋上的泪时，触碰到了冰凉的肌肤，想起来她脱了外面的棉袄、棉裤，于是他赶紧带她回床上穿衣服，虽然他的动作不是很熟练，但耐心的样子很触动人，任谁见到，都要感叹数和是位好哥哥。

暴雨下了半个小时才渐渐转小，到了下午两点终于彻底停止。

周数和信守诺言，他从电话本里找到谢叔叔的号码，拨过去，条理清晰地说：“谢叔叔，我是数和，刚才打雷吓着好好了，她很想见你。现在雨已经停了，我可以带她坐101路公交车到你公司吗？我知道在哪儿下车。”

一旁的谢思好努力踮脚，她想跟爸爸说话。周数和注意到她迫切的目光，将话筒线扯到她的耳边。她软绵绵地开口：“爸爸，我想你了，我也好想妈妈。”

谢书均没有反对，周数和是个令人放心的孩子。

得到同意后，周数和才带着谢思好下楼坐公交车。一路上他紧紧把谢思好抱在腿上，又集中注意力听售票员播报站台名字，四十分钟后他们顺利地到达谢书均的公司楼下。

谢思好记得爸爸公司的名字，也记得他的办公室在几楼，两人不用人接，径直上去。

前台小姐认识老板的女儿，领了他们进去。谢思好一见到爸爸，就扑到他怀中撒娇。

周数和则打量着谢叔叔的办公室。因为天阴沉沉的，所有室内开了白炽灯，很是明亮。紧闭的百叶窗旁边是一个高高的文件柜，透过玻璃可以见到里面摆得整整齐齐的档案夹，一张皮质办公椅就在文件柜的左侧。他面前是一张长长的办公桌，上面放的一台白色电脑比较占地方，座机也是白色的，还有两个白色的相框，看起来颜色统一。

谢思好问妈妈在哪儿。苏永莎负责生产车间的工作，谢书均正好要去她的部门开会，便与女儿商量："爸爸可以带你去见妈妈，但是爸爸妈妈需要和其他人讲工作上的事情，没有时间陪你玩，你能够做到乖乖待着不打扰大家吗？"

她忙不迭点头："我做得到。"

于是谢书均将周数和留下来，交代他："数和，你在叔叔的办公室里玩会儿电脑上的扫雷游戏，我们开完会就一起回家。"

他还派了会用电脑的文员小何进来教周数和，等到一个小时后回到办公室，发现周数和没有玩扫雷游戏，他正在认真地练习王码五笔。小何向老板、老板娘夸他聪明，小小年纪字认得多，学得也很快。

谢书均没料到周数和对游戏不感兴趣，反而喜欢课堂上学习的东西，觉得他一定是可造之才，便问："数和觉得打字有意思吗？"

周数和点点头。这还是他第一次接触电脑，通过键盘就可以将文字显示在机器上真是太神奇了。

谢书均笑道："你可以经常来叔叔的办公室学习怎么使用电脑。"

后来周数和对互联网的敏感，就是在这个时期培养起来的。

谢思好听爸爸叫数和哥哥学电脑，立即举手报名："我也要学。"

苏永莎告诉她："等你长大一点，会写字了就可以了。"

谢思好这样的小人儿对时间没有概念，墙上的日历画报很快被换成新的，上面的漂亮女郎和她妈妈长得很像。这时她觉得女郎像妈妈，上高中后，女同学们则说，你妈妈长得像那个香港女演员张敏。

1995 年，谢思好读完小班，接着读中班。她的生活里除了爸爸妈妈，就是数和哥哥、幼儿园、动画片。大人们的事情她一概不关心，只记得小姑姑没有考上大学，去了爸爸的公司工作。过了一年，1996 年的 7 月，小姑姑又决定复读重新参加高考，爸爸十分支持，给小姑姑报了辅导班。

这时谢思好五岁，暑假周数和上了兴趣班，周清平和纪春发现他性格不活泼，让他去学游泳，和同龄的男孩子们多玩玩。

谢思好见数和哥哥每天都去青少年宫，还以为那儿是什么有趣的地方，也缠着要去。于是苏永莎一番了解后，将女儿送到了青少年宫的少儿形体芭蕾舞班。现在她还小，大多数时候只用训练坐姿、站姿。

谢思好和周数和的性格截然相反，她太活泼了，去的第一天就觉得枯燥不好玩。周数和游完泳来接她下课时，她穿着蓬蓬的白色纱裙扑过来，泪眼汪汪地诉苦："数和哥哥，我再也不要学舞蹈了。"

周数和牵着她去换上回家穿的凉鞋，问她为什么再也不要学了。谢思好看着蹲下去给她扣鞋带的数和哥哥说："老师让我抬头挺胸，一动也不许我动，我做不到。"

他弄清楚原因，便笑着问道："那你想不想和你的洋娃娃一样漂亮？"

谢思好说："想。"

周数和告诉她："你练好抬头挺胸以后也会像它们一样漂亮。"

谢思好半信半疑："真的吗？"

周数和很肯定地说："真的。"

她想了想，苦着脸表示："那我再坚持一下。"

闻言，周数和不由得笑了，将她的小小的芭蕾舞鞋放进书包，又将自己的手递给她："好好真棒！而且我们不能浪费钱对不对？爸爸妈妈辛苦赚钱交了报名费，我们不可以让这钱白花。"

"数和哥哥，我知道啦。"

后来即使很辛苦，拉筋、开腿，训练痛得眼泪直流，谢思好也再没有说过不要学舞蹈的话。好在很快九月份到来，她结束了舞蹈学习，开始上大班了。

读大班的这一年她经历了人生中第一次生离死别，春节时她的铁路工程师爷爷检查出胃癌晚期。虽然爷爷常年在外地工作，过年才回来几天，但血缘关系就是奇妙，谢思好听爸爸妈妈讲，她五六个月大开始认人时，平时见得少的人想抱她，她躲着不肯，可当才见第一面的爷爷朝她伸出双手时，她就乖乖投入了他的怀抱。人家都说好好聪明，知道谁是亲人。爸爸妈妈还讲，她的名字都是爷爷取的呢。

爷爷住在医院治疗，谢思好每天放了学就去看他。医生说病人保持愉快的心情有利于康复，她就给爷爷表演唱歌和舞蹈，爷爷看了总是会笑。她以为爷爷快好起来了，可是有一天爷爷告诉她，他要变成天上的星星守护大家，然后很快爷爷就消失不见了。

爷爷的名字被刻在一块小小的碑上，碑前摆满了白花，他明明在地里，却说自己去了天上。她问小姑姑这是真的吗？

小姑姑抱着她点头："是真的，所以好好要乖乖长大，爷爷在天上看着呢。"

谢思好有点难过："天上那么多颗星星，我怎么知道哪一颗是爷爷呢？"

小姑姑说："你觉得哪一颗最亮，哪一颗就是爷爷。"

晚上回到家里，数和哥哥上楼看她，他带了今年年初才开进雁城的肯德基，想哄她高兴。谢思好啃了一个鸡块，便拉着他去天台找爷爷。周数和很费解，她指着头顶的星星叫他快看："数和哥哥，我爷爷在那里呢，他是最亮的那一颗星星。"

周数和瞧着她纯真的小脸，摸摸她的脑袋，心里想，幸好她还只是一个上幼儿园的小朋友。

Chapter 2
我愿做个好小孩

谢思好很快就不是幼儿园的小朋友了，1997年7月1日参加完“欢迎香港回归祖国”联欢会便放暑假，等下半年开学她就上一年级了。

这个暑假，小姑姑在第二次高考结束后，真的坐飞机去了香港，给谢思好带回来《樱桃小丸子》《美少女战士》动画片DVD，还有芝士脆条、夹心饼干、鳕鱼丝等好多零食。谢思好将零食抱下楼和数和哥哥分享，把从小姑姑那里听来的香港的故事说给他听，她很憧憬：“数和哥哥，长大以后我也要去香港玩，你陪我一起好不好？”

周数和在电视里见过香港的高楼大厦，那边看起来非常繁华，和雁城很不一样。老师说“读万卷书，行万里路”，如果有机会，他也想去瞧瞧。他答应她：“好。”

谢思好的小姑姑这一年终于考上了大学，开学那天全家陪她去报到。小学的上课时间早一些，那天是星期一，谢思好叫爸爸妈妈打电话给老师请假，她也要送小姑姑去学校，但是他们没有答应。

现在早晨也不用爸爸开车送，她和数和哥哥一起走路上学，平时叽叽喳喳的话痨今天一反常态，闷声不响的，很明显不高兴。

周数和瞧出不对劲来，便问：“怎么了？”

数和哥哥不问还没什么，他一问，谢思好觉得委屈，一股脑地讲给他听。

他听了觉得好笑：“小姑姑不是答应以后带你去学校玩吗？你还有什么好生气的。”

“那不一样。”她就是觉得家里所有人都去了，就她没去，所以心里别扭。而且，她求了很久爸爸妈妈都没答应，他们真是铁石心肠。

周数和说：“用这样的理由请假，老师也不会批准的，你的爸爸妈妈反而还要受批评。”

想到爸爸妈妈要挨老师的骂，谢思好顿时无话可说。其实她心里也清楚，请这个假不太妥当，于是不再和爸妈计较，哼了哼：“我要做个好小孩。”

周数和禁不住笑了，摸了摸她的脑袋，顺着她的话夸奖道：“对，好好是最好的小孩。”

学校离得近，几句话工夫就走了一半路程。周数和拿下谢思好的书包，上小学后课一下子变多，背着太沉了，她又不打篮球不运动，他怕影响她长身高，每天都会替她拎一段路。

到了下午，周数和依然去接谢思好放学，只是他没有想到，接一年级的谢思好小朋友放学，反而比上幼儿园时更难。因为，不知道哪日，她就会被老师留堂。

这天下午四点半，周数和来到了一年级（1）班。班上的同学纷纷将桌上的课本收进书包，她装好书和文具仍不站起来，规规矩矩地坐着，一颗小脑袋却不老实，朝门口张望。见到周数和，她的脸上先露出灿烂笑容，接着又是一副心虚的样子。于是周数和明白，今天不能按时回家了。

最后一堂课，班主任安排小朋友们练习静坐。那个上幼儿园第一天就将谢思好撞倒的李星成依旧和她一个班，坐在谢思好的后面。她今日扎了两根高高的辫子，李星成趁讲台上的老师不注意伸手去扯她的辫子。谢思好扭头瞪了他一眼，他并不收敛，又扯了一次。

这下可把谢思好惹怒了，她转身去抓李星成的头发，闹出了大动静。

班主任朱老师很生气。李星成知道自己有错在先，立刻承认道："朱老师，是我先扯谢思好的辫子的。"

朱老师便问谢思好："李星成扯你辫子，为什么不举手报告老师？你也去抓他的头发是不对的，有道理也会变成没道理。"

谢思好心说，自己才不要当告状精，于是抿紧小嘴不吭声。好在朱老师没有非要她回答，罚两人放学后静坐到下午五点。

周数和没办法，只能站在教室外的阳台上，拿出家庭作业边做边等她。悄悄来抽查谢思好、李星成有没有认真静坐的朱老师看见了他，就对他说："你好好和你妹妹讲一讲，被男孩子欺负要向老师求助，而不是打回去，这会导致矛盾升级，容易出大问题。"

周数和从朱老师那里了解清楚情况，等到谢思好结束静坐出来，并没有说她什么，而是再等了等，等到李星成磨磨蹭蹭终于走出教室，问他："你为什么扯谢思好的辫子？"

五年级的周数和已经快一米六了，在年级里也算个子高的，站在一年级的李星成面前，更是显得有气势。不比幼儿园第一天撞倒谢思好时的不小心，今日李星成是故意惹她的，于是有点发怵，但还是实话实说："我逗她玩的。"

谢思好听了，瞪大乌溜溜的眼睛，觉得他真是个讨厌鬼。

"我才不要和你玩！"她甚至不想再和李星成说话，牵上周数和的手，"数和哥哥，我们赶快回家吧。我还想买冰粉吃呢，要让老板多放一点山楂片和葡萄干，今天放学这么晚，希望还没有卖完。"

李星成低下了脑袋，他不知道会变成这样。

周数和看明白了，无非是小男孩想吸引谢思好的注意力，却用了错误方式。离开之前，他对李星成说："你想和好好玩，可以邀请她一起学习、一起玩游戏，扯辫子她会痛，没有哪个女生痛了还会和你一起玩。"

李星成愣了一会儿，小跑着追上去，向谢思好道歉："谢思好，对不起，我发誓以后再也不扯你的辫子了。”

谢思好刚才还生他的气，现在听到他连发誓的话都说出口了，又觉得自己不能太小心眼，大方地表示原谅他。

李星成巴巴地问她：“那你可以和我做朋友吗？我想和你玩。”

谢思好想了想才点头：“那所有女生的辫子你都不许扯，我不和欺负女生的男生做朋友。”

李星成答应她：“我不会的。”

谢思好的另一个朋友是程玥彤，程玥彤的小姑姑暑假也去香港玩了一趟，给她带回来的是《猫和老鼠》《机器猫》DVD，两个人交换彼此的动画片观看，一整个学期就过完了。寒假中迎来新年，春晚节目里有一首歌谢思好觉得很好听，这首歌的名字叫作《相约一九九八》。

谢思好最喜欢过年，因为她可以收好多好多的压岁钱，而且爸爸妈妈不像别的同学的爸妈那样替他们保管红包。她有小兔子存钱罐，已经装满七个了，整整齐齐地排成一排摆在她房间的书架上。妈妈说，等她再长大几岁就可以自己保管重要物品了，会以她的名义为她办一张存折，把这些钱一并存进银行。

年初五，终于拜完年，在长辈家里吃过晚饭，谢书均开车载着妻子和女儿回自己的小家，自从除夕回到老院子就一直没回来。停好车，一家三口上楼，到了6-2，走在前面的谢思好停下来敲门。

很快，面前棕红色的防盗门被打开，谢思好仰起灿烂笑脸：“数和哥哥！”她又朝屋里张望，“周叔叔、纪阿姨，新年好！”

周数和让谢思好进屋，同时礼貌地向她身后的谢书均、苏永莎问新年好。苏永莎将早已准备好的红包递给他。

纪春、周清平也走了出来，往谢思好的手里塞红包，换来她甜甜的道谢。

他们到客厅里坐了一会儿，四个大人讲起老院子的拆迁和新城区的规划。谢思好则有她的话要与数和哥哥说，一会儿是放鞭炮、放烟花很好玩，一会儿是寒假作业没有做完。电视里在重播春晚，热闹氛围里传出优美女声："来吧来吧相约九八……"

这几天大街小巷到处都在播放这首歌，谢思好完全学会了，她跑到电视机前跟着表演："来吧来吧相约一九九八……"

小姑娘扎着和屏幕里的王菲同款的朝天辫，稚声稚气地唱，手舞足蹈，一时间大家都被她逗笑了。纪春满眼喜爱地看着她说："我瞧以后学校的六一儿童节表演少不了好好的节目。"

苏永莎一面叫谢思好往后退一点，不要离电视机太近，一面又对纪春说："我们也想培养一下她的才艺，她在学习方面实在让人头疼，不像数和，功课门门一百分。"

谢思好听见了，立刻回一句："这是遗传问题，爸爸只有初中文凭，周叔叔可是大学生呢。"

谢书均对女儿的此番言论并不生气，还对老同学周清平说："瞧瞧，拿她跟别的孩子比较，她就知道拿我们跟别的家长比较，人小鬼大。"

周清平笑着说："好好脑子灵活，有股聪明劲儿。"

纪春则问苏永莎："还让她继续学芭蕾吗？"

"当时报芭蕾班是为了塑造体形，现在准备换成民族舞，再让她练一练钢琴。"

"她现在才上一年级，会不会压力太大了？"

"让她学着玩，否则不上学她就在外面疯，她自己也答应的。"

纪春朝谢思好招招手，问："数和哥哥说你练舞很辛苦，你不怕辛苦吗？"

谢思好走到纪春身边，被纪春圈到怀中，她摇摇头："彤彤也要学民族舞和钢琴，我们两个人一起。"

苏永莎解释道："彤彤是她的好朋友，也是她小姑姑未婚夫的侄女，算起来两人还是姐妹。"

谢思好小姑姑的未婚夫是做房地产开发的，在雁城颇有名气，于是话题转移到他身上。

谢思好从一年级下学期开始，每个周末练半天舞蹈、练半天钢琴，尽管天气寒冷，也从不间断。只是没想到在五月时，由于天气造成的不可抗因素导致她缺了两次课。

1998年5月，雁城进入雨季，同往年不一样的是，雨势颇大，又连绵不绝，竟涨洪了，淹到成人脚踝上面一点的位置，学校不放假，学生们只能穿高筒雨靴坚持上课。兴趣班则打电话通知家长暂时停课，直到端午节天气放晴才复课。

端午节后面紧接着就是六一儿童节，老师派了谢思好、程玥彤以及另外几个女孩子跳《蜗牛与黄鹂鸟》。她与程玥彤站在第一排，头上扎着蓬蓬的纱花，身上穿着蓬蓬的纱裙，额头上点了红点，涂着蓝眼影、红嘴唇，跳起舞来肢体舒展，神态活泼，十分可爱。台下周数和班上的同学都认得谢思好，捧她的场，尤其是他的好朋友许思宁，两个手掌心拍得通红。

儿童节之后不久迎来暑假，周数和已经不学游泳了，他比较喜欢数学和英语。周清平的单位有个新入职的名牌大学生，周清平花钱请他每周末为儿子补习。除了学习，有时许思宁会约周数和出去打乒乓球、羽毛球、篮球，谢思好偶尔也跟他一块儿去。

这天中午谢思好跳完舞回来，就见周数和在楼下的刘记餐馆等她。两人的爸妈工作皆忙，周末除外，假期的午饭他们都在饭店解决。谢思好点了火腿鸡蛋炒饭，周数和点了韭菜饺子。她吃了一小半要跟他交换，周数和毫无意见。

他和许思宁约好下午两点打乒乓球，谢思好说她也要去，不过她想睡午觉。她对他说："数和哥哥，一会儿你叫我起床。"

周数和看了一个小时的《七龙珠》连环画，然后给楼上的座机打电话，等了许久她才接："我马上下来。"

她穿了一条红格子背带裙，脚上穿着白色的长袜和白网鞋，活力无限。许思宁几个男孩子很喜欢周数和带谢思好出来玩，都把她当妹妹似的宠，对上她时都比较温柔，还会故意接不到球让着她。

打了大半个小时，许思宁将乒乓球拍扔给下一个人，跑到商店买了棒棒冰回来分给大家，他先问谢思好要哪种口味。谢思好先说“谢谢”，随后挑了草莓味的，棒棒冰外壳硬，她习惯性地递给周数和，让他帮忙撕开，然后才拿回手里。他们吃了棒棒冰，又打了会儿球，一个下午就这样愉快地度过了。

有时周数和也会去接谢思好下课。今年八月雨水也多，谢思好遇到没有带伞的情况，就会借用青少年宫的座机给他打电话。

星期三的钢琴课就出现了这种情况，午饭后她到青少年宫的时候天空还比较晴朗，眼瞧着即将下课，雨也落了下来。其实周数和知道要给她送伞，又怕她打电话无人接最后自己冒雨回来，所以耐心地等到与她通话后才出发。

这场雨连下了一星期，狂风过境，江里、河里的水漫上来，城里的广播实时播报水位变化。

周数和、谢思好这样的小孩子没什么担忧的，顶多就是雷电吓人，家中的电闸被拉下，不能看电视。而大人们比较担心决堤，尤其是谢书均、苏永莎他们，公司的生产车间位于一楼，即使这几天全力进行转移，难免会造成一部分损失。

后来担心的事情发生，水淹过人高，城里的情况稍好一些，下面的乡镇有许多房子倒塌，领导号召大家收留受灾群众。

谢家党员颇多，谢思好已经过世的爷爷是，二爷爷、二奶奶也是，她二叔甚至投身抗洪第一线，平时看起来不着调的小叔也去了灾情严重的地方进行实时报道。他们起了带头作用，她的爸爸妈妈除了以公司的名义捐款，还收留了一家人。

楼下周数和家更不用说，周清平、纪春本就是相关单位人员，也收留了一家人。

洪水未退时，全城出现断电情况，天一黑，整栋楼跟着陷入黑暗。谢思好拉着借住在家里的两姐妹下楼去找周数和。他家借住的是两个男孩，每晚六个小孩点着蜡烛看连环画，倒也看得津津有味。让大人们焦头烂额的洪灾，就在小孩们用连环画、故事书消磨时间的日子里过去了。

十一月初，谢书均出席表彰抗洪抢险优秀企业的颁奖典礼，同时，进入二年级的谢思好小朋友也被批准加入中国少年先锋队，六年级的数和哥哥作为老队员，亲自替她戴上红领巾。

读完六年级，周数和顺利升入雁城中学。这时候周清平、纪春的工作有所调动，两人都升了职，却需要离开雁城乘坐五个小时的绿皮火车，到煤矿大镇向阳镇上班。

其实早在去年，周清平的单位就做出了这个安排，周清平以儿子还在读小学为由说服领导将计划延后。事情居然会这么凑巧，今年纪春的单位也以向阳镇分公司的科长退休在即为由派她去接任。

他们考虑过让周数和到向阳镇上中学，最终因为一致认为雁中的教学质量更好而放弃。

数和的外公外婆已经过世，他婶婶有些市侩，为人斤斤计较，将他放到爷爷奶奶家，可能引起家庭矛盾。夫妻两人感到为难，虽然儿子一向令他们放心，但真让他自己照顾自己，他们又放不下心。

有一天周清平和谢书均、苏永莎吃饭时提起了这件事，没料到他们俩立即表示："让数和到我们家住吧，好好和他感情深厚，他也可以帮我们管一下妹妹。"

这当然是很好的办法，纪春更客气一些："会不会太麻烦你们？"

苏永莎笑说："以阿均和周哥的交情说麻烦就生分了，何况这些年我们也把数和当自己的儿子。要是好好知道这件事，她一准高兴坏了。"

两对父母就这样讲定，等到周数和小学毕业，周清平、纪春再告诉他这件事情。

纪春看着身高即将赶上自己的儿子，心里觉得抱歉，但是组织的安排必须服从，只得无可奈何地说："谢叔叔、苏阿姨一向对你很好，他们会用心照顾你的，你跟他们一起生活，爸爸妈妈也放心。"

饶是周数和性格稳重，但到底只有十二岁，他舍不得爸妈离开，可怜巴巴地问："我不可以去你们上班的地方上学吗？"

"爸爸妈妈也想带你过去，不过我们要以学业为重，雁中是雁城最好的中学，师资条件、教学质量都不是其他中学能够比的。为了你的未来考虑，我们决定让你留下来。"周清平温和地与儿子分析，他相信儿子会理解他们的良苦用心。

纪春安慰道："寒暑假你可以到向阳镇来陪爸爸妈妈，过节的时候，爸爸妈妈也会回家陪你。"

周数和沉默了一会儿，才点点头说："好。"

与心情低落的周数和不同，楼上的谢思好开心疯了，她向正在替她拆辫子的妈妈确认，圆圆的双眸亮晶晶的："妈妈，数和哥哥真的会搬上来和我们一起住吗？"

她的辫子是用一次性皮筋扎的，比较缠头发，苏永莎为了不扯痛她，动作很轻。女儿突然扭头，把苏永莎吓一跳，制止道："不要乱动。"又说，"是真的，你周叔叔和纪阿姨星期天早晨就走。"

谢思好不禁"耶"了一声。

苏永莎提醒她："知道你高兴，但是数和哥哥离开爸爸妈妈了，他会比较难过，你不能表现得太明显。"

谢思好认真地想了想，她还不懂这就叫作有人欢喜有人愁，但如果她离开爸爸妈妈到周叔叔、纪阿姨家生活，即便有数和哥哥陪伴，她也会不情愿的。她懵懵懂懂地说："我知道了。"

星期六，周清平、纪春需要整理行李，收拾出带到向阳镇的衣物用品，以及周数和搬到楼上会用到的衣物用品。

苏永莎已经将周数和的房间收拾出来，就在谢思好的卧室隔壁。

谢思妤今天不练舞也不练琴，她跑下去帮数和哥哥拿东西，小大人似的趁机安慰他：“数和哥哥，我知道你有点伤心，但是我爸爸说了，周叔叔、纪阿姨是去工作，他们工作是为了让你过上更好的生活，他们是爱你的。我爸爸还说，远亲不如近邻，我们不是一家人胜似一家人，我爸爸妈妈会对你很好的，我也会对你很好的，所以你不要太伤心了。”

周数和的确有些即将与父母离别的惆怅，听到谢思妤说出这番话微微惊奇，不知不觉间她也不是小 baby（婴孩）了，心里涌起一阵暖流。他摸摸她的脑袋，笑了起来：“数和哥哥不怎么伤心了。”

晚上两家人一起吃饭，因为日子特殊，允许两个小孩喝一点饮料。第二天早上，谢书均开车送周清平、纪春夫妻二人到火车站，周数和、谢思妤一同跟着。候车大厅人流涌动，排队检票之前，周清平拜托谢书均：“阿均，我们就将数和交给你和弟妹照顾了，感谢的话不再多说，今后靠你俩多费心。”

谢书均拍拍他的肩膀：“这么见外做什么，你们只管安心工作，记得时常打电话联络，孩子会想你们的。”

纪春揽了揽周数和的肩膀，忍下不舍，嘱咐道：“你要听谢叔叔、苏阿姨的话。”

谢思妤在旁边插嘴：“数和哥哥很听话的，我向他学习。”

几人皆被逗笑。

谢书均调节气氛：“行了，都知道你护着数和哥哥，也知道你在偷着乐。”

谢思妤脸上绽出两个小梨涡来。

她快乐的心情一直维持到八月三十一日开学报到的那天，谢书均送周数和到雁中，两人早早出门，她坐在餐桌前闷闷不乐。因为她意识到，从今天开始，数和哥哥不跟她一个学校了。

谢思妤掰着手指头算日子，数再次和数和哥哥同校还要多久，四年以后。所以她无比期待长大。这一学期，语文书上有一页画着时针指向2000年的图片，印刷的黑色铅字记录了她的心情：“我们和时间赛跑，奔向2000年。”

这半年谢思好的语文老师布置了许多主题作文：建国五十周年大阅兵、“神舟一号”升空、澳门回归祖国。

元旦前一天的联欢会，她还和同学合唱了新学的《七子之歌》。当晚全家团聚吃完饭后，小叔叔、小姑姑年轻爱玩，要带他们到雁城中心广场参与跨年活动。车子开到半路，被堵在了汹涌的人流中，练舞、练琴并未将谢思好的性格打磨得文静，她坐不住，拉着数和哥哥下车就往人群中挤。

周数和为了不和谢思好走散，始终紧紧牵着她的手。他们费了九牛二虎之力才到达广场。他手上戴着一块崭新的黑色塑料电子表，上面显示了时间，二十三点十五分。

两个小孩没有什么时间概念，所以并不像大人那样觉得千禧年跨年有什么重大且特殊的意义，只因为见到这样热闹壮观的场面而感到兴奋。等到倒计时开始时，兴奋之情攀到顶点，谢思好牵着周数和乱蹦乱跳，跟着大喊：“五、四、三、二、一！”

烟花一朵接一朵地炸开，点亮了夜空，后来经济发达后兴起的跨年活动，热烈程度始终比不上这一年。

时间过得很快，周数和住进谢家快一年了。大概由于这些年周、谢两家关系亲近，周数和搬到楼上不需要过渡期，他自始至终未觉得有哪里不适应。

谢书均、苏永莎就像他的另一对父母，格外清楚他的喜好、习惯，饭桌上总有他爱吃的菜，校服永远替他洗得干干净净，经常关心他在学校的情况，天冷天热都为他添置新衣。他们完全接纳周数和，一点都不让他有寄人篱下的感觉。

周数和不感到寄人篱下，当然少不了谢思好的一份功劳。每天早上他叫她起床，每晚他监督她做功课，她还总爱与他讲学校里发生的各种事情，有时候谢叔叔、苏阿姨还会开玩笑，说想要叫妹妹做点什么事情，他们的话不如他的话管用。

谢思好十分黏周数和，周数和同样对谢思好事事上心。他现在上了初中，下午五点五十分放学，雁中离家稍远，骑自行车需要半个小时，每天基本六点半到家。今日开锁进门，平时听见动静会“做贼心虚”火速关电视的谢思好不见人影，她还没回来，这还是第一次出现这样的情况。

周数和比较了解谢思好，书包都没放下来，就径直走到电话机前，从电话簿里翻出程玥彤家的号码拨过去。不一会儿那边接通，话筒里除了程玥彤礼貌地问“喂，你好，你找谁呀”的声音，还有动画片欢快的声音。

“彤彤，我是数和哥哥，好好和你在一起吗？”周数和问。

他猜得不错，果然程玥彤回答：“数和哥哥，好好在我家，她忘记带钥匙啦。”

那边谢思好听到程玥彤叫“数和哥哥”，迫不及待地凑过来接电话：“数和哥哥，你终于到家啦，我马上就回来。”

程玥彤家前两年也买了高层楼房，距离河东街道并不太远，他骑自行车过去很快。周数和笑着道：“你就在彤彤家等着，十分钟后下楼，我来接你。”

进入六月，天气热了起来，谢思好穿着夏天的校服，蓝白色的短袖，蓝色的短裤。她这一年个子长得快，初现大长腿趋势。她站在楼外，远远看到周数和骑着自行车朝着自己驶来，抬起手招了招。

初中校服的蓝颜色更深一些，周数和身上也是蓝白色短袖，但他穿的是长裤，原本尺寸过大，谢书均、苏永莎专业做服装，在他将校服领回家上身试了之后，苏永莎就拿去改成了适合他的码，再加上他天生优越的五官和身高，仿佛校园动漫里走出来的少年。

自行车滑到谢思好的面前停下，她坐上后座，无所顾忌地抱住周数和的腰，两条腿张开往前伸，任傍晚的风温柔地拂过脸颊，心里有种说不出的惬意。

两人到楼下时，正好碰上下班回来的谢书均、苏永莎。谢思好跳下自行车，跑过去挽妈妈的手臂，主动交代："我今天忘带钥匙了，放学后去彤彤家玩了一会儿，数和哥哥来接我的。"

"到时间不能自己回来吗？数和哥哥上初中学习任务重，上一天课已经很辛苦了，你还要使唤哥哥。"

谢思好眉眼弯弯："课本上的题根本难不倒数和哥哥，他才不辛苦呢。而且数和哥哥在教室里待了一天需要运动，我这是帮助他锻炼身体！"

苏永莎点点她的额头，笑着教训："就你歪理多。"

周数和锁车没有听到她们的对话。这会儿正是烟火气正浓的时候，楼里传来食物的香气，这家炖海带猪骨汤，那家烧酸菜滑肉，附近的小饭馆也烟熏火燎的，炝炒着粉面，勾得人食欲大开。

难得一家四口人在这个时间点碰上，谢书均提议："今晚不做饭了，咱们去吃龙虾吧。"

谢思好第一个热烈响应："好哇好哇好哇！"她放开妈妈的手臂，去拉周数和，"咱们去糖水店买龟苓膏。"

周数和稳重一些，转头说："谢叔叔、苏阿姨，我陪好好去，你们想喝糖水吗？"

"我们喝冰啤酒，在店里等你们。"

"好。"

谢书均、苏永莎看着一大一小的背影不禁笑了，苏永莎情不自禁感叹："如果数和真是我们的儿子就好了！"

周数和到底不是他们的亲生儿子，领了期末通知书，他就要到自己的爸爸妈妈身边过暑假了。

谢思好自从接到周叔叔、纪阿姨叫数和哥哥去他们那儿的电话，听到他们叫她也去后，就天天缠着爸爸妈妈磨这件事情，同时又有周数和打配合，最后谢书均、苏永莎只好点头同意。

不过，苏永莎给她打预防针：“看在爷爷是铁路工程师但你从小到大还没有坐过火车的分上，只有这一个暑假，下不为例。练琴、练舞不能三天打鱼，两天晒网，缺的课以后周末都要加倍补回来。”

谢思好现在哪里听得进去，她只知道自己的要求被满足了，生怕妈妈反悔，她老老实实地装乖，就算妈妈说再给她报一个绘画班她都会一口答应。

苏永莎替两个小孩装上部分夏日衣物和暑假作业，谢书均则亲自送他们到向阳镇。临走前，苏永莎对女儿再三强调：“要听周叔叔、纪阿姨的话，不许调皮捣蛋。还要按时完成暑假作业，别留到报名前一天临时抱佛脚。”

这时候周数和也维护谢思好：“苏阿姨，好好挺听话的，她不会调皮捣蛋。我知道她有哪些暑假作业要做，会监督她的，你就放心吧。”

眼看时间不早了，苏永莎放他们出发。

一离开妈妈的视线，谢思好就如脱笼的小鸟一般快活，她对此次出行充满幻想，认为一定会很好玩。

因为李星成的爷爷奶奶就住在向阳镇，他每年寒暑假都去，告诉她看露天电影、捡知了壳、捉泥鳅、捉鱼可有意思了。不知道能不能碰到李星成，碰到了就让他做导游。如果碰不到，四年级开学后，她可以告诉他她也去向阳镇玩了，他一定会很吃惊。

五个小时的车程，谢书均买的坐票，那时候站票数量没什么限制，车厢里装满了人，只有卖零食或者盒饭的推车经过时，才会让出一条比较宽敞的路。

饭点时，火车刚好停靠在一个站台，外面还有当地的小贩拎着方便面叫卖，他们带了几壶热水，泡好才递给乘客，服务相当周到。

不过谢思好三人却没吃这些东西，因为苏永莎用保温桶为他们准备了饭菜，一揭开盖子飘出红烧肉的香味，周围人都馋。

下午一点五十分，在火车呜呜呜的鸣笛声中，二人终于抵达向阳镇。谢思妤一手牵着爸爸一手牵着数和哥哥，随着人流前进。

到了出站口，穿着蓝色制服的工作人员检票放行。谢思妤走出去一眼就看到了来接他们的周叔叔、纪阿姨，她先扬起笑脸，然后松开牵着爸爸的那只手，向他们招手："周叔叔、纪阿姨，我们在这儿！"

谢思妤看起来比周数和还高兴，她拉着他的手往前冲。周数和长大了，不喜欢与妈妈拥抱，谢思妤却喜欢，她毫不犹豫地投入到纪阿姨的怀中。

纪春摸摸她的脑袋才放开她，问两人："坐车坐累了吗？"

周数和摇头说不累，谢思妤则撒娇道她的屁股都坐痛了。

她的话刚好被跟过来的谢书均听见，他笑着说："娇气鬼，那别人坐十几个小时、二十几个小时怎么办？"

周清平从他的手里接过周数和的行李，也笑："别理你爸爸，咱们回去的时候买卧铺票。"

一行五人往外走。火车站门口的小贩格外多，售卖煎饼、用竹条串起来的豆干、盐花生、香瓜子、冰棍雪糕等，吆喝声、叫卖声混杂在一起，十分热闹。

纪春问他们想吃什么，谢思妤口干，说想喝北冰洋汽水。小贩的自行车后座上结结实实绑了一个大大的白色泡沫箱，里面放了些冰块，汽水拿出来时，玻璃瓶子的外壁挂满了晶莹水珠。

谢思妤、周数和一人一瓶北冰洋汽水。周清平替他们打开瓶盖，让他们插上吸管边走边喝。橙黄色的汽水一点一点下降。谢书均、周清平、纪春聊了一会儿孩子们的事情，又开始讲他们不太懂的话了。

因为有煤矿产业的支撑，向阳虽只是一个镇，但发展得颇具规模，这里年轻工人多，文娱场所建设完善，前往家属楼的路上，他们经过了迪厅、电影院、体育馆。

家属楼不高，只有三层，长长一连排，阳台上挂满了衣裤，女人的碎花连衣裙和男人的花衬衫随风飞扬。有几个穿着短袖、短裤、凉鞋的小男孩从楼里跑出来，见到周清平和纪春停下来问好："周叔叔、纪阿姨！"

男孩子们充满好奇的目光落在周数和、谢思好的身上，周数和没什么表情，谢思好见他们看她，露出甜甜的友善的笑容。反而是他们不好意思，有的移开了目光，有的挠挠头。

周清平点了其中一个男孩的名，问他们外面太阳这么晒要去哪里玩。原来他们要到另一个有电视机的同学家里看《奥特曼》，丢下一句"叔叔阿姨再见"，一溜烟跑远了。

几人上楼。暑天气温高，穿堂风吹着却凉爽，所以有些人家的房门未关。谢思好走在阳台上，忍不住往里面看，有的在缝衣裳，有的在听收音机，有的在打扑克牌，各有各的事做。

他们停在一扇绿色的门前，纪春从包里取出钥匙打开门。屋里的墙也有一小半是绿色的，上面一大截刷着白漆，水磨石地板被拖得亮滑，虽然比雁城的家简陋许多，但也干净舒适。

这套房子是两室一厅的格局，来之前在电话里就说好了，谢思好跟着纪阿姨住一间，周数和则与他的爸爸住一间，两人各自去将衣服放进衣柜里。

这天晚饭后，谢书均乘晚上七点的火车回雁城，他不能耽搁太多时间，公司每天都有事情需要他拍板，走时和周清平约定好了来接两人的日子。那时送人可以到站台上，因为玩不到两个月就要回家，看着载着爸爸的绿皮火车冒着浓烟驶远，谢思好一点都不伤感。

纪春没有一起来送谢书均。谢思好、周数和跟着周清平往回走。

小镇的夏夜充满活力，路边摆着各种摊位，有卖DVD光盘的，有卖西瓜的，有卖衣服鞋子的，还有卖头花、发饰等小东西的，街上充斥着讨价还价的声音。周清平给他们一人买了支光明冰砖，又买了个大西瓜拎在手里。

家属楼前，男人穿着背心短裤、女人披着湿发摇着蒲扇坐在树底乘凉，外面的水泥空地则是孩子们的活动场所，女孩子跳绳，男孩子滚铁环，清脆的笑声不断。

烫着波浪鬈发的女人笑着跟周清平打招呼：“周所，你儿子放暑假来玩啦？”

大家都知道周清平和纪春有一个儿子，何况周数和长得很像周清平，再加上那些年严格实行独生子女政策，因此无人误认谢思好是他们的女儿。倒是有人好奇地问：“这个小姑娘是你的侄女吗？长得可真好看，比电视里的童星还漂亮！”

这句话将所有陌生人的目光集中在谢思好的身上，她平时还算外向，可这会儿看她的人实在太多了，她忽然有点不好意思，往数和哥哥的身边靠了靠。

周数和转头瞧了好好一眼，他感觉到她有些害羞，对周清平说：“爸爸，今天没有午休，我们有点困了，回家洗澡睡觉吧。”

于是周清平从唠嗑中解脱出来。家中纪春已经烧好了两大桶热水，她让周清平拎到卫生间里，叫两个孩子先后洗澡，一天就这样慢慢悠悠地收尾了。

很快就到了谢思好的九岁生日，纪阿姨给她煮了鸡蛋和面条，还给她买了奶油蛋糕。那天的午餐格外丰盛，她和数和哥哥拿着铁饭盒到食堂打了糖醋排骨和油炸小鱼，周叔叔从卤肉店买了一只烤鸭，她正啃着香喷喷的大鸭腿，座机响了起来。

“好好去接电话，肯定是你爸爸妈妈打来的。”纪春笑着对她说。

她放下鸭腿，擦干净手才将听筒拿到耳边，果然是爸爸妈妈打来的，她跟他们讲了两句，才换周叔叔接。

虽然爸爸妈妈不在身边，只通过电话为她庆祝，但这个生日让谢思好很难忘。

天还没有完全黑，纪春就替谢思好洗了她那一头厚厚的头发。洗完澡后，谢思好穿了吊带上衣和短裤，胳膊和腿上抹了花露水，又点燃一盘蚊香拿着下楼。

周清平、周数和父子俩早就将小凳子拎下去占好了位置。今日单位放电影，一张白色幕布用两根竿子固定，放映员已经调试好机器，正在用喇叭通知大家抓紧时间到场。

当晚放的电影是《大话西游之大圣娶亲》，年轻男女反应热烈，即使谢思好还不懂爱情，她也记下了里面的一句经典台词——

“我的意中人是个盖世英雄，有一天他会踩着七色的云彩来娶我。”

后来她上高中的时候，还用这句话当个性签名，被数和哥哥看见，他找她谈话，询问她是否早恋。

周数和性格沉静，他交朋友没有谢思好厉害，大多数时间都待在家里看书、做题。

谢思好却坐不住，家属楼里和她同龄的孩子多，她展现出社交方面的天赋，很快和他们玩成一片，每天都有小伙伴来叫她出门，往往快到吃饭的时候才回来。

至于暑假作业和班主任兼语文老师布置的十遍生字词抄写，若不是周数和监督她每天完成一点，保准被她忘到九霄云外了。

被忘到九霄云外的是她的朋友李星成。

无忧无虑的日子过得很快，转眼到了八月，这天周数和带谢思好到体育馆游泳，在那里碰到李星成，她才想起他也来向阳镇过暑假。

这之后有李星成的加入，她玩得更是高兴。

眨眼就即将回雁城。离开之前，周清平、纪春带两个小孩去照相馆合影留念。谢思好穿了一条娃娃领的粉色裙子，周数和穿白色短袖衬衫配黑色短裤，两个人手牵着手，望着镜头露出灿烂笑容。

照片洗出来后，周清平给谢书均寄了一张回去。收到照片的谢书均将它放进相册珍藏。谢思好长大后热衷于参与晒照活动，有一次是童年主题，她翻出来看到这一张，回忆起这个特殊的暑假，充满怀念。

回到雁城，谢思好开始补暑假两个月欠下的舞蹈课、钢琴课，她也开始为考钢琴三级、民族舞三级做准备，所以一整年都没有太多疯玩的时间。

到了下一个暑假，周数和依然去他爸爸妈妈那里过。谢思好答应过妈妈不能三天打鱼，两天晒网，只能依依不舍地送他上火车。

周数和坐进车厢，隔着车窗玻璃看见谢思好还站在外面。她马上就十岁了，又长高了一些，剪了波波头短发，穿着海军蓝背带裙，还在朝他挥手。不知怎的，他心里冒出一个想法，明年暑假不去爸爸妈妈那里过了。

数和哥哥不在家里，谢思好不适应了几天，比如中午她只能独自吃饭，没有人陪着写作业她集中不了注意力，一个人看电视也太没劲了。

那天小姑姑终于和未婚夫领了结婚证，晚上全家人吃饭庆祝。吃完饭回到家里，谢思好做的第一件事就是给周数和打电话。

苏永莎见她不翻电话簿就熟练按号码，便知道她打给谁："你看看现在什么时间了，别打扰周叔叔、纪阿姨睡觉。"又问，"这么晚打电话做什么？"

谢思好没来得及回答妈妈，因为那边接通了电话，传来了周叔叔的声音。她说："周叔叔，数和哥哥睡了吗？我想和他讲话。"

"他还在学英语，我替你叫他。"周清平声音温和，接着他叫周数和的名字，"来接电话，好好找你。"

周数和按了随身听上的暂停键，出来拿起被爸爸反着放在桌上的听筒，贴到耳边："好好？"

谢思好激动地与他分享好消息："数和哥哥，今天小姑姑和小姑父领结婚证了！晚上吃饭没见到你，他们还问了呢。小姑姑、小姑父 8 月 17 日举行婚礼，你要不要提前回来？"

不待周数和回答，她继续央求："数和哥哥，你就回来参加小姑姑的婚礼吧，一定特别好玩。"

大概少了谢思好调节气氛，周数和今年暑假和父母待在一起，觉得没有去年暑假那么有意思。爸爸妈妈工作忙，他经常一个人去食堂吃饭，而且自从上了初中，他没有那么依赖父母了，因此也产生过回雁城的想法，只是不知道怎么开口，现在有了这个理由，他毫不犹豫地答应了谢思好。

谢思好立刻问他准确的日期："那你哪天回来？"

周数和说："小姑姑婚礼的前一天，8 月 16 日。"

谢思好格外期待那天到来，每天早晨起床的第一件事，就是站到挂历前面，郑重地用红色圆珠笔把当天的日子圈起来。她还在 8 月 16 日旁边画了一颗五角星，等圈到这天的时候，她就可以到火车站接数和哥哥回家了。

8 月 14 日，离数和哥哥回来只有两天了。下午练完舞回家，打开门见到数和哥哥的白球鞋，谢思好十分惊喜，大声喊他："数和哥哥，你回来啦！"

周数和刚进家门不久，正在卧室整理行李。她跑进他的房间，一把抱住他："你不是说后天才回来吗？说好我去接你的呀！"

周数和料到她会很开心，但没料到她如此激动。他让她紧紧抱了一分钟，才示意她松开："我提前回来不好吗？"

谢思好连忙说"好"，又问他："爸爸没去接你吗？你自己一个人回来的吗？你不害怕吗？"

她学了两个小时舞蹈才回家，脸蛋粉扑扑的，仿佛苹果刚刚红时，格外漂亮。

"我不害怕。"周数和问她，"还有半个月就开学了，你的暑假作业做了多少？"

谢思好只完成了一小半，她心虚，又不满："数和哥哥，你怎么刚回来就问我的暑假作业！"

周数和再了解她不过："还剩了很多没写？"

"还有半本练习册，生词也只抄了一部分，数学题还没来得及做。”谢思妤实话实说，然后溜之大吉，“我要给爸爸打电话，让他今晚带我们出去吃大餐。”

周数和来不及阻止，很快客厅传来她清脆的声音：“爸爸，数和哥哥自己坐火车回来了，你和妈妈也早点下班吧……”

他失笑，果然还是妹妹叽叽喳喳围绕在身边更有意思。

第二天，周数和陪着谢思妤补暑假作业。有他监督，虽然她时不时要跟他讲两句无关的话，比如她和程玥彤做了什么事情，李星成又闯了什么祸，却一直没丢下手中的笔，效率明显提高了很多。

到了小姑姑婚礼的前一天，一家人提前过去帮忙筹备，大人们负责宴席吃食、迎来送往的事情，谢思妤、周数和则负责搞气氛。小姑姑交给他们一个任务：把家里所有的窗户、柜子贴上红双喜。

婚礼当天早晨，小姑父领着浩浩荡荡一群人来接亲。谢思妤穿了一条白裙子，她没有口袋装红包，便将红包通通塞进数和哥哥的裤兜里。允许新郎进门后还要吃糖水鸡蛋，每碗两个，谢思妤胃小，也放了一个到数和哥哥的碗里请他帮忙吃掉。

这天的小姑姑在谢思妤眼里，比以前任何一天都美丽——一身雪白婚裙坠地，头戴蓬蓬头纱，身后裙摆长长曳地，她佩戴着珍珠耳环、珍珠项链，手持捧花，神态迷人。谢思妤都看呆了。

谢思妤对周数和说：“数和哥哥，我以后也要当一个像小姑姑这么漂亮的新娘子！”

周数和看着她和台上新娘相像的五官，回答她：“你肯定和小姑姑一样漂亮。”

她又对周数和说：“数和哥哥，你以后的新娘子也要像小姑姑这么漂亮才可以！”

周数和认为结婚对他来说是件很遥远的事情，随口回答道：“新娘子都很漂亮。”

Chapter 3
一寸光阴一寸金

谢思好上了六年级后，总喜欢往雁中跑。

这一年周数和以年级第一名的成绩直升雁城中学的高中部，学习更加辛苦一些，每晚两节自习，周六也要上课。

周数和周六上课的时候，谢思好会送饭给他吃。那天苏永莎不上班，在家里炖了排骨猪蹄、烧鸡烧鸭，而谢思好已经学会了骑自行车，饭菜放在保温桶里拿过去时还热乎乎的。

进入十一月，天气渐渐转冷，有时天黑下来才毫无征兆地开始下雨。偶尔周数和未带伞，谢书均开车去接他，谢思好跟着一同前往。

夜里路灯全亮起来，雨不算大，周数和推着自行车往校门口走。

他见到谢思好撑着一把带着印花图案的雨伞站在铁门外，同学们不断从她身边经过，她的眼睛也从他们的身上扫过，最后定格在他身上。她圆圆的眸子弯起来，扬手叫道："数和哥哥！"

周数和笑着加快脚步，走向谢思好。

谢书均的车就停在路边。进入2000年后，服装公司的生意做得越发好，他却没舍得换掉这辆奥拓。车里面很宽敞，折叠两个后座就可以放下一辆自行车。

许思宁跟着周数和一起出来。谢思妤也看见了他，她甜甜地说："思宁哥哥，你的家人不接你吗？爸爸车里有雨衣，我借你穿。"

她跑去打开车门，拿了一件墨绿色的雨衣递给他。许思宁没有同她客气："明天我还给你数和哥哥。"

"好。"谢思妤与他告别，"思宁哥哥拜拜。"

谢书均没有下车。今年十五岁的周数和个子已经很高，眼看着就要突破一米八，何况他不是读死书的男孩，平时喜欢打篮球，身体锻炼得结实，自己将自行车抬进车后备箱不成问题。

谢思妤将副驾驶座留给数和哥哥，她坐在后面唯一没折起来的座位上，仿佛一只黄鹂鸟，叽叽喳喳的，一会儿要考他脑筋急转弯，一会儿控诉语文老师让李星成做下蹲太过分，一会儿告诉他星期六她和程玥彤要去新华书店。

等到她终于讲够了，周数和才对谢书均说："谢叔叔，星期六我们班要开家长会，你有时间参加吗？"

谢书均想也不想，问："几点开始？"

自从周数和住进谢家，谢书均、苏永莎就成了他的代理家长，全权负责他的生活与学习。周数和班上有些同学和他的情况相似，父母去了外地工作，总会缺席家长会，而谢叔叔、苏阿姨无论工作多忙都会到场。

谢书均这时还开玩笑："好好的家长会可以不参加，你的家长会我必须参加，去听听老师的表扬。"

谢思妤完全理解爸爸的言外之意，爸爸损她拿不到奖状，甚至在她的期末通知书上面，朱老师还会特意写上一句："该同学十分聪明，只是比较活泼贪玩，如果她脚踏实地用心地学习，一定会取得优异的成绩。"

她立刻为自己找补，振振有词地说："每次家长会，李星成的爸爸都被朱老师批评，我还一次都没有让你被老师骂呢。"

周数和没忍住笑，回头看了她一眼，看见她一脸骄傲。

“你怎么不跟数和哥哥比？”谢书均也感到奇怪。他和苏永莎不是不重视她的文化课，家里还有一位成绩名列前茅的数和哥哥经常辅导功课，但似乎她在学习方面确实没天赋，一道难题讲十遍，过几天重新考，她依然做错。

“爸爸，你知道什么叫比上不足比下有余吗？”谢思好拍拍胸脯，“我就是！”

谢书均顺着她的话说：“说得对，你不在外面闯祸，我和你妈妈就阿弥陀佛了！”

谢思好自动忽略掉爸爸的调侃，兴致勃勃地说：“我也要参加数和哥哥的家长会，听老师表扬他。”

“你不是要和彤彤逛新华书店吗？”谢书均开着车，却将女儿的话听进耳里。

“我们下午练完钢琴才去啦！”

“那你问数和哥哥，老师允许带妹妹旁听吗？”

老师没有明确表示不允许，周数和回答：“可以去。”

星期六，数和哥哥的家长会，谢思好没有进教室，因为只准备了五十七位家长的板凳，家长没来的学生需要自己给自己开，没有多余座位。

谢思好只遗憾了一分钟，很快就与同样被“清理”到阳台上的数和哥哥班上的同学聊了起来。

她现在已经不扎两根辫子了，一大把头发黑而直，高高地绑在脑后，额前的碎发毛茸茸的。她继承了妈妈的优点，眉不描而弯，唇不画而红，又像她的小姑姑一样，葡萄大眼，白皙小脸，长得非常精致。

周数和班上的那些性格外向的同学逗谢思好，问她上几年级、以后要不要来雁中、周数和对她好不好等问题，谢思好很乐于回答。谢书均从教室出来时，她还在跟别人说话。

她见到爸爸手里的奖状，立刻转移注意力，过去说：“我看看！”

橙黄色的纸上写着——

“高一（1）班周数和同学在2002—2003年度第一学期期中考试中，获全年级第一名。特发此状，以资鼓励。”

谢思好认认真真地看完，觉得与有荣焉，她对周数和说：“数和哥哥，你想要什么奖励，快跟爸爸说。”

如果她得了奖状，她就要让爸爸妈妈给她买这买那，把平时他们不轻易答应她的要求一股脑地提出来。

周数和知道她最近心心念念想要的是什么，于是开口道：“我想吃必胜客的比萨。”

果然，她欣喜道：“我也想吃！”

他们当晚就去了必胜客。谢书均明着没说什么，第二天却安装了一台电脑到周数和的卧室里，这才是给他的真正的奖励。

最近两年雁城开了很多电脑游戏室，其中大部分没有正规的营业许可证，学生沉迷其中。谢书均当然知道周数和不会是其中一员，他并不反对周数和在学习之余玩玩电子游戏，接触一下网络新事物。

这只是针对有自制力的周数和而言，至于谢思好，谢书均给她设置了电脑使用的时间表，规定得比学校里的电脑课还严格，多一分钟都不行。

谢思好才没兴趣玩电脑，看小姑姑的言情小说比打游戏有意思多了。妈妈不允许她看情情爱爱的东西，可她偏偏喜欢看。

谢思好不仅迷上了爱情小说，还爱看偶像剧。程玥彤将她表姐买回来的《流星花园》DVD光盘分享给她，给她打开了新世界的大门。

2003年4月，谢思好的小学生涯进入倒计时。为了让她在小升初的考试中取得好成绩，苏永莎没收了她的小说和DVD光盘，答应考完试再还给她。

没收了不到一星期，非典暴发，不知道从哪里传出来喝板蓝根可以抵抗病毒的流言，最初学校每天发冲剂给学生喝。那时候早晨到学校的第一件事就是依次测体温，将水银体温计的水银柱甩到35℃以下，放到腋下等五分钟再取出来，全班同学需要花费很长时间才能全部量完。后来到了月末，教育局下发了统一停课放假的通知。

这次停课长达一个半月，期间电视台播了从韩国引进的《蓝色生死恋》。谢思好每天晚上八点准时坐在电视机前观看，心疼死恩熙啦。

也因为停课一个半月，周数和每天在家辅导谢思好的功课。小升初考试时她成功逆袭，再加上后来中考、高考她的成绩都比平时好很多，苏永莎与别人提起时，总讲女儿关键时刻不掉链子，有上好学校的运气。

2003年9月，非典完全结束，谢思好成为一名初一新生，她终于再次与周数和一个学校了。

星期一大课间全校师生参加升旗仪式，她站在队伍后面，看到数和哥哥穿着一身白色制服笔直地站在升旗台上，在全体师生的目光中，将鲜艳的五星红旗缓缓升到最高处。

升旗仪式结束，教导主任进行发言。谢思好一双乌溜溜的大眼睛却追随着周数和的背影，直到他走进高二（1）班的队伍末尾，她才收回目光。

程玥彤站在她的身前，李星成站在她的左手边，他们仨小学六年建立起了深厚的友谊，初中也被分到一个班，别提多高兴了。

这会儿三人小声讲起话来，程玥彤回头说："好好你看到了吗？右边那个升旗手是数和哥哥！"

谢思好点点头，满脸自豪："我第一时间就看到了！"

"我以后也要当升旗手。"李星成充满向往。

"你想当就能当吗？"程玥彤经常与他唱反调，泼他冷水，"要像数和哥哥一样成绩好、个子高、长得帅才能被老师委以重任。"

李星成正想反驳，班主任章老师已经注意到后面几人在窃窃私语，严厉的目光扫向他们。看到她慢慢走了过来，他们立刻噤声，装成一副认真听讲的模样，逃过了一场训斥。

解散后，三人重新提起这个话题。刚才离他们近的同学虽未参与讨论，但都竖着耳朵听，这时候有个同学问谢思好：“你哥哥是升旗手吗？”

谢思好点点头，骄傲道：“对呀，他是高二的年级第一。”

女孩子“哇”了一声，感叹道：“你哥哥好厉害！”

还有女生说：“你哥哥好帅啊，比二班的沈嘉商还要帅。”

进入初中后，男孩女孩们开始评论美丑，初一（2）班的班草沈嘉商，被女生们评为年级级草。

李星成不屑一顾：“沈嘉商有什么帅的，长得比女孩子还白，一点都没有男子气概！”

不出意外，他受到了女孩子们的群攻。大家嘻嘻哈哈很快打成一片。

中午吃食堂，谢思好的卡里充的钱用得很快，她喜欢光顾学校的小卖部，巧克力豆、薯条、虾片、夹心饼干等零食是她的最爱。平时在家里，苏永莎不怎么允许她吃这些零食，不在妈妈的眼皮底下后，她比较放纵。

这天在章老师的数学课上，谢思好吃零食被抓现行。课上章老师只给了她一个严厉的眼神，下课后单独将她叫到办公室，向她要她父母的电话号码。那时候入学填的信息不多，网络信息不像十几年后那么发达，别说父母的电话号码，连父母的身份证号码都必须一字不差地登记到学生的档案中。

当然，章老师不单单因为谢思好上课吃零食这一件事要给她的家长打电话。

入学大半个月，其实章老师一直很关注这个学生。

首先看得出来她的家庭条件很好，章老师记得报到那天是她爸爸送她来的，她爸爸一看就是当老板的；其次是因为小姑娘长得很漂亮，办公室的老师们常在私底下讨论，可以培养她当学校各种晚会的主持人。

但是很快章老师发现她并不是个性格文静的女孩，她上课喜欢交头接耳，下课喜欢打打闹闹，基本大错不犯，但是小错不断。上课传字条、偷偷看课外书、走神不听讲……章老师透过教室后门的小窗发现过好几次。

不知道她父母是否因为工作太忙而忽略了她的教育，章老师正想找个机会和她的家长聊聊，她就撞到枪口上，不仅上课吃零食，还分给周围的同学，带动大家违反课堂纪律。

谢思好一听章老师说要找她的爸爸妈妈谈谈，心里就大叫完蛋了。她的小脑瓜转得极快，说："章老师，我爸爸妈妈平时很忙，他们只有周末才有时间，但是周末您也放假了，不如您和我的哥哥谈吧。"

章老师带过这么多学生，哪能不知道谢思好的小心思。她找家长的目的，不是为了看谢思好挨父母的骂，从而对她这个班主任有埋怨心理，而是希望谢思好改正这些坏习惯。但面容甜美的小姑娘用水汪汪的眼睛看着她，她无法拒绝，态度松动："那把你哥哥的电话号码给我。"

"我哥哥一会儿吃完午饭就可以来。"

章老师感到疑惑不解，只听谢思好又说："他是高二（1）班的周数和。"

章老师有点生气，认为谢思好糊弄她，哥哥是未成年怎么能为妹妹负责？她不由得板起脸说："不行，你哥哥也只是学生……"忽然她顿住，"你哥哥是高二（1）班的周数和？"

谢思好点点头。

章老师脸上的表情又缓和下来，如果是别的学生，肯定不可以。但高二（1）班是她先生带的班级，先生回家多次夸过他的得意门生周数和，她觉得让周数和回家传话没问题。

"行吧，吃完饭把你的哥哥叫到办公室。"章老师放谢思好离开。

等谢思好走出去，她想，为什么哥哥年级第一妹妹却不爱学习？更重要的是，为什么兄妹俩的姓氏不一样？

这边谢思好走出办公室，脸上带着苦恼的神情，心想，课上她应该忍一忍的。语文书上说“天将降大任于斯人也，必先苦其心志，劳其筋骨，饿其体肤，空乏其身，行拂乱其所为”，她连一点饿都受不了，以后还怎么成大事啊？

刚才是上午的最后一节课，程玥彤和李星成还没有去吃饭，他们在教室等着她。见她垂头丧气的，程玥彤便问：“章老师批评你了？”

谢思好摇摇头：“她等会儿要找数和哥哥谈话。”

李星成松了口气：“没事，你数和哥哥绝对不会骂你的。”

结果谢思好“点背”，又撞到周数和的枪口上了。

三人想着这会儿时间已经比较晚了，食堂的窗口剩下的都是残羹剩饭，于是决定到小卖部泡方便面。周数和吃完饭来买汽水，就见到谢思好吃着烤肠守着泡面，他叫她的名字：“谢思好！”

谢思好的小心脏抖了一下，当数和哥哥罕见地叫她全名时，证明他对她有点不满意。

周数和朝她走了过来，他现在身高超过一米八，这样的身高足以成为焦点，更何况他还有“年级第一”和“校草”的光环加身，几乎所有学生的目光都投了过来。

谢思好倒也没有逃避，她知道数和哥哥想问她为什么不好好吃饭，便主动解释：“今天我被班主任留了一会儿，食堂只有剩菜了！”

周数和愣了一下，想到了她一二年级那会儿放学留堂。怎么她上了初中还有这种事情发生？

谢思好如实交代：“上午最后一节课我肚子饿了，偷偷吃饼干被章老师发现了。”

周数和瞧着她，心中想，不遵守课堂纪律，老师教育她也是应该的。

谢思好找准机会说：“章老师还让你去一下她的办公室，她要跟你聊一聊。”

周数和立刻就反应过来，肯定是谢思好告诉老师他是她的哥哥。他不禁无奈，看来他也要接受教育。

周数和觉得自己有必要做一下心理准备，不可能仅仅只因为她上课吃零食，老师就找她的家长谈话。如果是，肯定也不止一次。他问谢思好：“你还犯了别的错误吗？”

谢思好一一道来：“国庆节布置的家庭作业我没有写完，星期二的历史课上，章老师看见我和李星成传字条，昨天她还没收了我的小说。”

看样子没少惹老师生气，周数和有些头疼。他问她理由：“我记得国庆节最后一天问你写完作业了吗，你回答我写完了。还有，上课为什么不好好听讲？为什么把小说带到学校？”

谢思好揭开泡面桶的锡箔纸包装盖，讨好地将叉子递给周数和：“数和哥哥，你要吃一口吗？”

周数和说“不吃”，谢思好低头吃了两口才回答他的问题：“我忘了还有一个周记，数学卷子也被我弄丢了。上课传字条是因为李星成有事情问我，还有小说太好看了，我想午休的时候悄悄看，没想到章老师突然来教室检查。”

旁边的程玥彤和李星成观察着周数和的反应，悄悄松了一口气，还好，数和哥哥看起来不像会发火。

谢思好也知道自己找了借口，她根本就没把心思用在学习上，所以才会发生这些情况。她慢吞吞地用叉子一圈一圈裹着面条，等待周数和批评她。

周数和却没有批评她，他了解清楚后笑了笑：“不是饿了吗？快吃。”

谢思好“哦”了一声。

周数和进小卖部前问三人：“想喝可乐还是牛奶？”

他们统一回答："可乐！"

不一会儿周数和出来了，将三瓶可乐放在他们的面前。谢思好立即要喝，她示意数和哥哥帮她拧开。

这时有女生叫周数和的名字，谢思好顺着声音看向来人，她见过这个女生，在去年数和哥哥的家长会上。

赵梦渝则对谢思好印象深刻，几乎班上所有的同学都记得她，她那么漂亮、活泼。赵梦渝将自己买的旺仔 QQ 糖拿给谢思好，问："你还记得我吗？"

"我不吃，谢谢姐姐。"谢思好礼貌拒绝，她对赵梦渝露出笑容，说，"你是数和哥哥班上的同学。"

"对，我和你哥哥还是一个学习小组的。"赵梦渝十分高兴，然后做自我介绍，"我叫赵梦渝，梦想的梦，此生不渝的渝。"

"梦渝姐姐，你好。"谢思好嘴甜。

赵梦渝喜欢谢思好，不仅因为她是周数和的妹妹，更重要的是，没有人会对像洋娃娃一样的女孩产生厌恶感。她关心地问："你怎么没有去食堂吃饭？"

谢思好一点都不觉得被老师叫到办公室教育是件丢脸的事情，她大大方方地告诉对方原因。

赵梦渝失笑："下次你可以在大课间的时候先吃一点面包垫垫肚子。"她看向周数和，"你不回教室吗？"

初、高中生在不同的教学楼上课，所以赵梦渝才有此一问。

周数和知道如果自己不阻拦，好好肯定立即和盘托出，他在她之前开口："我现在不回，你先回吧。"接着提醒谢思好，"不喝可乐了吗？"

"要喝。"谢思好果然被转移了注意力。她拿起瓶子喝了一口，放下后觉得味道不错，于是又喝了一口。

赵梦渝已经离开，周数和等了他们二十分钟，收了她和程玥彤的泡面桶丢进蓝色的大垃圾桶，李星成则很自觉地将自己的泡面桶扔掉，三人一起走向初中部教学楼。

进入十月，天气逐渐转凉，不少男孩子抓紧吃午饭的时间跑到操场打篮球，其中便有初一（3）班的同学。他们先叫李星成过去一起玩，又叫谢思好和程玥彤："下午体育课一起打羽毛球！"

两人爽快地回答："好！"

周数和忽然开口："下午放学后最多只能在外面玩一个小时，早点回家做作业，我上完晚自习回来后要检查。"

谢思好和程玥彤对视一眼，两人本来约好放学后去天池路的音像店听 CD，看来只能泡汤了。她表现得乖巧："好。"

她领了周数和去章老师的办公室。明黄色的门敞开着，中午休息时间，里面只有两位班主任坐在办公桌前。她们正在讲学生的事情，听到敲门声便停止了交谈。章老师的桌位背对着门，她回头看。

"章老师，我哥哥来了。"谢思好主动说。

周数和虽未和这位章老师说过话，但他知道她是自己班主任的老婆，也开口道："章老师。"

不严厉的时候，其实章老师很漂亮，她只有三十五岁，烫了头发，描着弯弯细细的眉毛，眼影、睫毛膏、口红一样不落，身穿颜色鲜艳的连衣裙和尖头皮鞋，打扮精致。

她对周数和露出笑容："谢思好哥哥过来坐，我想和你讲讲她的问题。"接着她又对谢思好说，"你回教室吧。"

谢思好看了周数和一眼才磨磨蹭蹭地离开。章老师拉了旁边另一位科任老师的椅子过去，周数和先说了"谢谢"再坐下。

章老师自己琢磨一阵子后才领悟过来，听先生提过，周数和的爸爸妈妈都是体制内的领导，不可能生二胎，所以他们应该是表兄妹关系。她问："你是谢思好的表哥？"

周数和解释："她的爸爸和我的爸爸是老同学，我住在她家里，算是她的哥哥。章老师，关于谢思好的事情和我说没问题，我可以向她的爸爸妈妈转达。”

年级第一的 title（标签）在老师那里挺有信誉度，章老师没有任何质疑，立刻进入主题。

她采取先扬后抑的手法：“是这样的，其实谢思好的优点很多，她非常阳光、活泼外向、乐于助人，班上的同学都比较喜欢她。不过她的缺点也很明显，上课喜欢讲悄悄话，传字条，吃零食，不太遵守课堂纪律，还有学习态度不认真，经常忘记老师布置的家庭作业，还爱看小说。这些毛病看起来虽然小，但全都集中在她一个人的身上，就应该引起重视了。我希望你向她的爸爸妈妈转告一下，希望他们可以配合老师帮助她改正。”

周数和有了心理准备，倒不太惊讶，他表情诚恳：“章老师，来办公室之前，好好跟我承认了她的错误，她知道这些行为都是不对的。”

“她知道是错的就好，以后争取不要再犯。”章老师和颜悦色，“你也要提醒她尽量少和李星成玩，李星成十分调皮，她也调皮，两个调皮的小孩在一起，就会导致‘1+1 > 2’的结果。”

周数和微不可察地拧了下眉，他不怎么赞成老师干涉她交朋友的理论，但明面上未反驳。

快到午休时间，章老师结束了与周数和的谈话，让他出了办公室。谢思好等在门边，立即拉住他的胳膊，问：“数和哥哥，章老师说什么了？”

“说你自己知道的那些问题。”周数和觉得好笑，她简直是明知故犯。

“我知道了。”谢思好这时候十分乖巧，她转身看了下办公室，压低声音说，“数和哥哥，你不要告诉爸爸妈妈，不然妈妈一定会扣我的零花钱，还要我上交所有的小说。”

他本来也没有打算告诉家长，趁此机会提出条件：“那你答应我，下课做什么都行，但上课一定要认真听讲。”

谢思好信誓旦旦："我答应你！"

学校每周一和周五充值饭卡，这周星期二的中午刷了饭钱后，谢思好发现她卡里的余额只剩一块五毛了，明天中午不够用。

下午上美术课，老师组织学生去户外写生，正好碰到周数和上体育课。谢思好抱着图画本坐在操场边的石阶上观察，她见到周数和跑在队伍的后面，大声喊："数和哥哥！"

见周数和望向她，她举起图画本给他看："我画画呢。"

室外的课堂纪律不太严，周数和点点头，随即将食指竖在嘴唇上，无声地做了一个"嘘"的动作。

谢思好做出"OK"的手势。

二十分钟后，体育老师宣布自由活动，同学们立即跑到放运动器材的筐面前抢各种球，周数和则去看谢思好的画。她正蹲在花坛边，描绘地上的那一群小蚂蚁，画得还挺惟妙惟肖。

周数和笑出声。她仰起脸来，眉眼弯弯："数和哥哥，你看我画的蚂蚁像不像？"

"像。"周数和肯定道，他拉她站起来，"别蹲太久。"

四周的女生都朝周数和看过来，谢思好也看着他，想起饭卡的事，说："我的饭卡里面没有钱了。"

周数和立即将自己的饭卡给她："用我的。"

"那你呢？"

"我刷许思宁的，拿现金给他。"

于是，谢思好没有任何心理负担地收下了。

星期五中午，她给饭卡充完钱，吃完饭后去了高二（1）班教室。她从后门探了脑袋进去搜罗一圈，没见到数和哥哥的身影，连思宁哥哥也不在。她找到自己认识的一张脸，叫她："梦渝姐姐！"

赵梦渝闻声转头，见到谢思好勾手示意她出去，于是走到谢思好面前，问："找你哥哥吗？"

谢思好点点头。

赵梦渝十分温柔地说："他现在不在教室，你找他有什么事吗？我帮你转达。"

谢思好将周数和的饭卡交给她，说："梦渝姐姐，你帮我还给数和哥哥。"

她说了句"谢谢"，又说了一句"拜拜"，转身离开。快走到楼梯处时，有女生叫住她："谢思好，等一等。"

一个扎着高马尾、校服外套敞开穿着的漂亮女生快步走来，递给她一个粉色信封，笑着说："今晚你哥哥回家，你帮我把这封信给他吧。"

谢思好疑惑道："你为什么不自己给他呢？"

对方没有解释原因，把信封塞到她的手上："拜托你了，这对我来说很重要。谢谢。"说完，不给谢思好拒绝的机会，掉头就跑。

谢思好盯着对方一阵风一样离去的背影，"喂"了一声，女生却加快步伐，最后她只能无奈收下，将这封粉色的信揣进校服外套的口袋。

回到教室，谢思好忍不住将这封信拿出来研究，可是粉色的信封上什么字也没写，能摸出来里面有一张折好的纸。纸上写了些什么呢？要不偷偷看一眼？

这时李星成来到她的桌前，趁她不备，伸手一把抢过她手中的信："谢思好，你收到情书了吗？"

谢思好先是因为"情书"两个字心中咯噔一下，然后对李星成感到不满，她朝他摊开手，平静道："拿来。"

李星成不敢真的惹谢思好生气，老老实实地将信放到她的掌心里。他俯下身，双肘支在她的课桌上，做出说悄悄话的姿态："谁给你写的？"

谢思好推开他凑过来的脸，随手将粉色的信放进书包里面，回答他：“不是我的，是别人让我替她转交给数和哥哥的。”想了想，又问，“你觉得这是情书？”

李星成人小鬼大，拍胸脯保证：“肯定是。你想想，除了情书，还有什么话不能直接说？”

谢思好想了想，同意他的观点：“还是你聪明！”

晚自习结束后，周数和回到家里，此时谢思好和苏永莎正在看《倚天屠龙记》。那几年 DVD 光盘盛行，一部电视剧播完没多久，盗版碟片就铺天盖地出现在市场上，租一整套回家，看得很过瘾。

苏永莎看到周数和回来，马上走进厨房，很快端出来一碗熬得浓白的鲫鱼汤和一小碟桂花糕：“数和快去洗手。”

周数和对这样的场景习以为常，因为每天上完晚自习回来，苏阿姨都会为他准备夜宵。而且，最近听谢思好抱怨学校食堂的大锅饭难吃又没营养，苏阿姨正在招聘会做菜的保姆，每天专为他们俩准备三餐。

谢思好闻着鲫鱼汤的香味，忍不住凑过去，拿起汤匙，舀了一勺往嘴里送。苏永莎看不下去，轻声呵斥：“这是给数和哥哥留的，你讲不讲礼貌！”

周数和擦干净手出来，笑道：“苏阿姨，没关系，好好想喝就让她喝。”

“别管她，晚饭时她喝了两碗。”苏永莎完全将周数和当成了自己儿子，“上课到这么晚辛苦了，你赶紧来吃。”

谢思好拉开另一边的餐椅坐下，也说：“数和哥哥，你赶紧来吃，吃完去你的房间，我有事情和你说。”

“什么事情要回房间说？我不能听？”苏永莎并非探听孩子们的隐私，她只是随口一问。

“妈妈，你不能听。”谢思好一本正经，“这是我和数和哥哥的秘密。”

“行吧，我尊重你们的秘密。”苏永莎笑着走开。

周数和慢慢地喝鲫鱼汤。谢思好拿了一块桂花糕慢吞吞地吃着，问他："今天中午我去教室找你，你不在，去哪儿了？"

"英语老师的办公室。上午我们班进行随堂测验，我帮老师批改卷子去了。"周数和解释，又说，"你给我的饭卡也充钱了？"

谢思好点点头："你饭卡里的钱也快用光了，我刚好有一百块钱，所以给我们一人充了五十，我用完了下次再找你。对了，数和哥哥，今天放学的时候，章老师告诉我们 11 月 7 日和 11 月 8 日开运动会，让我们想想周末报什么项目，你参加什么？"

"跳高、跳远、4×100 接力。"这三项已经成了周数和每年参加运动会的固定项目，他问她，"你呢？"

"跳远。"谢思好腿长，弹跳力还不错，"到时候我会来给你加油的。"

周数和理解了她的意思，说："我也来给你加油。"

等到两人终于回房间，已经是二十分钟后了，看谢思好关上门，周数和失笑："你有什么事情，搞得这么神秘？"

谢思好拿出藏了一晚上的粉色信封，笑着说："数和哥哥，有个姐姐让我交给你的。"

周数和愣了下，才将粉色信封接到手里，对她说："以后不许随便替我收东西。"

谢思好根本没听进耳朵里，她一心想着里面会写什么内容，催他："你现在不拆开看吗？"

周数和一眼看穿她的小心思，故意道："不如你来拆开？看完告诉我里面写了什么。"

"好哇。"谢思好欢欢喜喜地伸出手。

她即将碰到信封的一角时，周数和果断收回，打开门将她推出去："早点睡觉。"

谢思好看着眼前"砰"的一声关上的门，郁闷半晌，抬手拍了两下。里面传出数和哥哥没有任何回旋余地的声音："你不能看。"

她又拍了两下门，这次没得到回应，于是哼了哼："不看就不看！"似乎还怕周数和不够头疼，隔了几秒，她气呼呼地大声补充，"以后我收到情书也不给你看。"

周数和的声音隔着门传出来："谢思好。"

数和哥哥又叫她的全名，谢思好心知不妙，她的这句话惹着他了，正想拔腿开溜，门从里面打开，周数和伸手将她捉进去，又迅速关上了门。他的表情不是很好，问她："你以后不给我看什么？"

谢思好嘴硬地重复："情书！"

周数和再一次叫她的全名："谢思好。"

她心虚地缩了缩脖子，但是依然控诉他："反正你也不给我看。"

周数和试图让她换位思考："那我能看你的日记吗？"

谁知她点点头，真诚地说："可以啊，你要看吗？不如我们交换怎么样？"

"不怎么样。"周数和被气笑了，他瞧着她圆圆的明亮的眸子，还有脸上的狡黠神情，又无法真的生气，只好讲道理，"今天你做错了三件事，第一，初高中不可以谈恋爱，你明知道是情书……"

"数和哥哥，我不知道是情书，我猜的。"谢思好急忙打断他，讨好地说，"所以才想让你拆开看看我有没有猜对嘛。"

周数和错愕，他的道理也讲不下去了。他简直拿她没有办法，只能说："这不是你应该好奇的，只此一次，下不为例，以后不许收情书，我的不许，你的更不许。十八岁以后才可以考虑谈恋爱，初中、高中的任务就只有专心学习，以小姑姑为榜样，考上大学，知道吗？"

谢思好嘀咕："我什么时候说我要早恋啦，我也没有说不考大学呀，干吗凶我？"

周数和见她有点小情绪了，伸手摸摸她的脑袋，安抚道："我没有凶你的意思，提醒你不可以被学习以外的事情分心，那些没有营养的小说你真应该少看。"

听到数和哥哥的教育往她心爱的小说上转移，她担心下一秒就要让她交出租书卡，连忙说：“数和哥哥，我记下了，保证听你的话，你放一万个心吧。”

她说完，转身开门，快速逃跑了。这下轮到周数和听完“砰”的一声关门声发愣。片刻后，他摇摇头，笑了笑，目光落在被自己随手扔到书桌上的信上面。信封上空空的，什么也没有写。

他没有过多纠结，这是谢思好自作主张拿回来的，不代表他就会收下。周数和没有阅读的兴趣，随手将这封薄薄的信放进书包，若一周内无人找他认领，他就不再保留。

但显然，一夜过去，谢思好将昨晚数和哥哥的提醒忘得精光。

周六不上晚自习，周数和回到家，他正将钥匙插进锁孔里，就听到里面传出谢思好欢快的声音：“数和哥哥，我来给你开门。”

她惦记着转交的那封信，拧开锁欢迎数和哥哥回家，趁他换鞋的时间，凑过去低声问：“数和哥哥，你拆开看了吗？”

周数和转头充满警告意味地看了她一眼。谢思好才不怕，她抱住他的胳膊说：“你快告诉我，我猜对了吗？”

“你为什么不把这种打破砂锅问到底的精神用在学习上？”周数和反问她。

“你不要转移话题，请正面回答我。”

周数和也知道，让谢思好上了心的事，若不告诉她一个结果，她肯定会没完没了地纠缠。于是他点点头，面不改色地说假话：“你猜错了，她只是向我请教数学题。”

“真的假的？”谢思好不肯相信，“你没骗我吧？”

“我没骗你。”周数和一本正经。

“可是，请教数学题为什么不能当面问你，要用写信的方式呢？写信就算了，还不敢亲自交给你，你有这么吓人吗？”谢思好觉得不合逻辑，评价道，“好奇怪！”

周数和故意说：“不是人人都像你一样大胆。”接着，又圆了一下话，“她是另一个班的同学，和我不熟。”

“她的胆子也太小了吧！”谢思好松开手。居然只是请教学习而已，没什么意思，她往厨房跑，“妈妈，可以开饭了，数和哥哥回来啦！”

周数和笑着跟进去。

吃晚餐的只有三人，谢书均去外地出差了，明天夜里才回来。苏永莎征求两个孩子的意见：“明天中午吃馄饨怎么样？咱们多包一点，好好的爸爸回来还可以煮给他当夜宵。”

本来谢思好没有想到馄饨这个选择，但妈妈一提，她立刻馋了，同意道：“好。”

周数和也赞成，他面不改色地将谢思好因为挑食而放到他碗里的胡萝卜吃下。

第二天一早，苏永莎就去买猪筒骨。周数和与许思宁约了打篮球，他顺路送谢思好到青少年宫练琴。

两人中午到家时，苏永莎正在包馄饨，周数和洗干净手走到苏永莎身边，让她教他。

苏永莎将周数和当自己的儿子，经常体现在日常生活中细枝末节的事情上，就如此时，她完全接收了他想分担一点家务的心意，拿了一张馄饨皮给他，说：“跟着我做，很简单。”

谢思好也要学，她的话比较碎，不停地说这说那，逗得苏永莎和周数和笑出声。

包完最后一张馄饨皮，苏永莎问他们要吃多少，周数和说十五个，谢思好跟着说她也要十五个。由于她平时吃不了这么多，苏永莎表示怀疑：“不要眼馋。”

谢思好振振有词：“我自己包的肯定很好吃。”

事实上，她的确只是眼睛馋，吃到一半，她看了看妈妈，又看了看数和哥哥，选择问后者：“数和哥哥，你够吃吗？”

苏永莎一眼看穿女儿的小把戏，也对周数和说：“数和，不够锅里还有。”

周数和当然明白谢思好是什么意思，看她噘嘴了，善解人意道：“我可以帮你吃两个。”

谢思好立刻甜甜地笑起来：“谢谢数和哥哥。”

苏永莎却批评她：“吃不了就剩下，不要让数和哥哥帮你吃。”

谢思好压根不听，迅速将自己碗里的馄饨捞到周数和的碗里。

一旁的周数和对苏永莎说：“苏阿姨，没事的，剩下浪费了。”

谢思好接话：“对，谁知盘中餐，粒粒皆辛苦，不可以浪费。”

苏永莎十分无语。

运动会这天早晨也是吃的馄饨。苏永莎行动迅速，请了一位做饭阿姨。吴阿姨擅长做面食，她每日主要替两个孩子准备三餐，中午和下午她都送饭到学校，虽比较奔波，但老板工资开得高，她做起来劲头很足。

因为今日举行活动，高中部不上晚自习，于是出门的时候，谢思好对周数和说她不骑自行车。下了楼，她侧着身子坐在他的自行车后座上，用一只手抱他的腰，另一只手举起来指挥：“出发。”

快到学校时，谢思好眼尖，看到从另一个方向骑自行车来的李星成，大声叫他：“李星成。”

李星成见到谢思好，加快踩踏板的速度，追到他们身边。他感到奇怪：“你自己怎么没有骑自行车？”

谢思好说：“骑自行车太累了，数和哥哥今天和我们一起放学，他可以载我回家。”

李星成笑话她：“你真懒。”

谢思好问他：“你有没有听说过一句话？”

“什么话？”李星成疑惑。

“懒人有懒福哇。”谢思好脆生生道，并且做出一个可怜他的表情，“谁让我有一个数和哥哥呢？你有吗？”

这有什么好显摆的？周数和听着，不由得笑出声来。

抵达学校后，需要将自行车推着走进去，等到锁好车，谢思好与周数和说了拜拜，她便跟李星成往初中部的教学楼走。路上还有新的同学加入他们，笑闹声一片。

这让周数和颇感慨，从前黏着他的小豆丁妹妹长成初中生了，看起来人缘极好，她有了自己的朋友圈，再也不会时时刻刻都要他陪她玩耍了。

谢思好并不知道数和哥哥有一点“吾家有妹初长成”的失落感，她和同学聊得高兴，到了教室依然说个不停，直到章老师出现才安静下来，从课桌的抽屉里随手取出来一本书，假模假样地翻开看。

没多久学校的广播响起，德育主任让班主任带领学生到操场上集合。听完校长致辞后，运动会正式开始。

谢思好参加的跳远比赛在明天，她也没有闲下来，一会儿给班上的同学加油，一会儿去找数和哥哥，一会儿又请了作文写得好的同学帮忙写广播稿。

谢思好特意请人代笔为周数和写了一段话。走到广播室，她先敲了敲门，进去看到赵梦渝，她的眼睛立刻亮起来：“梦渝姐姐！”

赵梦渝是广播站的成员，这会儿另一位成员正在读同学送来的加油稿，她见谢思好手里拿着一沓作业纸，笑问：“你们班写了这么多篇稿子吗？”

谢思好点点头，她将最上面的一张单独拿出来，递给赵梦渝：“梦渝姐姐，这是给数和哥哥写的，他 10 分钟后就要跑 4×100 米了，你帮我念一下。”

赵梦渝接到手里，快速浏览一遍，笑着答应：“好。”

“谢谢梦渝姐姐，我去看数和哥哥跑步啦。”

“也替我给你数和哥哥加油。”

“没问题。”

谢思好迅速跑回操场，直奔 4×100 米的比赛地点。下一组就轮到周数和班，他跑第四棒，许思宁跑第三棒。谢思好凑到他们身边，握起拳头说：“数和哥哥、思宁哥哥，加油，你俩的腿这么长，肯定能跑第一。”

她说得一点都没错，许思宁接过接力棒后，迅速与对手拉开了距离，接力棒传到周数和的手上时，其他班级已经落后了长长一段距离。

谢思好送去的广播稿适时被朗读出来，赵梦渝声情并茂，周数和真的像写的那样，有着风一般的速度。谢思好早早等在终点，数和哥哥冲过来时她扬起手与他击掌。

她十分兴奋：“数和哥哥，你刚刚听见为你加油的广播了吗？我请我们班语文第一名的同学帮忙写的。梦渝姐姐人真好，她很及时地广播了，她刚刚也为你加油了。”

周数和倒是听见了“高二（1）班的周数和同学”几个字，但他一心跑步，没有注意内容，正要开口，就听到许思宁逗谢思好：“你没有请你们班的语文第一名给我写一篇加油稿吗？”

谢思好反应很快，她丝毫不因为自己“厚此薄彼”而心虚，问他：“你下午还有什么比赛吗？我请她给你写。”

许思宁倒不客气：“下午我扔铅球。”

谢思好拍拍胸脯承诺：“包在我身上。”

于是下午她再次来到广播室。不待她开口，赵梦渝问：“又给你数和哥哥写了加油稿？”

谢思好摇头：“不是，这次是给思宁哥哥写的。”她还带了两瓶冰红茶过来，放到桌上说，“梦渝姐姐，请你和这个姐姐喝水。”

从广播室出来，谢思好突然觉得肚子痛，去了过道尽头的女厕，没想到在里面碰到了让她给数和哥哥递信的姐姐，她一眼就认出对方，朝对方露出甜美的笑容。

女生叫宋明佳，见到谢思好，她愣住了，上次请谢思好把信转交给周数和，已经过去大半个月了，但没有得到任何回音。

谢思好本来都忘记那件事了，这时候突然想了起来，便问她：

“姐姐，数和哥哥教你做题了吗？”

宋明佳不解，什么题？她很快反应过来，有些尴尬，周数和是这么对他妹妹解释的？其实她在里面也没写什么露骨的话，只是表达了对他的好感，问他的目标大学是哪所。也不知道他是怎么处理那封信的，究竟拆开看了没有……

她面对谢思好天真清澈的双眸，认了周数和的说法，说：“教了，谢谢你帮我传信。”

“不客气。”谢思好大方道，又说，“写信多麻烦哪，下次再有不会的题，你可以直接问他，别害怕，数和哥哥很乐于助人的。”

听她这么说，宋明佳乐了，点点头：“好，我知道了。”

谢思好眨眨眼，调皮地说：“我还以为那是情书呢，原来真的不是，数和哥哥没骗我。”

宋明佳忍着笑说：“不许早恋呢。”

谢思好立即表示理解：“你喜欢他的话，可以毕业后试一试。”

她大有八卦的意思，宋明佳制止她思维发散：“你不上厕所吗？”

被宋明佳一提醒，谢思好的肚子又痛了一下，赶紧说：“差点忘了！我上厕所啦。”

宋明佳正要离开女厕，里面的谢思好突然叫住她：“姐姐、姐姐，等等，你先别走！”

那时候学校的公共卫生间没有封门，宋明佳一过去，就见到谢思好用寻求帮助的目光看着她：“你可以去初一（3）班帮我把书包拿过来吗？”

宋明佳以为谢思好忘带卫生纸了，谢思好摇摇头说：“好像是月经来了。”

她并不觉得这个词难以启齿，六年级的时候，她有了发育的迹象，妈妈为她准备的小背心，同时告诉了她生理期的事情。上初中后，妈妈用小布包装了一片卫生巾放到她的书包夹层里，并保持每月一换的频率，就是为了防止她在学校时遇到初潮的情况。

宋明佳答应她："那你等我一会儿，我很快就给你拿过来。"

谢思好立刻感激道："谢谢姐姐！"

宋明佳到了初一（3）班的教室前，推开虚掩的门，发现里面一个同学都没有，才反应过来忘记问谢思好坐在哪个位子了。她站在阳台上，正好看见周数和出现在楼下，于是大声叫他："周数和！"

周数和抬起脸，从上至下的角度，他立体的五官线条展露得淋漓尽致。宋明佳心跳不已地开口："上来拿一下你妹妹的书包。"

她说得没头没脑的，周数和感到疑惑，虽然不认识宋明佳，却因她提了谢思好，依言上楼。直到他走近，宋明佳才低声解释："谢思好在女厕所等我，她叫我帮她把书包拿过去，教室里面没有人，我不认识哪个书包是她的。"

周数和仍旧不解："她拿书包到厕所做什么？"

宋明佳只是个十六岁的女孩子，面对自己有好感的男同学，到底不太好意思将"月经"两个字讲出口："一会儿你自己问她。"

于是周数和闭嘴，他知道谢思好的座位，径直走过去拎出书包，交给宋明佳，客气道："麻烦你给她送过去，谢谢。"

谢思好拿到书包，再次对宋明佳道谢，妈妈教过她怎么使用卫生巾，她很快弄好出来。

初潮来得汹涌，即便发现得及时，校服裤子上依旧不可避免地沾上了一点血迹。虽不怎么显眼，但谢思好自己觉得别扭，她脱了外套围在腰间遮挡。

周数和还以为谢思好耍酷，雁城已经进入秋天，今日气温并不高，她的胳膊上起了一层鸡皮疙瘩，他故意问她："你不冷吗？"

谢思好点头说："但是我的裤子脏了，要遮一遮。"

周数和没有理解她口中的"脏了"是什么意思，他以为是运动会的缘故，说："大家都弄脏了，没关系的。"

"不是的。"谢思好面对哥哥，却不觉得害羞，转过身掀开校服让他看，"我来例假了，数和哥哥。"

Chapter 4
一只青春小小鸟

周数和愣了片刻才反应过来，这才明白为什么宋明佳替谢思好拿书包到女厕。他将自己身上的校服脱给她穿：“我的校服长，遮得住。”

谢思好穿上了周数和的校服。他现在长得很高，个子超过一米八，就连衣服的袖子都长出一大截，她当作古装袖袍甩了甩，问周数和：“刚才那个姐姐叫什么名字呀？”

周数和也不知道宋明佳的名字，问她：“不知道。怎么了？”

谢思好不满：“你都教她做题了，为什么不记住人家的名字！”

原来是她！周数和还以为谢思好随便找了一位同学帮忙，笑了笑：“我没注意，下次遇到我再问问。”

“她人真好，以后她向你请教问题，你一定要帮助她哦。”谢思好嘱咐道。

周数和知道不会有这种情况发生，但他一口答应：“好。”

受生理期影响，第二天的跳远比赛，谢思好发挥失常。原本，她计划拿一张奖状向爸爸邀功，提出买一部 MP3 的要求。

尽管家里的经济十分宽裕，但谢思好也不是想要什么就能拥有什么，尤其对会影响她学习的物品，谢书均和苏永莎一人比一人严格。

所以谢思好讨厌死例假了，除了让她的奖励泡汤，还会让她肚子痛，并且，她已经连续两晚弄脏了裤子和床单，导致在学校总是提心吊胆的，不时让程玥彤走到后面替她检查一下有没有漏出来。想到妈妈告诉她从现在开始，每个月都有几天生理期，她第一次觉得做女生真麻烦。

不过谢思好属于乐观派，她很快放下烦恼，寄希望于期中考试，如果成绩比起第一次月考有所进步，爸爸妈妈会答应送她 MP3 的。

期中测验很快到来，她被分在第七考室，班上还有几个同学跟她一样。到了考室，旁边的女生忽然拉她的衣袖，小声说："快看沈嘉商！"

女同学们一致认为本年级的男生里面沈嘉商最帅，听说还有高年级的学姐向他示好呢。

谢思好顺着同学的目光朝沈嘉商望过去，没想到他也看向她。两人目光一碰，对方笑了笑，然后指指身前的空桌，意思是那是她的座位。

于是谢思好走过去，看见桌子的右上角果然贴着她的名字。

与沈嘉商一样，男同学们一致认为本年级的女生里面数谢思好最漂亮。她比沈嘉商更能吸引目光，因为女生也爱看漂亮女生。

监考老师还未来教室，这会儿大家都很自由，相邻几个座位的同学很快就熟悉起来。最后一门地理考完，有男生问谢思好要 QQ 号。

当晚周数和回到家里，谢思好推他回房间："数和哥哥，你帮我申请一个 QQ 号，我还没有呢。"

周数和替她注册了一串八位数的号码。网名是谢思好自己取的，今年她喜欢上台湾的女子组合 SHE，学着她们用自己的名字首字母"X"当了网名。

她添加的第一个好友当然是数和哥哥，然后拿出今天收到的几张写着 QQ 号码的纸，依次发送申请。

沈嘉商很快同意她的好友申请，电脑右下角的企鹅变成了喇叭，闪个不停，并且发出咳嗽的声音，把谢思好吓一跳。接着又变成沈嘉商的动画头像，嘀嘀提示，她点开了消息框。沈嘉商问："你家里也有电脑吗？"

谢思好还做不到盲打，盯着键盘仔细敲字："嗯，但我不太玩。"

沈嘉商的打字速度快很多，他问："这次你感觉考得怎么样？第三学月月考我们还能分到一个考场吗？"

"还行……"

周数和洗完澡回到卧室，见她还坐在电脑前和同学聊天，他走过去，屈指咚咚敲桌面，提醒她："你该去睡觉了。"

谢思好仰头笑了笑："马上！"

她继续敲键盘对沈嘉商说："我哥哥叫我去睡觉了，拜拜！"

不待沈嘉商回复，谢思好就下线了。她并不急着离开周数和的房间，而是向他汇报自己的考试情况，只说结论："我觉得这次我能进年级前一百五十名。"

第一学月测验，她排年级第一百七十七名。

周数和一听就笑，他知道她想要什么："如果叔叔阿姨不送你 MP3，数和哥哥给你买。"

其实谢思好自己有充足的资金购买，只是她知道不能自作主张。听到数和哥哥这句话，她开心地抱住他："数和哥哥，你简直就是我肚子里的蛔虫。"

周数和被她紧紧抱着，又听她这句不知是好话还是赖话的话，哭笑不得："别高兴太早，前提是得达到目标。"

谢思好自我感觉良好："你放心，肯定没问题。"

周末过后，各科成绩陆陆续续出来，谢思好的确只是自我感觉太良好。这次试卷简单，大家考的分数都高，她的名次并未进步，不幸中的万幸，也没有倒退，依然保持在第一百七十七名。

鉴于她没有退步，谢书均满足女儿的愿望，给她买了一部 128M 的爱国者。谢思好在每天上下学的路上都戴着耳机听歌，她可快乐了。

日子转瞬即逝，转眼到了元旦。学校开晚会，每每这时候谢思好便会成为舞台上的焦点。她穿着一条彩色纱裙跳民族舞，身姿曼妙、舞步翩翩，一时风头无两。

观众席上，许思宁颇感慨，他对周数和道："我记得上次看好好表演节目还是小学的六一儿童节，好好长大了，男生的眼睛都看直了。"

周数和有些不悦："别乱说，她舞跳得好，大家欣赏节目而已。"

许思宁拍拍周数和的肩膀："别嘴硬，有个这么漂亮的妹妹，头疼了吧。"

说实话，周数和并不想搭理许思宁。

元旦晚会后，谢思好在同学中的人气越发高，初一时，正是孩子对异性产生朦胧好感的时期，已有不少男生暗生情愫，见到她便会紧张、脸红。

谢思好的脸也很红，跳舞穿的那条裙子太薄，她受了凉，放假三天在家里就有些鼻塞，她没有重视，今早骑自行车到学校又吹了冷风，午休时她觉得脑袋昏昏沉沉的，下午上课时就发了高烧。

李星成报告章老师后，章老师抽不出空，她打电话到先生的办公室，说清楚情况，让他叫周数和来接妹妹去看医生。

周数和正上着课，被班主任喊出教室。班主任说："你妹妹感冒发烧了，你赶紧写张假条给我签字。"

谢思好软绵绵地趴在桌上，她一会儿觉得冷，一会儿又觉得热，头很疼，感到非常难受。忽然她听到了数和哥哥的声音："章老师，我来带谢思好去医院。"

她抬起头，就见数和哥哥朝自己走来。他伸手贴了贴她的额头，被额头的滚烫吓了一跳，在她身前半蹲下："来，数和哥哥背你。"

谢思好立刻伏到他背上，搂紧他，将红红的脸蛋埋进他的肩头。

闻到数和哥哥身上熟悉温暖的味道，她似乎感觉舒服了些。

周数和走得很快，将假条交给门卫出了校门后，他拦了一辆出租车到最近的卫生所。医生用小手电照了照谢思好的眼睛，又让她张嘴看了看舌苔，量过温度后，开了两瓶药水。

扎针的时候，谢思好躲进周数和的怀里。冰凉的药水流进身体，她说冷，他便一直搂着她。后来她靠着他肩头睡着了，换药水和取针，都是周数和叫的医生。

输完液医生还开了口服的药，一个小纸包里装了十几颗，有胶囊有丸子，黑黑白白、黄黄绿绿的，嘱咐谢思好每餐饭后吃一包。周数和付了钱将药拿上，问谢思好是自己走回家还是要他背。谢思好身上依然没什么力气，头闷闷的，撒娇道："你背我。"

因为她退了烧，回家路上周数和放慢了步伐。谢思好两只胳膊圈住他的脖颈，脑袋往前倾，脸贴着他的脸问："数和哥哥，你一会儿还回学校上晚自习吗？"

她的脸蛋软乎乎的，周数和感受着，一颗心格外柔软。他说："我不回学校了。"

谢思好又问："你留在家里陪我吗？"

周数和"嗯"了一声。自从有了吴阿姨为两个孩子准备三餐，谢书均、苏永莎经常晚归。

谢书均、苏永莎果然回来得迟，那会儿谢思好又睡着了，两人听周数和说妹妹挂了两瓶水，走进她的卧室看她，两分钟后便从里面出来，女儿体温正常，没什么问题。

2004年的春节来得很早，谢思好得了一场感冒后，新年就到了。

正月里，苏永莎替谢思好办了一本存折，让她自己把存钱罐里的钱全部拿出来数清楚，然后存进银行。

谢思好沉浸在兴奋中，因为妈妈十分信任她，说她是初中生了，可以自己保管自己的财产。

她握住数和哥哥的胳膊，将他拖到她的房间，指着书架上整整齐齐的两排小兔子存钱罐，请求他帮忙一起数钱。

小兔子是陶瓷做的，敲开发出清脆的响声，里面裹成小圆条的纸币立刻散开，有的罐子里装的是硬币，噼里啪啦地掉出来，房间里充满钱的声音。

两个孩子坐在屋里数钱，四个大人则坐在客厅里商量买房的事。

谢思好的小姑父将房地产事业做得风生水起，他圈了几个地段，让谢书均尽快下手多买几套，过不了多久，房价一定会大幅度上涨。

得到真实可靠的内部消息，谢书均不忘拉上好友周清平。周清平、纪春二人这些年的存款不算多，虽说心动，但也为难，数和明年下半年就上大学，以后花钱的地方还多。

除了与周清平交情深，更因周数和这些年都跟他们一起生活，谢书均把他当自己的儿子，自然为他着想，不愿他家错过良机。他开口："钱都是小事情，我们先借给你们。你们买两套，以后升值了卖出去，稳赚不赔。"

纪春有些顾虑："这可不是一笔小数目。"

苏永莎道："我们都放心借，你们有什么好怕的。投资的另说，自住的那套房子，最好我们两家还买在一个地方，以后你们退休了，我们走动也方便。"

纪春说："万一还不上怎么办？我和清平都是拿死工资的人，可比不上你们做生意的。"

"好好的小姑父说了，房价会大涨，现在两千块一平方米买到手，过几个月至少需要两千三，耐心等几年，翻一番不成问题。"苏永莎给她打定心针。

谢书均轻松道："换个思路想，退一万步讲，即使房子不好出手，数和在我们家，到时候用他来抵也可以，反正我们不亏。"

苏永莎笑起来："阿均说得对。"

"你俩的算盘倒打得精。"周清平比纪春大胆一些，一是百分之百相信老朋友，二是如今一大批年轻人涌入城里，他自己也认为未来房价会大幅度上涨，因此没有和谢书均、苏永莎客气，一半认真一半玩笑道，“这几年你和弟妹为数和操心比较多，他愿意改口叫你们爸妈，我没有异议。”

纪春也赞同：“我也觉得很合理。”

四个大人一说定，就开始商量买哪个小区，打电话约看房，抓紧在春节假期中落实。

谢思好的卧室里，数钱是个大工程，她十二年半的积蓄全在这儿了。最小的面额有一角票，最大的面额有一百元票，数了一半，已经有几千块了，她简直就是一位小富婆。

周数和也没想到谢思好从小到大的零花钱、压岁钱加起来会有这么多。谈完正事的四个大人进来同样感慨，他们加入到数钱的行列中，赶在银行关门前将她接近五位数的钱存进去。

晚上两家一起吃饭，谢思好留了一笔“流动资金”在手里，她兴致勃勃地要请客，大家都很捧她的场。

周清平逗她：“好好，你爸爸建议周叔叔再买两套房子，但我和纪阿姨还差钱，你可不可以借我们一点？”

谢思好有了一笔对她而言很多的钱，但她并不知道什么时候才花得上。她最大的开销就是买零食、文具，爸爸妈妈都给了钱。她大方地将墨绿色的存折拿出来，递给周叔叔：“可以，密码是9……”

旁边的周数和伸手捂她的嘴：“你周叔叔逗你的，别当真，密码只能你自己一个人知道。”

周清平对周数和说：“买房差钱是真的，我们决定向你谢叔叔、苏阿姨借，你要做好家里负债的心理准备。”

“你跟孩子说这事做什么，他现在只用考虑学习上的事情，为明年高考做好充足准备。”谢书均说。

“我激励他多用功，以后他有可能为父还钱。”周清平转头看着周数和，“我和你妈已经把你抵押给谢叔叔、苏阿姨了，实在不行你就给他们当儿子吧。”

周数和想提醒爸爸，他已经上高二了，不是小学二年级的学生了，还把他当小孩子多少有些无聊。但他故意道：“行，我没有意见。”

当然少不了谢思好发言：“我也没有意见。”

纪春和苏永莎开起玩笑来：“瞧瞧他，被你和阿均照顾了四五年，真的跟你们更亲近了。”

苏永莎配合道：“现在是不是后悔当初升官了？”

周清平叹一口气：“悔不当初啊。”

谢书均举起酒杯：“悔之晚矣。”

“爸爸，你为什么咬文嚼字呀？”在谢思好的打趣中，四位大人碰了杯，哈哈大笑。

房子没有买错，正如谢思好的小姑父所说，短短半年时间，就涨了15%。他们还不知道这只是一个开始，以后还将大涨特涨。

周数和即将进入高三，这个暑假，全年级补课一个月。谢思好的暑假依然练舞、练琴，同学也会约她出去玩，年少不知愁滋味，快乐的日子转瞬即逝。

2004年下半年，周数和的教室后墙上已经贴上了“高考必胜”四个大字，班级的学习气氛很紧张。

谢思好则很放松，她的成绩依旧徘徊在一百七八十名。她喜欢上许多歌手——周杰伦、林俊杰、张韶涵、孙燕姿、五月天，买他们的海报贴在墙上，把他们的歌词抄在笔记本上。

到了2005年，谢思好买的贴纸变成了《仙剑奇侠传》的剧照，就连包书的纸，都要换成赵灵儿的图片。

直到6月3日星期五下午，章老师宣布连放五天假，等高三学生考完试后再回学校上课，谢思好才终于有了紧迫感，数和哥哥要考大学啦。

星期六，纪春坐火车回来后去了趟寺庙。虽然周数和一向名列前茅，他的成绩不需要担心，但她单位还有两个同事的小孩也是今年的考生，那两位同事都去拜了文殊菩萨，她也决定去拜拜，出于一位母亲的爱子之心。

这事当然少不了谢思好，那座很灵的寺庙建在山顶上，爬上去需要花两个小时，但谢思好全程没喊一句累。到了地方，她小脸通红，先在门外上香，又跟着纪阿姨排队进殿。悠扬的颂钵声中，她诚心诚意地磕了三个头，心中默默祈祷，请菩萨保佑数和哥哥顺利考上首都大学。

几场考试，周数和都考得很顺利，他一向是胸有成竹的人，到了时间交卷，脚步轻快地走出考场。

校门警戒线外，谢思好挽着纪春的手臂翘首以盼。忽然，她眼睛一亮，激动地对纪春说："纪阿姨快看，数和哥哥出来了！"

谢思好扬起手来："数和哥哥！"

这一年，考场外的考生家长数量算不上多，谢思好穿着一条薄荷绿的连衣裙俏生生地站在外头，在一众大人里面格外突出。

不知怎的，周数和变得感性起来，这一幕太熟悉了，想起以前她给他中午送饭、雨天送伞，心里暖流涌动。

周数和回应了谢思好之后才将目光落到满面带笑的纪春身上，纪春还未开口，谢思好就将他拉到她和纪阿姨的中间，她抱住他一只胳膊，关心道："数和哥哥，你考完累了吗？你饿不饿？你感觉自己考得怎么样？"

周数和低头望着她，扬了扬嘴角，道："既然你希望我考上首都大学，我肯定不能让你的愿望落空。"

谢思好惊讶："你怎么知道我许的是这个愿望？"

愿望说出来就不灵了，她可谁都没有告诉呢。

周数和目光温柔地看着她："我不用问也知道。"

"还是你最了解我了！"谢思好甜甜地笑，随即反应过来，她欢呼出声，"我知道了，你考得很好！"

其实考完，周数和就对自己的总分有了一个预估，拿首都大学的录取通知书，他稳操胜券。

晚上全班凑钱聚餐、唱歌：一来，感谢各科老师三年以来的辛苦付出；二来则是同学们各奔东西之前的最后狂欢。

似乎将高中生涯的最后一张答卷交上讲台后，校园的规章制度对他们正式失效，喝酒被允许，少部分男同学还买了香烟，甚至还问老师是否要来一支。

深夜十一点，老师们早已离开，周数和也不准备通宵，他提出要回家。不少爱玩的男同学拦着不让走，他很坚持，最后喝了一整瓶燕京才摆脱纠缠。

许思宁也要回家，同样少不了干一瓶。他们对待女生倒还算照顾，赵梦渝表示跟他俩一起走时被挽留却没有被灌酒。

六月的夏夜晚风习习，天空挂着一轮淡淡的月亮，零星几颗星星若隐若现，四周空旷。

三人站在街边打车，昏黄的路灯将他们的影子拖得长长的。许思宁性格比周数和开朗，他开口打破沉默，问赵梦渝："你准备报哪所大学？"

"首都大学。"赵梦渝说。

"那你跟他目标一致。"许思宁拍拍周数和的肩膀，"开学时，你们还可以结伴去报到。"

赵梦渝看向周数和，他今晚喝了不少酒，英俊的脸微微泛红，比平时柔和两分。夜色里他的双眸越发亮和黑，他投来视线时，她迅速移开目光，笑着回答许思宁："分数都还没有公布呢，你就知道我们一定考得上了。"

"你俩平时的成绩有目共睹，你们肯定占首都大学的两个名额。"许思宁认真地说。

"那就借你吉言了。你呢，有没有心仪的学校？"赵梦渝反问。

“我报雁大，不去外地。”许思宁说着，有亮着“空”字的出租车驶来，他抬手招了招，转头询问赵梦渝，“你家住哪里？”

赵梦渝说了一个地名，他们并不顺路。于是，许思宁说：“你先坐。”

周数和自然没有任何异议。赵梦渝上车之前对他说：“如果我们都拿到首都大学的录取通知书，就一起去学校吧。”

他俩曾经在一个学习小组，又同样名列前茅，高中三年关于难题的交流真不少，比普通同学关系好一些。周数和答应她：“好。”

“到时电话联系。”赵梦渝目的达成，她弯腰钻进出租车里，关上车门后才喜形于色，露出极灿烂的笑容。

这时候空出租车比较多，很快又来了两辆，许思宁和周数和从上幼儿园时成为好友，到今天已有十五年，深厚的情谊不会因为天南地北的距离而受影响，他们约了过两日打球，迅速分开。

周数和到家，玄关的灯特意为他亮着，他简单冲洗后睡觉，清晨准时坐到餐桌前。

谢思好起床迟一些，磨蹭半晌才到餐厅。她一边剥鸡蛋，一边问他：“数和哥哥，你昨晚什么时候回来的？”

“十一点半。”

“那你怎么不多睡一会儿？你从今天开始就不用上课了。”

“我睡不着了。”

“为什么会睡不着？我只会睡不醒，起早床太痛苦啦。”谢思好手上的动作慢，嘴上的话却快，又问他，“你们班昨晚有什么活动？好玩吗？”

“吃完饭去了KTV唱歌。”周数和阻止她再问下去，“你要迟到了。”

谢思好拉过周数和的手腕看表上的时间，剥了一半的鸡蛋被掰下蛋白塞进嘴里，然后将另一半塞到他手上，拿了盒牛奶，急急背上书包出门：“数和哥哥拜拜。”

门“砰”的一声关上，她跑下楼的脚步声迅速消失，周数和笑了笑，不紧不慢地将她剩下的大半个鸡蛋剥壳吃掉。

学生上早自习，每天出门较早。谢书均、苏永莎九点到公司，他们反而能多睡一会儿，夫妻二人出来见到周数和，关心的问题与谢思好一模一样。

正说着话，纪春来敲门了，她特意请假回来陪周数和高考，楼下的家里长时间未开火，所以她这两天都上楼吃饭。

纪春上午就要回向阳镇。饭桌上，她说：“数和高考完了，反正他不用再上学，搬回家里自己一个人住应该没什么问题。”

不仅谢书均和苏永莎愣住了，就连周数和都愣了一下。虽然住惯了7-2，但妈妈说得有道理，他总不能一直待在谢叔叔、苏阿姨家。

周数和刚要开口，就听苏永莎反对道：“这是什么话，初高中六年都在一起生活，难道还多这三个月吗？九月他就去学校住了，数和走了之后，我们还会不习惯。”

谢书均接着道：“而且好好第一个不答应。”

纪春笑道：“你们不觉得麻烦就好。”

苏永莎不高兴地说：“也不是一天两天的交情，说什么见外话。”

周数和没有说话的机会，默默闭上嘴巴。

上午他送纪春到火车站，中午代替吴阿姨送饭到学校。门卫认识周数和，高三年级的尖子生，每天中午都要到校门口领家中阿姨送来的两份饭。

门卫热情地与他交谈：“今天换成你来给妹妹送饭了？”

周数和点点头：“需要填登记表吗？”

门卫一挥手，痛快放行，说：“不用，你也是咱们学校的学生，直接进去吧。”

周数和道了谢，径直去初二（3）班，等了两分钟下课铃才打响，学生们拿着饭盒拥出来，往楼梯口跑的同时好奇地看了他两眼。

只有程玥彤和李星成停了下来，程玥彤叫“数和哥哥”，李星成则探头往教室喊："谢思好，数和哥哥在门口。"

很快，谢思好出来了。她的两只眼睛亮晶晶的，开心道："怎么吴阿姨没来？"

李星成和程玥彤忙着到食堂排队打餐，他们向周数和说拜拜，匆匆下楼。

"我没有事情做，来学校看看你。"

"我刚才上课认真听讲了，一点都没有开小差。"谢思好急忙说。

周数和笑，刚刚他经过后门时往里面扫了一眼，她确实专心地盯着黑板看。

这会儿同学走光了，教室空着，谢思好领周数和到自己的座位。周数和将分层保温桶的盖子拧开，一层一层地取出来。饭菜还热气腾腾的，今天中午吃土豆烧排骨、小炒四季豆、海带汤，闻起来香喷喷的。

谢思好动筷之前先问周数和："你吃了吗？"

"我吃了。"周数和说。

她慢慢吃饭，他则随手翻她桌子上的书本，抽出一张刚测验批改后的数学试卷来看。卷子没有及格，红叉一片，惨不忍睹。

谢思好也知道自己考得糟糕，她以为他要给她讲错题，提醒道："数和哥哥，我还在吃饭呢。"

周数和"嗯"了一声："你吃，我考完时间很多，等你期末考试后再好好给你补一补初一、初二的功课。"

谢思好顿觉不妙："暑假你不找点事情做吗？爸爸建议你去公司实习。"

谢书均的确提过这话，部门由周数和自己选择，要他进大学之前增加一点社会经验。

周数和瞧出她想躲避，她头大，他也头大，好好小时候补课很乖巧的，如今不知怎么了，已完全不爱学习。

他并不由着她，说："我去实习也不影响，晚上和周末有时间。虽然艺术生的文化课分数线不高，但你也不能松懈，初中阶段先把基础打牢，以后高中才跟得上老师的节奏，否则课本内容对你来说越来越难。”

谢思好啃完一根排骨才妥协：“好吧。”

她吃得慢，同学们已陆陆续续回到教室，其中有学习用功的，见到周数和便抓住机会，拿出难题向他请教。周数和耐心又温和地为他们答疑解惑，一时间谢思好的座位旁围了很多人。

待她吃掉最后一口饭，周数和也没讲完题。直到午休铃响起，同学们才各回座位。周数和带上餐具离开，顺手拿走谢思好夹在数学课本里的小说：“我帮你带回家了，放在你的书桌上。”

“数和哥哥！”谢思好始料未及，抗议了一声，自知没理，又快速叮嘱他，“别放书桌上，放进抽屉里。”

她害怕妈妈检查呢。周数和啼笑皆非，答应道：“好。”

谢思好放下心，往外朝他挥挥手：“那你走吧。”

周数和有些无语。

即便谢思好不太情愿，回到家里，周数和依旧找出自己的初中课本，为她整理各个学科的知识点。因此这一个暑假，学习方面，谢思好一点都糊弄不了。

她真不明白，也不知道为什么数和哥哥一点都不觉得累，白天他在爸爸的公司工作，晚上还有精力守着她温习功课。

周数和去了谢书均的公司实习，他选了最累最忙的销售部。资深一点的员工倒也不惊讶，因为八九年前老板的妹妹也来工作了一段时间。

周数和极好学，又肯吃苦，派他做什么事都不推辞，而且最关键的是他脑子聪明，对各类数据敏感。渐渐地，大家觉得，即便没有老板的那层关系，他也不愁没前途。

而他上班时，谢思好偶尔也会控制不住偷懒，她迷上了《超级女声》，上午做了一小半作业，就丢下笔坐到电视机前看全国10强的重播了。

谢思好听张靓颖唱的*Beautiful*听得如痴如醉，忽然有人敲门，她眼睛盯在屏幕上，慢吞吞地往玄关走，问："谁呀？"

"你好，邮政，你家有一份首都大学的录取通知书。"

谢思好听见这话，一下子将节目抛到九霄云外。她兴奋地打开门说："是我哥哥的，给我吧，谢谢。"

她签下名字，郑重地接过首都大学定制的专属文件袋，明白不能自作主张拆开，一刻都等不了似的，门也忘了关，跑到电话机前拨通爸爸的手机："爸爸，你快叫数和哥哥回家，首都大学的录取通知书送到啦！"

谢思好挂断爸爸的电话，又立即拨周叔叔、纪阿姨办公室的号码，接着是小姑姑、二叔、小叔的，然后是程玥彤、李星成、沈嘉商的，她迫不及待地将这个好消息告诉所有人。

公司里，谢书均同样心情大好。他打销售部门的内线，让人叫周数和接电话，说："数和，好好在家里收到了你的首都大学录取通知书，她叫你回去拆。"

虽是意料之中的结果，但周数和仍旧不可避免地心里一紧，随即又放松下来："让好好先拆开吧，我晚上回去再看。"

谢书均说："还上什么班呢？我和你苏阿姨也准备下班了，中午我们出去庆祝。"

周数和没有推辞："好。"

他猜得到，谢思好此时一定非常想看首都大学的录取通知书长什么样。他往家里拨电话，机械女声却提示占线中，离开办公室前又拨了一次，那边依然忙碌。以他对她的了解，此时她肯定在四处宣布这个消息。

三人到家时，门开着，电视机也开着，谢思好拖了凳子坐在电话机旁边，她还在和程玥彤煲电话粥，最开始分享完数和哥哥升学的好消息就挂了，后来程玥彤回拨过来，渐渐扯远，两个好朋友暑假没怎么见面，积攒了不少话题，聊不完似的。

苏永莎一看这场面，就知道她上午在家没有用功，但鉴于喜事临门，就没批评她。

谢思好完全没有听到他们进门的动静，直到周数和伸手拿她面前的装录取通知书的文件袋，她才抬头。看到他，她笑了起来，眉眼弯弯、明眸皓齿，对程玥彤说：“数和哥哥回来啦，不说了。”

她迅速将话筒扣回去，催促周数和：“数和哥哥快拆开！”

周数和在她期待的目光中撕开封口，取出录取通知书，火红封面上的烫金大字光彩夺目，他被计算机系录取了。饶是周数和性格沉稳，也不禁露出笑容。

“给我，给我。”谢思好迫切地从他手里接过录取通知书，反反复复看了几遍，才递给已经很期待的爸爸妈妈，说，“妈妈，我把相机拿出来拍照。”

苏永莎同意：“去吧。”

这一年QQ空间问世，谢思好接触到很多新鲜事物，觉得很好玩。

她拍了录取通知书的照片传到电脑里，又传到QQ空间里，炫耀道：“我家名牌大学生！”

只是这时候电脑并非每家标配，鼓掌的人寥寥，直到初三上学期开学报名那天，同学们才一传十十传百将消息传开，围着谢思好询问。

当然此时谢思好并不在意有无留言，这个暑假她忙得不亦乐乎，考钢琴八级，上舞蹈课，补习初一、初二的基础知识。最重要的是，她一心扑在《超级女声》节目上，打遍所有家人的电话，叫他们为春春投票。

8月26日晚，李宇春获得冠军，谢思好开心得手舞足蹈。但是接下来几天，她的情绪又变得十分低落。

第二天，周清平、纪春为周数和办升学宴。即便爸妈回来了，周数和也未搬回楼下，他还是住在谢思好家，早晨起来穿上苏阿姨为他准备的一套新衣服。丝绸质地的白衬衫，西装裤裤管宽松，也是白色的，他个子高，衣摆自然垂坠，更显得他挺拔有气质，看起来少年气十足。

出发之前谢思好挺高兴，她见数和哥哥穿白色，她也要穿白色。白色 polo 衫的下摆扎进白色的高腰百褶裙里，十四岁的她已经有一米六，手长腿长极高挑。

她叫妈妈替她编了两根麻花小辫，俏皮地站在镜子前臭美。忽然周数和的身影出现在镜子里面，两个人皆一身雪白，画面美好。

但是到饭店后不久，谢思好就不太高兴了。

她第一次见到数和哥哥的其他亲人，大人们把家中的小孩推到周数和身边，让他们以哥哥为榜样，多向哥哥请教学习。

大概妹妹更容易对品学兼优又高大帅气的哥哥产生崇拜心理，几个堂妹、表妹一直黏着周数和，吃饭时也挤到他身边。谢思好没能够挨着周数和坐，心里有些不舒服，她有种哥哥被抢走的感觉。

吃完饭她们终于陆陆续续离开，谢思好不是生闷气的性格，她对周数和宣示主权："数和哥哥，你最喜欢的妹妹是我吗？我要排在第一位才可以。"

她当然在周数和的心里排第一位，他纳闷她为什么突然说这种话，于是问："怎么了？"

谢思好大大方方地告诉他："刚才你一直和她们说话，我吃醋了。"

周数和弄明白原因觉得好笑，提醒她："我和她们一年半载才见一次面，说的话加起来也不如昨天晚上我给你讲题时说得多，你还吃醋？"

谢思好想了想，自己的确有点小心眼，正要找个台阶下，却突然抓取到关键信息，她意识到一个严重的问题，说："数和哥哥，我和你也要到放寒假时才见得到了。"

又过了几日，周数和带上行囊前往首都，因为周清平、纪春要赶回单位工作，所以由谢书均开车送他到火车站。

路上谢思好一直闷闷不乐，苏永莎瞧出来女儿舍不得哥哥离开家："数和哥哥去的是首都大学，你不开心吗？"

谢思好露出一个假笑："我很开心哪。"

她这个反应逗乐了苏永莎。苏永莎明知故问："真的很开心吗？"

谢思好倒也诚实，摇摇头说："数和哥哥考上了首都大学，我十分为他开心，但是一想到他半年不在家里，我又十分难过。"

"数和哥哥不在家里多好哇，没人监督你用功学习，你自由了。"前面坐在驾驶座上的谢书均接话。

坐副驾驶座上的周数和笑了一声。

"爸爸！"谢思好恼了。

她对周数和说："数和哥哥，我愿意被你监督。"

周数和回头看着她笑说："虽然从今天开始我就不在家里监督你学习了，但你依然要用功，提高自觉性，寒假回来后我会看你的期末成绩单。"

谢思好噘嘴："我知道！"

到了火车站，周数和与提前约好结伴同行的赵梦渝碰面。谢思好向爸爸妈妈介绍："她是梦渝姐姐，数和哥哥班上的同学，以前还是学校广播站的一员，声音可好听了。"

赵梦渝礼貌道："叔叔阿姨好。"

因赵梦渝只身一人前来，苏永莎叮嘱周数和的同时，顺便也叮嘱了她。

火车即将出发，周数和告别谢叔叔、苏阿姨，特意对谢思好说："好好，你马上就是初三的学生了，一定要收心，高中也要留在本校读。"

谢思好正沉浸在离别的伤感中，数和哥哥却这么煞风景，都不知道讲两句好听的，她便哼了声："怎么又是这个话题呀？"

赵梦渝扑哧一笑。

周数和无奈道："行，我不说了，我走了。"他拉着行李箱朝检票口走去。

谢思好看着他越来越远的背影，叫住他："数和哥哥。"

周数和听见声音停下了脚步，他转过身，只见谢思好小跑着扑过来。她张开双臂抱住他："数和哥哥，我听你的话，一定收心，用功学习。你到了首都会想我吗？反正我会超级超级想你的。"

他笑着，轻轻拍拍她的背，温柔地说："我想你的时候就给你打电话，你想我的时候也可以给我打电话。"

这一年手机已经不再是奢侈品，周数和收到了他的开学礼物——一部翻盖的诺基亚。

谢思好要求道："我还要给你发 QQ 消息，你看到了必须立即回复我。"

他摸摸她的头："好。"

旁边的赵梦渝本不想打扰，但距离发车只剩十分钟，她不得不出声："时间差不多了。"

谢思好也不得不放开手，格外不舍道："数和哥哥拜拜，梦渝姐姐拜拜。"

2005 年 9 月，周数和去了首都大学，家中少了一个人，刚开始大家都不太习惯。

这对谢思好的影响最深。

早晨没有数和哥哥提醒，谢思好连着迟到了三天，章老师批评后才知道自己抓紧时间。晚上没了数和哥哥检查她的功课，她喜欢拖延，看电视、小说到很晚，快睡觉时才想起赶作业，她感到后悔，又改不掉这个坏毛病。

这天下午有信息技术课，李星成迅速冲到电脑室，占了三台网速快的机子。谢思好与程玥彤结伴上了厕所后才去。

李星成已经替她俩开机，点开了 QQ 登录页面。谢思好到的第一件事情就是输入 QQ 账号、密码，上线，打开"家人"分组。数和哥哥的头像亮着。

周数和的 IBM 笔记本电脑是谢书均、苏永莎送的。为期半个月的军训已结束，下午没有课，他待在宿舍自学。QQ 响起好友上线的咳嗽声，随即又嘀嘀发出新消息的提示声。谢思好说：“数和哥哥，我今天又上电脑课了。”

“这节课学什么内容？”周数和问她。

现在谢思好打字的速度快了许多，她噼里啪啦地按键盘：“上星期老师说教我们网上搜索，我知道怎么搜索。”

“那你可以随便玩，不影响课堂纪律的话，老师不会管。”周数和也是这样过来的。他小学就接触到电脑，老师教的内容对他而言都过于简单，常常利用这节课放松，玩一下单机游戏。

“我准备找一部电影看。”谢思好告诉他，又问，“数和哥哥，国庆节你回来吗？”

“等到放寒假我再回来。”周数和将自己的行程告诉她，“我和同学约好国庆节逛一逛首都。”

谢思好失望：“现在离寒假还有三个多月呢。”随即她又变得乐观起来，“那好吧，你先把首都逛熟，以后带我到处玩。”

“好。”周数和答应她。

“数和哥哥，章老师上课时总是拿你当榜样。”

最近谢思好表现不太好，章老师颇有些恨铁不成钢，点名教育后，苦口婆心地让她向哥哥看齐。因为数和哥哥的高中班主任是她先生的缘故，她听说过他的一些好习惯，一一列举出来，让全班同学学习。

周数和足够了解谢思好，一针见血：“你又犯什么错误了？”

“我就是迟到几次而已。还有章老师经常点我起来回答问题，她肯定看出来我不会，故意的。”谢思好吐槽道。

“章老师也是为你好，她想通过这种方式，让你时刻谨记认真听讲。遇到不懂的问题你多请教老师或同学，或者QQ上问我也可以。”周数和变得婆婆妈妈起来。

谢思好这边的对话框顶部一直显示着“对方正在输入……”。他继续叮嘱：“国庆节后过不了多久就会降温，天气冷了你更加不想起床，把闹钟提前十分钟，或者请吴阿姨多叫你两次。”

能不能做到另说，谢思好答应得痛快，她又与数和哥哥讲了几件学校里发生的事情，就戴上耳机搜电影看。

日子一天天过去，谢思好渐渐适应了数和哥哥不在家的生活。不过虽然数和哥哥不在家，但他经常存在于她的话题中。

九月末的时候，全班女生痴迷于电视上播出的《恶作剧之吻》，课间聚在一起犯花痴，有女生突然说："你们发现没？谢思好的哥哥就是现实生活中的江直树，第一名，而且长得比我们年级最帅的沈嘉商还要帅。"

有一个女生的姐姐和周数和同一届，她说："而且他也很受欢迎，我姐说他们年级有好多女生喜欢他。"

程玥彤比较有发言权："我知道，好好还帮数和哥哥收过信呢，那个姐姐很漂亮。"

大家的目光统一转向谢思好，纷纷问她："真的吗？"

谢思好摇摇头，对程玥彤道："都说那不是情书啦，你怎么不相信呢！那个姐姐只是向数和哥哥请教学习而已。"

程玥彤朝她挤眉弄眼："借着学习的名义，一来二去，不就关系近了吗？"

大家八卦："你数和哥哥和那个姐姐现在还有联系吗？"

谢思好猜测："他们就是普通同学，可能偶尔会联系吧。"

有人问："那你知道你哥哥喜欢什么样的女生吗？"

谢思好还真不知道，她说："我问问他。"

下午放学后，谢思好回到家就钻进周数和的房间上网。他处于离线状态中，但不影响她发消息问："数和哥哥，我代替我们班的女生问你一个问题，你喜欢什么样的女生啊？"

周数和看到时已是第二天，他想了想："替我转告你的同学，高中毕业后再问我，到时候我才能回答她们。"

谢思好一直记挂着这事，傍晚进门后第一件事就是查看周数和的回复。登上 QQ，电脑立即发出嘀嘀声，数和哥哥的头像跳动着，她点开后，并不满意这个答案，一连串输出许多——

“数和哥哥，你是不是理解错了？我们班的女生又不喜欢你，就只是好奇而已。

“我们在看《恶作剧之吻》，大家都说你像里面的男主角江直树，江直树说他不喜欢没脑筋的女生，你肯定也是这样。

“我猜你喜欢聪明漂亮的，你不告诉我，我就这样告诉大家了。”

周数和感到好笑，关于喜欢什么样的女生这一点，他没有深想过。如果真要让他讲自己有好感的类型，他记得以前家里挂过杨钰莹的画报，那是他最喜欢的一位画报女郎。

不过，这样的念头在他的脑海里稍纵即逝，他忙着学好他的功课。

赵梦渝也报的计算机系，但和他专业不同。进入大学后，赵梦渝肉眼可见地变时髦了，初高中的校服宽大没板型，埋没了漂亮女生。她不只是五官姣好，身材也十分具有曲线美，腿形笔直纤长，走在校园里回头率颇高。

计算机系本就男多女少，她又是女生当中最亮眼的，追求者自然不少，每个周末都有男生邀她看电影。

赵梦渝很难约，她拒绝掉所有男生，转而向周数和发出信号，周末她过生日，请他参加生日会。毕竟同学多年，两人的关系也十分好，周数和答应下来。

两人还常常会在食堂和图书馆里碰到，难免坐到一起。郎才女貌的组合颇引人注目，不知道从什么时候开始，他们被传是一对情侣。当周数和听到这个消息时已是期末考试结束后了，他和赵梦渝不久前才买了同一节车厢相邻座位的回雁城的火车票。

从首都回雁城，三十个小时的车程，两人抢不到卧铺票，只能靠着硬邦邦的座位椅背睡觉。周数和睡得浅，忽然感到肩头一沉，睁眼就看见熟睡的赵梦渝歪倒在他的肩膀上。他身体僵了僵，犹豫片刻，重新合上了双眼。

Chapter 5
有没有人告诉你

赵梦渝中途醒来，发现自己靠在周数和的肩上，她白皙的面庞迅速变得滚烫起来，一颗心急急跳起来，本来想去上洗手间，可又不想破坏这个难能可贵的时刻，于是一动不敢动。

可能周数和没有印象，其实赵梦渝也是实验小学毕业的，读他隔壁班。那时候赵梦渝下午走出校门，经过旁边的附属幼儿园时，每天都能见到他接妹妹放学，替她背书包，牵着她的手，还给她买零食。

赵梦渝以为所有的哥哥都像自己的哥哥一样凶巴巴、爱欺负人，原来不是的，世界上也有温柔类型的哥哥。

因此她一直对周数和有好感，高中分到一个班，又分到一个学习小组，长期接触下来，她发现他的内核比外表更有魅力。

而且，他依然是小时候那个温柔细致的哥哥，对谢思好几乎有求必应。班上有女生曾经感慨，与其当周数和的女朋友，不如当谢思好，更加幸福。

这样迷迷糊糊地想了一会儿，赵梦渝又睡着了。

深夜车厢安静，天快亮时渐渐有了各种声音，周数和睁开眼睛，赵梦渝也跟着坐起来。

一直靠在他的肩头，虽然姿势亲密，她心里隐隐欢喜，但是脖子并不好受。她揉了揉发酸的脖颈，对周数和说："不好意思，拿你当枕头了。"

被她靠了大半夜，周数和的肩膀也略微不适，但他保持绅士风度："没事，要喝热水吗？我顺便帮你接。"

赵梦渝将自己的保温杯递给他："谢谢。"

后来两人都没再睡觉，短短交谈几句，各看各的书打发时间。

火车抵达雁城时已是下午两点，周数和与赵梦渝出站后便分开了。他坐出租车回了河东街道，经过6-2时未停下，再上一层楼，拿出钥匙开门。

吴阿姨早早开始忙碌，女主人特意交代过，数和今天回来，今晚要吃丰盛一些，多做几道他爱吃的菜。

周数和先去厨房跟吴阿姨打了声招呼，才回自己的卧室整理行李。到了下午五点他出门，谢思好提前在电话里和他说定了，她要求他今天去接她放学。

这天从早自习开始，谢思好一直处于兴奋状态，她太期待见到数和哥哥。这一天似乎格外难熬，就连自由活动的体育课也变得漫长。

终于等到放学铃打响，她背上提前收拾好的书包，满脸的迫不及待，不断催促程玥彤、李星成快一点。

周数和推着自行车站在雁中大门外，学校看起来还是老样子，没什么变化。

下课铃响后，一分钟前还空荡冷清的校园立刻热闹起来，学生像潮水一般从两幢教学楼内拥出，高中部的往食堂跑，初中部的则走出校门回家。

周数和才毕业半年，不少学弟学妹都认识他，尤其在谢思好所读的初三年级，他更是有名，个别同学主动对他说："你来接谢思好放学吗？她就在后面。"

谢思好三人出了教室，碰见其他班跟他们关系好的朋友，一群人浩浩荡荡地走在一块儿，有说有笑，极热闹。快到校门口时，她看见了周数和，立刻丢下他们，朝着他飞奔而去："数和哥哥！"

她扑到身前时，周数和及时伸手拉了一把，笑说："别着急，慢一点。"

她看起来又长高了一些，剪了短发，齐刘海下面的两只眼睛清澈又明亮，望着他甜甜地笑。

她的朋友们也跟了过来，整整齐齐地叫他："数和哥哥。"

周数和笑着回应他们，其中有几张熟面孔他叫得出名字，还有些他没有印象，可能是她发展的新朋友，她的社交能力一向突出。

今早谢思好特意乘公交车上学，就是为了此时数和哥哥骑自行车载她。她跨上后座，伸出双臂抱紧他的腰，回家的路上喋喋不休地问他大学的事情，风中留下周数和的低笑声。

寒假周数和比较闲，应谢思好的要求，每天接送她上下学。就这样过了一星期，她迎来了期末考试。谢思好利用数和哥哥替她精心整理的资料抱了佛脚，交出一张还算过得去的成绩单。

紧接着，2006年就来了。这一年时间过得特别快，六月份谢思好中考，本校直升高中的录取分数线低一些，她擦着边有惊无险地被录取。

进入高中后，谢思好彻底习惯了数和哥哥不在家里的日子，她每天都有许多事情做，给他打电话和发消息的次数慢慢减少。

有一天周数和意识到谢思好已经一星期没有动静了，不禁觉得奇怪，QQ上线找她，意外发现她换了新的个性签名——

"我的意中人是个盖世英雄，有一天他会踩着七色的云彩来娶我。"

周数和脑中拉响警报，难道她早恋了？所以才把他忘在脑后？

他暗暗分析，好好活泼漂亮，会跳舞，会弹钢琴，才艺出众，她这样的女孩子很受男同学的欢迎，而且，她总喜欢看爱情小说和偶像剧，受到一些影响，说不定就被谁带歪了。

周数和越想越觉得合理，当晚就拨电话回去。

进入高中，谢思妤、程玥彤、李星成三人被分到不同的班级，简直听者伤心，闻者落泪。

开学报到那天，他们挤进张贴栏前看见这个结果时都有些傻眼，甚至怀疑是章老师用了什么手段故意“拆散”他们。

不过，这也不是会让天塌的事情，他们仨很快接受了这个结果，融入新的集体。

谢思妤一向人缘佳，初中时她就能与其他班的同学打成一片，新班级有不少她以前就认识的朋友，其中还有与她十分合得来的沈嘉商。

高中的沈嘉商戴了一副黑框眼镜，并未降低他的颜值，反而使他看起来更斯文，有时单单只是一个推鼻梁上的眼镜架的简单动作，就能迷倒一众女生。

女生们常常议论年级有哪些帅哥，其中提名较多的，除了沈嘉商，竟然还有李星成。

谢思妤想，也许这就是距离产生美吧，或者男大十八变，以前在初中时，班上的女生不怎么追捧他，原来他也很有人气。

李星成属于运动型帅哥，他个高体壮，被选入校篮球队，经常叫谢思妤、程玥彤看他打篮球。而她们两个人中程玥彤去送水的次数多一些。

虽然进入新班级，谢思妤和程玥彤都交到了新的一起去小卖部、卫生间的“女朋友”，但她们两人仍然是最要好的。

周末练完钢琴，谢思妤还去程玥彤家里玩了一下午。程玥彤的妈妈爱看电影，电视机下面的收纳柜里装满了光盘，她俩凑一块儿挑挑拣拣，最后选了周星驰主演的一部电影。

谢思好总觉得自己看过，但是又记不太清楚。直到紫霞躺在孙悟空怀里诉说最后的肺腑之言，看得她泪眼蒙眬时，她才突然想起来，以前和数和哥哥一起去向阳镇玩，她九岁生日那晚放的露天电影就是这一部。

因为那句台词让谢思好印象太深刻，所以后来她心血来潮更新了 QQ 个性签名，没想到引起了数和哥哥误会。

高中部每晚有两节晚自习，谢思好回到家里已是九点。吴阿姨今夜煮了银耳汤，替她温着。

谢书均和苏永莎还未睡，他们陪着女儿喝完银耳汤才回房休息。谢思好刷干净碗，正要拎着书包进卧室，电话铃声响起来。

她又将书包放回沙发上，揭开防尘罩见到一串自己背得滚瓜烂熟的号码，迅速接起来，开心道："数和哥哥，这么晚打电话来有什么事吗？"

周数和不答反问："你到家多久了？"

"十分钟。"

他听了松了一口气，应该没有早恋，否则她会在外面逗留，无法准时进家门。但他也不能百分之百确定，本来不想与她拐弯抹角，但是问话又不那么直接："我看见你换了个性签名，你是不是对谁产生好感了？"

刚开始谢思好还没反应过来，她认真想了想才想起来新签名是什么，一时间乐得很，笑了一会儿，说："数和哥哥，你也太含蓄了吧！我才没有这么傻呢，如果我真的喜……对谁有好感，肯定不会这么明显哪！这不是露馅了吗？"

"你还挺聪明。"周数和感到好笑。

谢思好认为这是一句夸奖的话，毫不谦虚地说："当然。"

周数和提醒道："别忘了我说过的话，高中不可以谈恋爱。"

她主意多，吓他："数和哥哥，你别忘了我正处于青春叛逆期。青春叛逆期的特点是，你越不许我做什么，我就越要做什么。"

电话另一头的周数和沉默了。

周数和吃瘪，被她噎住。

谢思好本想忍着笑，但是失败了。

周数和听见她那边传来扑哧一声，才明白过来她是故意的，于是他也吓她：“谢思好。”

谢思好陷入一种被叫全名支配的紧张中，心脏没出息地紧了紧，立刻改口：“你别当真，我说着玩的，我不会和你对着干。”

周数和没有开口。

谢思好带着些撒娇的语气试探道：“数和哥哥……”

周数和低笑出声：“照你的意思，我还要反其道而行之，多鼓励你早恋？”

谢思好急了：“数和哥哥！”

周数和不再打趣她，转而问她的学习情况，因为她第二天要上学，也没有讲太久，他让她早点睡觉。

这晚睡觉，谢思好做了个梦。梦里她和一个不知名的男生早恋了，数和哥哥气坏了，他充当棒打鸳鸯的角色，十分不近人情。

第二天谢思好迅速改掉个性签名：“‘好好’学习，天天向上。”

周数和盯着双引号里面的“好好”二字笑了很久，瞧她多机灵啊，还会一语双关呢。

其实高一下学期重新分班后，谢思好的学习压力小了很多，她进入了艺术班，对文化课成绩的要求不太高，班主任及各科老师不抓年级排名，集体氛围轻松。

她和程玥彤、李星成短暂地分开了一学期后，再一次同班。谢思好与程玥彤在钢琴和舞蹈间选了后者，李星成是体育生，还有沈嘉商，他是美术生，也加入了他们这个小团体，成为固定的一员。

这年周数和放暑假，他回雁城这天刚好是星期天，进门发现他的卧室里挺热闹，四个身影挤在电脑前，正激动地指挥着一个戴着红帽子、穿着蓝色工装裤的胡子大叔顶蘑菇。

周数和放下行李箱。听见声音，四颗脑袋通通转过来，一个比一个惊讶："数和哥哥！"

谢思好将手柄塞给沈嘉商，起身凑到周数和身边，欣喜异常道："你今天怎么回来了？"

李星成、沈嘉商快速输掉这局游戏就要走。

李星成一贯有些怕周数和，小时候招惹谢思好被周数和教育过两次，虽然周数和从未声色俱厉，一直温和地跟他讲道理，但他依然觉得周数和怪严肃的。

沈嘉商和周数和接触少，他则一直把周数和看作谢思好的家长，有压迫感，感到不自在。

本来程玥彤讲好今晚在谢思好家睡的，这时她也提出要跟着李星成、沈嘉商离开："好好，我下次再来。"

谢思好没有挽留他们。周数和感觉自己吓跑了她的朋友，于是问："我打扰你们玩了？"

"没事儿。"谢思好站在一旁看他打开行李箱，"你回来都不提前讲一下，害我一点准备都没有。"

"我不突然回来，怎么知道你叫了朋友来家里玩游戏？"周数和故意道。

谢思好压根没听出数和哥哥的调侃，她的注意力被占了他箱子一半面积的毛绒熊吸引，她立刻抱起毛绒熊，笑盈盈地道："这是我的礼物吗？"

周数和"嗯"了一声。他看着她开心的样子，心想果然还是女生了解女生，多亏赵梦渝阻止他买钢笔，建议他送玩偶。

"谢谢数和哥哥！"谢思好声音脆甜。

晚上周数和不在家里吃饭，他和许思宁以及另外几个初高中的好友许久不见，约好一起聚餐。谢思好得知后，兴致勃勃地问："可以带我去吗？"

周数和没有任何犹豫："好。"

六月末，天气已经热起来了，谢思好头发厚，只能扎成高马尾，她穿了一件粉色的T恤搭配牛仔裤，青春无敌。

坐了两天一夜的火车，周数和先冲了凉，随后换上白色短袖、黑色长裤，也是很青春的形象。

周数和的好朋友，谢思好都认识，但她只对许思宁印象深刻，见到他便主动坐过去："思宁哥哥，我来蹭饭了。"

两年不见谢思好，许思宁眼前一亮，鼓掌说："热烈欢迎。"

周数和笑道："你就只和思宁哥哥打招呼吗？"

"我还没来得及跟其他哥哥说话呢。"她一双圆眼弯起来，脸颊绽放两个小梨涡，对他的好朋友们说，"哈喽，各位哥哥！"

小女孩长大了，很有校园女神的风采，大伙儿都感到惊艳。

许思宁问她："好好，思宁哥哥问你一个问题，你有没有迷倒一片男生？"

周数和略不满地看了许思宁一眼："这是什么问题！你不能问点其他的？"

许思宁反问："难道你就不好奇吗？"

一个头发自来卷的男生附和道："还用问吗？肯定迷倒一大片。"

谢思好露出讶然的神情："你怎么知道？"

周数和知道她作怪，轻轻拍拍她的后脑勺："不是什么好事情，谦虚一点。"

谢思好故意说："本来就是事实嘛，人家还不能实话实说？"

许思宁很感兴趣："想当年你数和哥哥收获了一大片芳心，你呢？"

谢思好笑嘻嘻道："我也收获了一大片芳心，班上的女生都和我玩得好。"

许思宁逗她："男生呢？"

谢思好一本正经："男生就更多了，有过之而无不及。"

高一开学军训时，教官点了谢思好做标兵，她走在队伍前面极出众，被很多同学记住了。她活泼外向，在年级里很吃得开，男生们喜欢她的性格，也爱找她玩。

许思宁说：“吹牛吧。”

谢思好朝许思宁眨了眨眼睛，俏皮道：“思宁哥哥，我这不是为了满足你的好奇心吗，我善解人意吧。”

许思宁莫名心悸，他迅速避开她美丽清澈的眼睛，暗骂自己两句，之后将菜单递给她，转移话题：“来，让我们全场唯一的女士点单。”

谢思好转头看周数和，他便对她点点头：“看看自己想吃什么。”

她懂分寸，只点了一份嫩牛肉和一份青菜，便转手把菜单交给了另一个哥哥。

周数和几人喝酒，替谢思好要了一瓶鲜榨花生奶。谢思好趁数和哥哥不注意，端起他的酒杯抿了一口，他只当没看见，剥了一只虾放到她碗里。

谢思好朝他展露笑颜，他问：“还要吗？”

“我自己来。”

“好。”

哥哥们聊天，谢思好并不多话，安安静静地吃饭。忽然周数和的手机响了，他拿出手机看清来电显示，站起来说：“我出去接个电话。”

谢思好问他：“谁呀？”

他说：“你认识的，赵梦渝。”

他的朋友们立即起哄，以许思宁为代表，撺掇道：“叫赵梦渝出来一起玩呗。”

“她家里有事，今天来不了。”周数和解释一句，走出餐厅，颀长挺拔的身影消失在玻璃门外。

谢思好却没意识到思宁哥哥话中有话，天真地以为数和哥哥和梦渝姐姐的关系，就像她和李星成、沈嘉商一样好。

几分钟后周数和回到桌上。谢思好问他：“梦渝姐姐说什么呀？”

周数和回答得挺自然：“没什么，她说下次一起玩。”

谢思好很开心：“我也要参加。”

许思宁说：“你不能参加。”

周数和却说：“行。”

谢思好没有理会思宁哥哥的话。

晚饭后还有第二场，许思宁订了KTV包房。谢思好作为麦霸，不愿提前回家，几个哥哥也愿意带着她。

刚开始她唱得很嗨，但到了晚上十点她就开始打哈欠，到十一点时，她已经在嘈杂声中歪倒在劣质皮沙发上睡着了。

周数和第一时间发现她睡着了，提出散场：“好好玩累了。”

大家都无二话，放下了手中话筒。

包房中安静下来，谢思好反而惊醒了，迷迷糊糊地睁开眼睛，找到数和哥哥，问：“不唱了吗？”

周数和目光温柔，朝她伸出手：“不唱了，起来走吧，我们回家。”

走出KTV，谢思好又不困了，她想吃夜宵，于是周数和带她去烧烤摊。

只有她和数和哥哥两个人，谢思好点菜可以全权做主，她喜欢面筋、脑花、玉米、韭菜，数和哥哥喜欢肉串、鱿鱼、生蚝、豆腐，她通通选上，还要了两瓶冰镇北冰洋汽水。

深夜的烧烤摊生意兴隆，老板单独替他们支了一张小桌子。谢思好与周数和面对面坐下。她插了根吸管到玻璃瓶里，并不用手，头低下去喝汽水，眼睛却望着他：“数和哥哥，你毕业以后会留在首都吗？”

刚才在饭桌上，她虽未发言，但该听的一句都没漏掉。数和哥哥和他的朋友们已经开始讨论未来，说着各自的抱负。

灯光黄澄澄的，笼罩着她洁白细腻的面庞。她的两只眼睛极漂亮，瞳仁漆黑，眼睛明亮，睫毛浓密而纤长，就这样目不转睛地盯着周数和，他愣了下神，忽然理解了她的追求者从教室门口排到学校大门口是个什么概念。

谢思好见他没有认真地听自己讲话，问："数和哥哥，你在想什么？"

周数和回过神来，答道："我还没有想好，怎么了？"

"我想好了：如果你留在首都，我就考到首都去；如果你回雁城，我就读本地的大学。"谢思好一本正经地说。

听到她这样说，他心情很好，问她："难道不应该选择你自己能考上的最好的大学吗？"

谢思好觉得无所谓："反正除了雁城和首都，我没有第三项选择。"

周数和只当她年纪小，暂且意识不到大学之间的差异，还有选择的重要性，待她真正填志愿时，他再耐心地与她分析。

这个暑假，周数和待在家里自学，有一天谢书均收到一个入驻网站商城的邀请函，带回来拿给他看，问："数和，电脑方面你比较专业，你觉得我们值不值得尝试？"

周数和在首都时已经体验过网络购物，他学计算机的，猜测未来网络一定会兴起。他说："可以试试，让我来做吧。"

谢书均之所以能将公司做大，是因为他很敏锐，能抓准好时机，他当即表示支持，于是周数和天天坐在电脑前忙碌。

七夕节那日，谢思好起床，发现周数和不在家里，她感到有点奇怪，走到电话机旁，熟练地按下一串号码，拨通后问："数和哥哥，你人呢？"

听到他讲他在游乐园，谢思好震惊得叫起来，不可置信：“你出去玩不带我？”

她正要问他和谁在一起，忽然听见那边传来一个熟悉而温柔的女声：“谁呀？好好吗？”

周数和：“嗯，好好。”

女生似乎很惊喜：“你叫好好出来呗。”

她的邀请正合谢思好心意，谢思好立即同意：“我现在就来找你们！”

不待周数和回答，她就将听筒扣回原位，立刻回自己的卧室换衣服。客厅里的座机反复响了三遍，周数和才等到谢思好重新接听。

周数和叫她乘出租车过去，他告诉她下车的具体地址。

谢思好怀着兴奋的心情出发，见到周数和，以及他身边模样甜美的女生后，笑着叫她：“梦渝姐姐！”

在场只有数和哥哥和梦渝姐姐两个人，谢思好并非一窍不通，她忽然想起之前思宁哥哥的提醒，后知后觉地反应过来。难怪数和哥哥不带她来，原来他有情况，他和梦渝姐姐在一起了！

赵梦渝见到谢思好，脸上露出惊艳的神情。

她记得他们高中毕业时，谢思好正升初三，两年而已，谢思好已经从青涩的小女生发育成婀娜少女了，胸脯鼓了起来，四肢舒展开，体态优美。谢思好的五官越发出彩，没有任何的修饰，没有任何的瑕疵，如果周数和还在高中，他恐怕会因为亲眼见到谢思好在男孩中的超高人气而严防死守，有得头痛。

赵梦渝胆子比较小，不敢玩刺激的项目。谢思好想玩跳楼机，周数和要陪她，她却拒绝，体贴道：“你就在下面陪梦渝姐姐吧，不然她一个人好无聊。”

“我不无聊。”赵梦渝对周数和说，“你陪好好去玩，我等你们。”

“我不要数和哥哥陪。”谢思好很坚持。

她独自坐上跳楼机，升到半空的时候，好像看到地面上的他们拥抱了，心里好事地“哇哦”一声，甚至还在之后赵梦渝去上卫生间的时候对周数和说：“我要给周叔叔和纪阿姨打电话汇报，说你谈恋爱了。”

这年谢思好十六岁，她心思单纯，尚且没有发觉自己当了电灯泡。直到去吃晚饭的途中，有小孩抱着一把玫瑰花过来，对周数和说“哥哥，给你女朋友买一朵玫瑰花吧”，她才意识到自己多余，打扰了二人过节。

于是谢思好找借口想溜：“数和哥哥、梦渝姐姐，我不能和你们一起吃饭了。我想起来，我的暑假作业还没写完，快开学了。”

赵梦渝挽着她的手臂：“还有十二天才开学，来得及，实在来不及，叫你数和哥哥帮你写。”

周数和哪里看不出来她的小心思，拆穿道：“我记得你只剩一套数学卷子没有做，不急在这一时。”

谢思好不知道怎么接话。

她非但没有溜掉，后来还被他们带到电影院。不过，天助她也，她撞见了小姑姑和小姑父。

小姑姑和小姑父这些年一直如胶似漆，不用想，他们肯定是丢下儿女出来过二人世界。小姑父都快四十岁的人了，走在路上还要牵着小姑姑的手，俨然刚陷入热恋的状态。

谢思好立即为弟弟妹妹抱不平，决定“破坏”小姑姑和小姑父的情人节，对周数和说：“数和哥哥，我去找我小姑姑了！”

周数和看见她迅速绕到队伍前面，亲热地挽了一个背影美丽的女人的手臂，不知道她说了什么，对方回过头来看了他们一眼。因为那是长辈，周数和带着赵梦渝上去打招呼，他也跟着谢思好叫小姑姑、小姑父。

小姑姑有一双和谢思好一样又大又圆又清澈的眼眸：“数和，你女朋友很漂亮。”

赵梦渝望着眼前这对俊男靓女失了下神，她好像在哪里见过这个男人，但一时半会又想不起来，而女人的眉眼实在和谢思好太相似，面容年轻，倒像是她的姐姐。

面对赞美，赵梦渝羞涩地笑了笑，周数和则问："小姑姑、小姑父想看哪部电影？"

电影票是小姑父付的款，五张连号的《双子神偷》。谢思好坐正中间，左边是梦渝姐姐、数和哥哥，右边是小姑姑、小姑父，她抱着一桶爆米花，刚开始还吃得起劲，后来看得投入就忘了吃了，散场时还剩下一半。

走出放映厅，小姑姑、小姑父履行长辈的职责，提出送他们回家，问赵梦渝住在哪里。

赵梦渝有些拘谨："不太顺路，我自己打车回家吧。"

周数和还未开口，谢思好立刻拉住赵梦渝的手说："不行，梦渝姐姐，太晚了，你自己打车不安全，数和哥哥不放心的。"

赵梦渝望向周数和，他笑笑："别紧张，他们很好相处的。"

既然他都这样说，赵梦渝自然不好再拒绝，但她并不适应这种场景，心里其实有些抵触。

她想，如果他提出陪她打车多好，于是心中莫名产生一种失望情绪，不过稍纵即逝，她根本来不及抓住。

幸好车里谢思好话很多，妙语连珠的，赵梦渝才没有如坐针毡。到了家门口，她道谢后下车，目送黑色轿车驶远，转身进入楼道。上楼的时候，她忽然想起来，那个男人曾经出现在财经新闻里，她看过采访，因为对方过于英俊，因此印象颇深。

小姑父驾车掉头往河东街道开，以前那片地刚开发出来时他也住同一个小区，结婚后才搬走。

九十年代初人人羡慕的新楼到了十几年后已经老化，但离雁中近，谢思好上学方便，而周数和的爸妈在外上班，回来的时间少，于是决定等她高中毕业后再住进新房子。

赵梦渝不在车里，小姑姑八卦，从副驾驶座转过头来，问："数和，你和你女朋友是同学？”

这题谢思好会，她替周数和回答：“他们是高中同班同学，又一起考上了首都大学。”

“高中就在一起了吗？”小姑姑好奇，她自己进行解读，“那你们还挺值得表扬，谈恋爱不仅没有分心，还能共同进步，同时被首都大学录取，难能可贵。”

“小姑姑，现在我们高中管得十分严格，坚决禁止早恋。”谢思好纠正道。

小姑姑思想开明，满不在乎道：“早恋有什么，只要成绩不退步，能够掌握好分寸，这个年纪的感情其实是很美好的。”

她这话说完，坐驾驶座上的男人侧头看她一眼：“你很怀念？”

谢思好一下子就乐了，她听说过小姑姑和对门龙凤胎中的叔叔的往事，故意道：“小姑父，我也感觉小姑姑有点怀念。”

“别煽风点火、挑拨离间啊，你小姑父才不会上当。”小姑姑乐道，“我问你，你在学校有没有喜欢的男同学？”

谢思好果断地说：“没有。”

周数和正放松着，就听小姑姑道：“那怎么晗晗妹妹说，有天看见你和一个长得很帅的哥哥走在一起？”

晗晗妹妹是小姑姑和小姑父的女儿。谢思好立即去看周数和，正好对上他疑惑的双眼，她赶忙说：“戴眼镜还是不戴眼镜的？戴眼镜的是沈嘉商，不戴眼镜的是李星成，他们两个都是我的好朋友，也是彤彤的好朋友。”然后接着道，“晗晗妹妹嘴巴一点都不紧。”

“小姑姑嘴巴紧，保证不告诉你爸妈。我们说说心里话，这两个男孩子，你和谁的关系更好？”

“一样好，我不区别对待。”谢思好不进小姑姑的圈套。

小姑姑笑出声来，话题又回到周数和身上，问他怎么和赵梦渝在一起的，谈多久了。

谢思好觉得，小姑姑简直问到她的心坎里了，乌溜溜的大眼睛盯着周数和，期待他的答案。

早在大一上学期快结束时，周数和就通过种种迹象察觉到赵梦渝的心思，他没有戳破，她同样没有。

大概他们这类学习用功的人都极懂得忍耐，两人维持朋友的状态，他以前对赵梦渝的印象是聪慧大方，后来逐渐又认识到她美丽婉约的一面。

直到五月末赵梦渝生病住院，人在异乡难免脆弱，她问他可不可以给她一个拥抱，他未拒绝，两人顺理成章确立恋爱关系。

他当然不会回答得这么详细，简单回答："不到三个月。"

谢思妤追问："数和哥哥，是梦渝姐姐追的你，还是你追的梦渝姐姐？"

"谁都没有追谁。"

"谁都没有追谁？"

前排小姑姑解释："谈恋爱不一定需要谁追谁，也可以是两情相悦，水到渠成。"

小姑父则逗她："你喜欢数和哥哥的女朋友吗？你小姑姑当年，对你大姑姑的男朋友很有要求。"

"我喜欢哪。"谢思妤细数赵梦渝的优点，"梦渝姐姐人很好，长得又漂亮，而且她也是首都大学的学生，跟数和哥哥般配。"

小姑姑同意："我也瞧着数和的眼光不错。"

车很快抵达河东街道，谢思妤、周数和下车，她挥手告别小姑姑、小姑父："拜拜！"

等到小姑姑、小姑父离开，她对周数和感叹，对爱情充满向往："小姑姑和小姑父的感情真好，希望我以后也能遇到这样的另一半。"

周数和感到好笑："以后的事以后再想。"

谢思妤走在他前面，忽地回头道："小姑姑说了，早恋没什么的，我可以想。"

她突然一停，周数和没有防备，心也跟着跳了一下，反问她：“你能达到小姑姑说的前提条件吗？你有自觉性吗？能保证不影响学习吗？如果你能做到，我不管你。”

谢思好无言以对，她迅速往楼上跑，一边跑一边说：“你还是管我吧，反正我对学校里的男生不感兴趣。”

周数和失笑半晌，跟在后面提醒她：“你别急，走慢一点。”

谢思好压根不听，迅速跑回家里，喘着气进门。

客厅的电视开着，谢书均正在看深夜新闻，见她累得脸颊泛红，问：“后面有人追你？”

谢思好摇摇头问：“我妈呢？”

“在洗澡，你数和哥哥呢？”

“他在后面。”谢思好灵机一动，朝他眨眨眼睛，“爸爸，我有一个惊天大消息，你要不要买？”

谢书均好奇道：“什么惊天大消息？”

她朝他伸手：“先交钱。”

谢书均将自己的皮夹给她，他很大方：“你觉得值多少，自己就拿多少。”

谢思好一点不客气，抽了三张红钞票，不过她提前说清楚用途：“我和彤彤约好了开学剪头发，然后去滑冰，晚上一起吃火锅，剩下的钱用来买文具。”

谢书均点点头：“可以，你说吧。”

“你知道我今天去做什么了吗？”

女儿十六岁，谢书均、苏永莎对她比较放心，并不强制她报备所有行程，她通常主动告诉他们。而今天这种情况，周数和也不在家里，他俩肯定一起出去了，更加没什么不放心的。

“难道不是当你数和哥哥的小尾巴吗？”谢书均打趣她。周数和上大学后，寒暑假才回家，她很长时间见不到，就会格外黏他一些。

“爸爸，你不想知道就算啦。”谢思好不满。

谢书均觉得好笑：“我已经付过款，你就不要卖关子了，咱们干脆直接一点。”

周数和刚走到门口，就听到谢思好宣布：“我今天见到数和哥哥的女朋友了。”

谢书均没惊讶，反倒是苏永莎惊得从卫生间走了出来：“你数和哥哥交女朋友了？”

谢思好重重地“嗯”了一声。

这时苏永莎看见周数和，脸上露出欣喜表情：“数和，你什么时候谈的恋爱？怎么和女朋友约会还带着好好？”

周数和不由得想到刚才在车上，谢思好讲晗晗妹妹嘴巴不紧，现在看来她的嘴更是不紧，笑说：“五月份谈的，去游乐园，人多才好玩。”

谢思好立即反驳：“才不是，今早数和哥哥出门没有叫我，是我给他打电话，梦渝姐姐叫我去的。”她忽然想起来，“妈妈、爸爸，你们还记得前年数和哥哥去首都大学报到，我们送他到火车站见到的那个女生吗？她就是梦渝姐姐，数和哥哥的女朋友。”

谢书均完全没有印象，苏永莎倒隐约能够回想起一点，说：“我记得她挺漂亮，还挺独立，那天她一个人，没有让家人陪同。”

“晚上我们在电影院碰见小姑姑、小姑父了，小姑姑也夸数和哥哥的眼光好。”谢思好说，她又问，“爸爸，你知道今天是什么节日吗？”

“什么节日？”谢书均不明所以。

“七夕情人节。你要向小姑父学习，也不知道带妈妈去看看电影买买首饰，一点都不浪漫。”谢思好吐槽道。

谢书均最喜欢与女儿斗嘴，他说：“既然你懂浪漫，怎么去打扰别人的二人世界？”

“我不是故意的，我到了游乐园才知道。”谢思好为自己正名，她想起自己急匆匆跑回来的目的，“周叔叔和纪阿姨还不知道呢，我要打电话告诉他们。”

谢书均反应过来：“所以合着你这个惊天大消息只收我一个人的费用？”

谢思好回道：“爸爸，你拿到的是第一手消息，不吃亏。”

苏永莎则笑话他：“反正你也不是第一次吃你女儿的亏。”

周数和乐了乐，她还用他赚钱了？他并未阻止谢思好向爸妈说这件事。

周清平、纪春也没要周数和接电话，他们只问谢思好的感受：“你觉得数和哥哥的女朋友怎么样？你见过她吗？喜欢她吗？”

谢思好说了一大堆夸赞的话，说了许久才挂掉，交代周数和：“周叔叔、纪阿姨让我转告你，要对女朋友好，争取过两年带回家。”

周数和知道她肯定添油加醋了。

事实上，虽然周数和、赵梦渝成了男女朋友，但他们并没有陷入热恋的状态。

周数和待在家里研究电商，他甚至自学平面设计，找到其中的乐趣，颇有些废寝忘食的程度，他和赵梦渝有时隔一两天才联系。

谢思好十分不理解：“数和哥哥，你怎么不约梦渝姐姐出来玩？你们谈恋爱都不见面吗？”

“天气太热了，外面不好玩。”周数和找了个理由。经谢思好提醒，他后知后觉地发现，自己竟然没有太多想见到赵梦渝的欲望。

“你真是个不合格的男朋友。”谢思好批评他，然后她找他要手机，“我给梦渝姐姐打电话，替你约她出来照大头贴，新出的富士山樱花背景可漂亮了。”

她哼了一句“谁能凭爱意要富士山私有”：“你们去拍一套吧，照相馆里不热的。”

来电显示是周数和，赵梦渝奇怪他怎么给她打电话，之前他说过很忙，接通后电话里传来谢思好的声音：“梦渝姐姐，数和哥哥约你到雁中校门口的照相馆拍大头贴，三十分钟后见。”

赵梦渝瞬间了然，问：“好好，这是你的主意吧？”

“不是我，真的是数和哥哥说的。”谢思好不肯承认。

赵梦渝又问：“那他自己怎么不跟我说？”

“你等等。”谢思好将手机开了免提，还给周数和，“数和哥哥，你说。”

周数和“喂”了一声，面对谢思好鼓励的目光，刚准备开口，就听到赵梦渝问他：“你忙完了吗？”

他实话实说：“没有。”

于是赵梦渝善解人意道：“那我们开学的时候在火车站见吧。”

周数和问：“你不想照大头贴吗？”

赵梦渝说：“我不上相，感觉不太喜欢。”

周数和说：“28号早晨我在火车站等你。”

谢思好听得只想翻白眼，她不谈恋爱都懂，梦渝姐姐说的不是真心话。她对数和哥哥恨铁不成钢：“如果我是梦渝姐姐，我要被你气死啦！”

周数和哭笑不得：“我怎么把你气死了？”

“你回的每一句话都是错误答案。”谢思好的爱情小说不是白看的，她教他，“梦渝姐姐问你，你忙完了吗，你应该说忙完了。她说开学的时候火车站见，你要说我今天就想和你见面。她说她不上相，你必须立刻夸她漂亮。虽然她说不太喜欢，但你多邀请她一次，她肯定会答应的。”

见她振振有词，周数和愣了愣，问她：“你一天到晚脑子里面都想些什么？”

谢思好以为周数和不相信她的话，强调道：“真的，你再给梦渝姐姐打电话试试就知道了。”

周数和没有这种主观意愿，不为所动：“大人的事，小孩别管。”

谢思好不服气：“你只比我大四岁而已！”

周数和一本正经：“我成年了，你还没有。”

谢思好觉得数和哥哥真是一个不开窍的榆木疙瘩，她叹一口气，语重心长地拍拍他的肩膀："不解风情，要不是你长得帅、学习好，梦渝姐姐肯定不会喜欢你。"

"谢思好。"周数和发出全名警告。

谢思好听得出他的警告里有几分真几分假，此时丝毫不慌张："本来就是事实嘛，还不允许我说啦。"

周数和赶她出房间："别闹了，去玩吧，不要打扰我忙正事。"

"你不听我的建议，当心以后后悔，哼！"谢思好本来就要出门，她没同数和哥哥纠缠，接着说，"我今天中饭和晚饭都在外面吃。"

"别回来太晚。"周数和叮嘱道。

谢思好向他做了一个"OK"的手势："最迟晚上九点半。"

还有一星期开学，她和程玥彤约了剪头发。李星成、沈嘉商知道后，也加入理发队伍。

谢思好的头发不仅厚，而且长得快，已经快及腰了，一下剪到齐肩，她感觉清爽很多。程玥彤修了刘海和发尾分岔，李星成、沈嘉商则一个剃平头、一个剪碎发。

剪发没花多少时间，焕然一新从店里出来，四人直奔滑冰场，买票进去。

谢思好、程玥彤从小练舞蹈，两人身姿轻盈，笑颜明媚，吸引了众人的目光，很快有男生上前搭讪。

程玥彤一直跟着李星成，他俩笑闹着，倒没人找她。而谢思好比较自由，她丢下他们，自己一个人滑全场。

一个染着黄发的男生追上谢思好，喊她"美女"："你是雁中的？"

她看起来就是乖乖女的形象，眼神干净，唇红齿白，穿着雪白泡泡袖连衣裙，仿佛一个小公主。

谢思好未停下来，继续往前滑，不答反问："你是东风职高的？"

因为他一看就不是好学生，头发的颜色炫目，一只耳朵戴着亮闪闪的耳饰，穿着无袖 T 恤、破洞牛仔裤，挺夸张的。

“对，我叫谢霆，谢霆锋的谢，谢霆锋的霆，交个朋友。”他朝她伸出手。

谢思妤心想他还挺不要脸，拿谢霆锋当自我介绍的招牌。她瞟了他一眼，正要开口拒绝，沈嘉商失控地从后面冲上来，她连忙提醒他：“你快让一让。”

男生回头，接着反应迅速地往旁边躲。

谢思妤忍着笑，沈嘉商演技拙劣，他扮生手扮得不行，差一点真的摔跤。

她伸手拉了沈嘉商一把。沈嘉商稳住身体，接着反扣住她的手，牵着她往前滑。那个叫谢霆的男生看着他们的背影不禁骂了句脏话，因为他明白过来，刚才那一出是故意演给他看的。

等到滑远了，沈嘉商放开谢思妤的手，问她：“来找你要QQ号的？”

“他还没开口要呢，你就演上了。”谢思妤乐不可支，“你怎么想到假装情侣这种招数？”

沈嘉商解释：“他看起来不是好学生，我怕你应付不了。”

谢思妤问：“那你就不怕他找你麻烦啊？”

沈嘉商镇定道：“不怕。”

谢霆没有找沈嘉商的麻烦，他不知从哪里打听到谢思妤的QQ号，申请加她好友，被无情拒绝。

有一天谢思妤下了晚自习回到家，她冲凉后从卫生间出来，爸爸就叫她到沙发上坐下，他有话问她。

她不明所以，一边用干毛巾吸头发上的水，一边走过去：“爸爸，什么事啊？”

“刚才有个男生打电话到家里找你……”

他的话还未说完，谢思妤就问：“是谁呀？沈嘉商吗？还是李星成？”

“他说他是东风职高的。”谢书均认识李星成、沈嘉商，如果是他俩，他不会叫她谈话。他对职高的男生印象不好——他们大多叛逆，坏毛病一堆，难以管教。他不理解，“你怎么交了东风职高的朋友？”

一说东风职高，谢思好就想到谢霆，她拒绝他的好友申请后，他并未放弃，有些锲而不舍，发来验证消息刷屏，她将他拉到了黑名单里。

其实，谢思好交东风职高的朋友不奇怪，初中毕业那会儿，很多成绩垫底的同学都被老师游说，女生读幼师和卫校，男生学机电和汽修。

她想，一定是她的某位初中同学泄露了她的联系方式。

“不是我的朋友。他说什么了？”

“他倒没说什么，我问他是谁，他讲了学校和名字后就挂掉了电话。”

“之前滑冰认识的，他要加我 QQ，我没有答应。”谢思好实话实说。

于是谢书均明白，女儿被男生喜欢了。他问她：“需要爸爸帮你解决吗？”

谢思好觉得让爸爸出面不怎么好，她站起来说：“我去抄刚才打过来的电话号码，让数和哥哥骂他。”

接到谢思好的电话时，周数和正在和赵梦渝逛操场，他俩约会的主要活动就是晚上一起散散步，交流的话题大多和学业相关。

他给谢家座机备注的名字是“好好”，因为谢叔叔、苏阿姨联络他都用手机，只有谢思好才会用座机拨给他。

赵梦渝看清他的来电显示，不由得想，他存她的号码，写的是全名。她瞧着他接通电话，眉眼一下子温柔不少，声音带笑：“好好？”

“数和哥哥，东风职高有个叫谢霆的男生想和我交朋友，他加不上我的 QQ，就打电话到家里来了，阴魂不散的，好烦啊，你充当坏人角色警告一下他吧。”谢思好一口气说完。

周数和拧了下眉，赵梦渝瞧出不对劲，问：“怎么了？”

他没有回答赵梦渝，而是对谢思好说：“号码多少？我给他打电话。”

谢思好听见了赵梦渝的声音，她立刻忘记自己打这通电话的目的，让周数和把手机交给梦渝姐姐。

周数和感到无奈，礼貌征求赵梦渝的意见：“好好想和你说话，你要和她聊两句吗？”

赵梦渝点点头，接过手机贴到耳边，听见谢思好甜甜地叫她：“梦渝姐姐！”

赵梦渝忽然理解周数和刚才的细微改变，任谁听见这样元气十足的声音都会拥有好心情，她眉眼带笑：“好好，这么晚给你数和哥哥打电话，有什么重要的事情吗？”

谢思好不嫌话长，将刚才讲给数和哥哥听的，又对梦渝姐姐重复一遍，她说：“怎么会有这么厚脸皮的男生？”

赵梦渝心想难怪周数和听她讲了一通后臭脸，赵梦渝与她一起气愤：“一会儿你数和哥哥打电话，叫他以后不准再骚扰你。”

周数和拿到号码拨过去，对方显然有所预料，一直守着座机。电话很快被接通：“喂，是谢思好吗？”

“我是谢思好的哥哥。”周数和冷声说。

Chapter 6
我是如此相信你

“哥哥你好！”谢霆油腔滑调。

周数和严肃道：“我郑重通知你，以后不要再加谢思好的QQ，也不要再给她打电话，否则我会找你的老师和家长聊一聊这件事情，我想你也不希望闹到他们那里。”

谢霆在学校里就是刺头，他根本不怕周数和的威胁：“找就找呗，我又没把谢思好怎么样，只是单纯想和她交个朋友都不行吗？”

“不行。”周数和干脆利落，“谢思好要考大学，没有工夫和你做朋友，她最不缺的就是朋友。”

谢霆听出他的言外之意，生气地说：“什么意思？你看不起我是职高的学生？”

“和你读什么学校没有任何关系。”周数和否定谢霆的说法，告诉他，“你现在这个年纪：读普高应该专注于各科的学习，努力提高成绩；读职高应该多花心思在专业课程上，争取以后能找到一家好公司，拿到一份不错的工资。而你不学无术，鼠目寸光，一心只想和漂亮女生交朋友，一而再再而三地打扰别人，我很难看得起你。”

谢霆被震住了，他的自尊心受挫。

周数和反问他：“你如果真的想和谢思好交朋友，为什么不先让自己变成一个优秀的人，让她看见你的闪光之处，主动和你做朋友？”

谢霆陷入沉默。

周数和继续道：“我知道东风职高有升学班和就业班两种选择，你可以考虑一下自己未来的发展，眼睛不要只盯着漂亮的女同学，做点真正有意义、有回报的事情。记住我的话，严禁纠缠谢思好，明白吗？”

不知道为什么，谢霆有种“听君一席话，胜读十年书”的感觉，他平时挺烦老师和爸妈讲大道理的，这时候居然被对方说服了。

得到满意的答案，周数和放下心来，他回电话给谢思好，说：“他以后都不会再打扰你了，放心吧。”

谢思好高兴道：“数和哥哥，我就知道你警告他有用。你是怎么和他说的？”

“讲道理。”周数和言简意赅，他嘱咐她，“以后再遇到这种情况，早一些告诉我。”

“我知道了。下次再有男生不知好歹，我直接搬出你的名头，问他怕不怕我哥哥找他麻烦，不，和他讲大道理。”谢思好俏皮地说。

“别贫。”周数和轻笑了一声，“时间不早了，快去睡觉吧。”

他等到谢思好挂断电话，才收起手机，脸上表情柔和，对赵梦渝说：“我们也回去吧。”

两人朝着宿舍的方向慢慢走，影子被拖得长长的。赵梦渝有些感慨地开口：“我发觉了一件事情。”

周数和低头看她：“什么事情？”

“只要和好好有关，任何事你都不会觉得麻烦，对吗？”

赵梦渝与周数和交往以来，她并不太依赖他。同宿舍的女生都会让男友跑腿，打热水、买饭、去自习室占位，她却一次都没有拜托过周数和。他也未主动提出来要帮她做什么，她想，如果是谢思好，他一定会很周到。

周数和没有否认："好好还小。"

赵梦渝并不是吃谢思好的醋，只是羡慕她："如果我哥哥也像你这样好，那就好了。"

交往半年多时间，赵梦渝心里很清楚，她对周数和的喜欢正在不断消退。也许是暗恋花了太长时间，倾注了太多感情，得到手后反而冷静，成绩斐然、相貌出众的男朋友只能让她表面风光，大多时候他更专注自己的事情，忙起来三五天不见面，还比不上别人经常说甜言蜜语的普通男友。

深究起来，更因为，她当初喜欢的是他对谢思好很贴心、很照顾的形象，原来那一面他只对谢思好展现……赵梦渝的心理落差极大，十分失望。

两人平时不聊家人，周数和这才知道她有一个哥哥，他感到奇怪："你哥哥对你不好吗？"

赵梦渝摇摇头："以前觉得很不好，现在想想，其实都是小孩之间的矛盾。我哥哥只比我大两岁，他不会让着我，什么都和我抢，还喜欢指使我帮他干活，我有时不愿意顺从，就会吵起来，所以我挺羡慕好好有一个像你这样宠爱妹妹的哥哥。"

周数和牵着她的手，怜惜道："不用羡慕她，我也会对你好的。"

他难得说一句柔情蜜意的话，赵梦渝却发现自己并不感到欣喜，看着他诚恳地发问："数和，你真的喜欢我吗？"

他愕然，幸好他反应不算慢，很快肯定道："喜欢。"

赵梦渝又问："你喜欢我什么？"

周数和告诉她："漂亮、聪明、温柔、善良。"

她相信他说的是真话，不由得笑了笑，听起来是一些很美好的词语，同时也是很表面的词语，这些词语可以形容在很多女生身上。就像她喜欢他，原本自以为喜欢的是内核，实际仍停留在表面。她根本没有认识最真实的周数和，只是从小学开始就被他好哥哥的模样蛊惑了。

赵梦渝生出一丝冲动，她松开他的手："你觉不觉得，我们不太适合。"

话说出口，赵梦渝有种如释重负的感觉，她喜欢他时，拖泥带水，有一千一万种顾虑，然而想结束时却干脆利落，连她自己都感到意外。

周数和愣住了，他停下脚步，隔了两秒才问她："为什么会有这种想法？"

他反而觉得他和她很合适。

比起漂亮的外表，他更欣赏她聪明、独立的优秀品质，况且两人相识多年，都学计算机，有共同话题，思想层面能够保持一致，他喜欢与她进行交流，也愿意和她做一些像今夜在操场上散步这样无聊的事情。

"你不是我理想中的男朋友。"赵梦渝有话直说，"以前看你对好好那么温柔，事无巨细很有耐心，我原本以为恋爱关系中的你也是如此，可你和我想象中挺不同的。"

周数和沉默地听着，他不由得想起暑假时好好的两个疑问，想到那时自己主动约赵梦渝见面的次数屈指可数，本以为她同他一样，认可这种给予彼此充足个人空间的相处模式，原来她不喜欢，他感到抱歉："对不起。"

"没关系。"赵梦渝接受周数和的道歉，不管他说这句话是否出自意识到了他对她的冷淡，她与他讨论，"你和我都太理智了，我们在一个频道上，有默契，但是很无趣，我们才二十岁，我不能接受寡淡无味的爱情。可能，我们应该选择一个性格互补的对象，但是在没有验证之前，或许这也是我的想当然。"

周数和认真倾听着，他明白她说的是什么意思，虽然他并未对自己的女朋友产生任何不满，但显然她和他的想法完全不同，他意外于此刻毫无预兆的情感走向，却尊重她的决定：“你想和我做回朋友吗？”

赵梦渝朝他伸出手，开玩笑道：“我们分手之后应该还能做朋友吧？”

她姿态大方，周数和也痛快，仿佛初次认识那般，他握住她的手说：“当然。”

两人迅速放开手，重新迈开脚步，他依旧送她到女生宿舍楼下。

看着周数和俊朗的面庞，赵梦渝心里叹了一声可惜。好像又有一点点后悔，为什么不能因为他这张脸再坚持一下呢？也许可以改变他。不过，她立刻为自己产生这个念头而感到不齿，没有谁想被谁改变，除非他自己心甘情愿。

她轻松道：“我上去了，拜拜。”

周数和点头：“祝你找到你心中的理想男友。”

赵梦渝问：“不是讽刺吧？”

成功见到周数和僵了一下的表情，她扑哧一乐：“开个玩笑，别这么沉重。”不知为什么，她有种想法，“数和，你以后再找女朋友，我建议你参照好好的性格，找那种活泼开朗的、会撒娇的女孩子，比较能够感染你。”

周数和想，一个好好就让他头疼，再来一个她的同类，他可能没有兴趣再当谁的哥哥。他笑笑，没有回应。

另一边，谢思好不知道周数和与赵梦渝分手的事，她有时上QQ发现梦渝姐姐在线，还主动给其发消息，找对方聊天。

等到谢思好终于知道数和哥哥与梦渝姐姐分手的事情，已经是十二月了。谢思好连着几次给他打电话，赵梦渝都不在他旁边，她察觉到不对劲，奇怪道：“梦渝姐姐呢？”

她不问，周数和只字不提，她问了，周数和则毫不隐瞒：“我和她分手了。”

谢思好大吃一惊：“你是不是又惹梦渝姐姐生气了？”

周数和不知该怎么解释。

“我就知道！”谢思妤胳膊肘往外拐，她想到暑假时数和哥哥的错误行为，就很理解梦渝姐姐，谁要一个冷冰冰不懂女孩心的男朋友？

她给赵梦渝发了一条消息：“梦渝姐姐，刚刚听数和哥哥说，你们分手了！你怎么不告诉我呢？是怕我伤心吗？我确实伤心了，真遗憾！你知不知道我可喜欢你了，虽然你和数和哥哥已经分手，但是以后回雁城可以约我玩哦，带着新男朋友一起，气死数和哥哥。”

赵梦渝看见这段文字后乐了好半天，回复她：“既然你都布置任务了，我一定找一个比你数和哥哥更好的男朋友，气死他。”

她为赵梦渝摇旗呐喊：“梦渝姐姐，我相信你有这个魅力！”

谢思妤刚消化完数和哥哥与梦渝姐姐和平分手的消息，没过几天，程玥彤扔来重磅炸弹，她和李星成达成共识，他们要共同进步，一起去首都上大学。

谢思妤感到震惊，她和程玥彤平时可以说是形影不离，上卫生间都要手挽手一起去，什么时候程玥彤和李星成的关系更好了？上大学这种大事情，程玥彤居然不和她进行约定。

其实一切都是有迹可循的。

自从初中谢思妤开始吃吴阿姨送来的饭后，每天只有程玥彤和李星成两个人去食堂，他们相处的时间更多一些。李星成比较照顾程玥彤，比如他总是一人打两份饭，而程玥彤不用排长长的队，只需要找到两个空位坐着等他就行。又比如冬天冷水刺骨，他主动替她洗饭盒。还有李星成爱打篮球，程玥彤更捧他的场一些，送水给他喝，抱着他的外套，为他呐喊鼓掌。

单独相处的期间发生了一些青春期难以避免的悸动瞬间，于是他们做出约定，一起考同一个地方的大学。

程玥彤告诉谢思妤这个秘密时，两人并排躺在柔软的床上。程父程母这两日去了外地，于是程玥彤来谢思好家睡觉。

听到程玥彤说“好好，我告诉你一个秘密，我有点喜欢李星成”，谢思好一下子坐起来，圆圆的眼睛睁得大大的：“你没骗我？”

程玥彤竖起食指抵在嘴唇上“嘘”了一声，她说：“你小声一点，别让你爸爸妈妈听见了。”

“没事，他们听不见。旁边是数和哥哥的卧室，数和哥哥不在家里。”谢思好让程玥彤放心，她觉得匪夷所思，“彤彤，你怎么会喜欢李星成呢？”

程玥彤也从床上爬起来，声音中带着甜蜜，娇嗔道：“为什么我不会喜欢他呀！”

谢思好简直要起鸡皮疙瘩，她探出床外，打开床头的台灯。房间里亮起一小片昏黄的光，越发衬得她一双眼睛亮晶晶。她很想知道这件事的来龙去脉：“真的没骗我？快说说，到底什么情况？”

“哪有神不知鬼不觉，是你自己没有往这方面想，我表现得挺明显的。”程玥彤笑盈盈的，她天然浓颜，整张脸十分立体，特别是深邃的眼睛和高挺的鼻子，看起来有三分少数民族长相，同学们都觉得她像新疆人。

谢思好的五官也立体，但更精致灵动一些。她认真想了想，找不到蛛丝马迹，疑惑道：“哪里明显了？”

程玥彤举例：“你没发现最近我俩早晨经常一起到教室吗？”

谢思好还真没注意，她通常比他们晚一点到学校，为数不多的几次早到，也不觉得两人不对劲。

“不是刚好在校门口碰见吗？”

程玥彤摇摇头：“我和他约了时间，每天六点四十分在天街路口碰面。”

谢思好目瞪口呆，他们可真有闲情逸致，她每天早上都睡不够，上学总是匆匆忙忙的，恨不得有瞬间移动功能，他们却还能在半途中耽搁。

程玥彤提醒她："而且他每次打篮球我都会去看，你居然丝毫不怀疑。"

谢思妤表示无辜："有时我俩也会一起打篮球，还参加过学校的女生组篮球赛，我以为你喜欢。"

"我和李星成单独去照了大头贴。"

"那天我去外婆家，沈嘉商也有事。"

两人面面相觑，一时之间，彼此都有些无语，片刻后，又不约而同笑了起来。

谢思妤认输："好吧，我的错，是我迟钝了。"她更关心的是，"那他呢？"

程玥彤脸热了一下："就是昨天晚上，他绕路送我回家，我们看到一对情侣，就说到了班上有哪些同学走得近。他问我高中敢谈恋爱吗？我说不敢，他就说高考结束后他有话对我说。"

谢思妤说："他的意思也太明显了吧，他这样说，你岂不是全明白了？"

程玥彤笑着点点头："我们现在处于心照不宣的阶段。"

谢思妤脑中灵光一现："我忽然想起来，今天下午的课，李星成和肖晓川换座位了吧，原来是这么回事。"

肖晓川是程玥彤的同桌，艺术班的管理相对宽松很多，除了班主任，只要他们不过分，其他科任老师大多对他们睁一只眼闭一只眼。

程玥彤向她邀功："我够意思吧，第一时间就告诉你了。"

谢思妤持反对意见："不够意思！你什么时候喜欢上李星成的？你喜欢他什么？通通没有告诉我！我好生气！"

"我也不知道我什么时候喜欢上他的，不知不觉吧。"程玥彤知道谢思妤并不是真的生气，她笑嘻嘻地细数李星成的优点，"他长得帅啊，个子也高，打篮球还好，性格很阳光，对我比对包括你在内的所有女生都好。"

谢思好翻旧账："他当然对你更好，上幼儿园的第一天就撞倒我，一年级的时候还扯我辫子，我跟他有仇的。"

程玥彤哈哈大笑："怎么几百年前的事情你都还记得？"

两人之前嫌热关了空调，虽穿着毛茸茸的睡衣，但这么坐起来一会儿身上已有凉意。谢思好拉着程玥彤躺下，她们钻进被窝里，侧躺着面对面看着彼此，不约而同地笑起来。

"好好。"程玥彤忽然抱住谢思好纤细的腰肢，"你有没有对哪个男生产生好感？"

"数和哥哥不许我高中早恋。"谢思好立刻说。

"难道你把数和哥哥的话当圣旨？"程玥彤才不信她非听不可，她就是没有开窍而已，否则上有政策下有对策，数和哥哥根本管不到她。

谢思好跟程玥彤闹着玩："当然，你知道的，我最听数和哥哥的话了。"

程玥彤不接她的话茬，转而说："你觉得沈嘉商怎么样？"

谢思好一眼看穿程玥彤的小心思："不是吧？你和李星成结成同盟了，就要把我和沈嘉商凑到一起吗？"

虽然程玥彤只是随口问问，并未真的想将谢思好、沈嘉商凑到一起。不过，他们这个四人小分队到底因为其中两人有了契约，变成了两个组合，很显然，谢思好和沈嘉商自然而然两人行。

元旦头天晚上，晚会开始之前，同学们在教室里、走廊上玩飞雪，你追我赶的，十分激烈。

谢思好一会儿还要上舞台，她为了保护妆发，极力躲避，人缘太好的她这时候总会成为"攻击"中心，她拉了沈嘉商挡在身前，沈嘉商配合地护着她，两人姿态亲密，不巧被德育主任撞见，给了他们一个严厉的眼神，谢思好、沈嘉商立即分开。

元旦后的周一升旗仪式结束，德育主任上台发言："某些男同学、女同学不要因为关系好就随意勾肩搭背、拉拉扯扯的，你们自己把握不好尺度，很容易犯错误。我再次强调，什么年纪做什么年纪应该做的事，高考之前，坚决严禁早恋，要是让我发现你们有人偷偷谈情说爱，一律严惩不贷。”

解散后，谢思妤对沈嘉商说：“我怎么感觉刘主任说的某些男同学、女同学就是指的你和我？”

沈嘉商满不在乎：“不要管他，我们身正不怕影子斜。”

他们身正不怕影子斜，就怕被老师误解。

没过两天，东风职高一对小情侣恋爱闹出离家出走的事情传得沸沸扬扬，引起各个学校的重视，严抓早恋，秉持“宁可错杀一千，绝不放过一个”的态度。

周数和放寒假回到家，正巧遇上谢思妤被请家长。

她喊冤：“我真的没有和沈嘉商早恋，我和他只是好朋友而已，老师戴有色眼镜看人，为什么一个男生和一个女生平时关系好点、走得近点就是谈恋爱了？太过分了！你们不许去学校，现在就给班主任打电话，说你们相信我！”

谢书均：“……”

苏永莎：“……”

周数和：“……”

瞧她这理直气壮的劲儿，还真是受了委屈。

谢书均安抚：“爸爸完全相信你。这样，明天我当面向你班主任解释清楚，你和沈嘉商只是好朋友，行不行？”

谢思妤想了想，退了一步：“那就让数和哥哥去，他在老师那里的可信度高一些。”

周数和发现，自从谢思妤上高中后，每隔半年见到她，她总是长高一截。

冬日家里暖气开得足，她身上雪白的粗线毛衣宽松，却藏不住少女已经发育起来的曲线，穿着一条黑色铅笔裤，两条腿就像铅笔一样又直又细又长。

他想，更不要说她那张顾盼生辉的漂亮眼睛，再加上她活泼外向的性格，大大咧咧的，和玩得好的男生没有性别界限，的确很容易成为老师要严抓校园风气时怀疑早恋的对象。

谢书均听见女儿给自己减少差事，他也乐得不去跟老师掰扯，临近年关，公司有一大堆事情，够他们夫妻二人忙活。反正数和已经上大三了，还有一年多就参加工作，派他出面也说得过去。

谢书均爽快道："行啊。"

苏永莎却觉得谢书均不负责任，她拿眼睛横了他一下："你当甩手掌柜倒挺熟练，你不想去我去，我可要好好问一下老师为什么无中生有，随意揣测学生之间纯洁的友谊。"

"不是我不想去，是你女儿不想让我们去。"谢书均辩解。

谢思好点点头，她替爸爸说话，认真道："妈妈，你这副架势，去了和老师吵起来就麻烦了。"

苏永莎无语半晌，故意说："所以在你心目中，你爸爸不靠谱，你妈妈是泼妇？"

谢思好被妈妈的幽默逗乐，周数和脸上同样露出笑容，谢书均则抗议："她可没有说我不靠谱。"

谢书均其实长得很正气凛然，他戒烟多年，这几年酒也少喝，人到中年并未发福。他个头极高，冬天穿质感高级的羊毛大衣，三七分的头发依然黑而浓密，走出去还能吸引到年轻女人的目光。

苏永莎自然也和泼妇挂不上钩，她历来时髦，前几年多了买时尚杂志和奢侈品的习惯，身材、皮肤都保养得极好，很有风韵。谢思好班上的同学见到苏永莎后，都夸她妈妈像女明星。

谢思好才不管妈妈的意见，她挤到周数和身边，抱住他的胳膊："数和哥哥，反正你无事可做，你替爸爸妈妈去一趟学校吧。难道毕业多年，你就不想重回母校看看吗？还能顺便去见一见你的恩师，一举多得。"

周数和不由得想到她上初中时调皮，被她的班主任请家长，她也是叫他去的。她怎么总是被请家长？算上小学被留堂的事情，他从未被自己的老师训话，倒要接受她各个时期的班主任教育。

虽然并不是件令人愉快的事情，但周数和也没有反对，他看向苏永莎，征求她的意见。

最近公事繁忙，周数和愿意代替他们，苏永莎很感激："数和，好好的事情又要麻烦你了。"

谢思好却不觉得麻烦，她说："跟数和哥哥有什么好见外的。"她好奇地问周数和，"数和哥哥，你上高中那会儿，老师有没有误会谁和谁恋爱？"

周数和说："没有，不过老师有时会让大家向他举报谈恋爱的同学。"

这话谢思好也听过，她忙不迭点头认同："对对对，不过才没有人向她告密呢，我们班上的同学都很讲义气。"

半夜开始下雪，到了早晨，外面白茫茫一片。周数和去学校的时候，顺便给她带了一双毛绒手套和一条午休盖的小被子。

门卫还是以前的大叔，大叔依然记得周数和，亲切地和他寒暄："大学放假了？来给你妹妹送东西？"

周数和一边登记自己的来访时间一边回答，然后放下笔，走进学校。现在正是上课时间，由于下雪的缘故，体育课也改为在室内自习，校园里空空荡荡，一片安静。他找到谢思好班主任的办公室，礼貌地敲了敲门，说明来意。

历届学生中，考上首都大学的并不少，唯独周数和被所有老师认识，除了品学兼优，还要归功于他的好形象，新做的招生简章上赫然印着他的照片。

老师之间消息互通，谢思好的班主任很早就知道她的哥哥是周数和，见到他意外了刹那，听他解释缘由，笑说理解："你来也是一样的，你先坐一会儿，等沈嘉商的妈妈到了，再把两个孩子叫到办公室一起聊。”

沈嘉商的妈妈很快就来了，是一位看起来珠光宝气的富太太，班主任介绍他们认识。趁着班主任到教室叫谢思好、沈嘉商的机会，沈太太温柔开口：“谢思好哥哥，嘉商说他和思好只是好朋友，思好怎么说的？”

周数和回答她：“好好也说他们只是好朋友。”

沈太太问：“你们家长是什么看法？”

“我们相信好好。”

“我们也相信嘉商，现在的老师怎么这样，对学生一点信任都没有，简直是小题大做。”

周数和笑笑，他未附和，但如果是苏阿姨在场，她一定和沈嘉商的妈妈很聊得来。

班主任先回办公室，周数和、沈太太与她面对面坐着。谢思好、沈嘉商来了，乖乖站在他们身后。两人一边听班主任声情并茂地对家长描述他们平时亲密的行为，一边暗暗对视翻白眼。

过程中周数和回了下头，正好撞见她作怪，心慌的却是沈嘉商，他立刻收敛表情站直身体，忽然理解为什么李星成说他有点怕数和哥哥。

谢思好忍住笑，装成一本正经的模样。这时班主任动之以情，晓之以理，企图让他们主动坦白。她无辜极了，举起四根手指：“我可以发誓，如果我和沈嘉商在谈恋爱，我就考不上大学！”

沈嘉商心说不用这么狠吧，但作为一名好队友，他立刻跟着她做：“我也发誓。”

沈太太表明立场：“老师，你看两个孩子都拿自己的前途发誓了，他们肯定不是那么一回事，你就放心吧。”

周数和也开口：“其实如果不相信，可以多找几个同学问一问，不可能所有人都帮他们隐瞒。”

班主任确实问了不少同学，大家都摇头，但是他们几次被老师瞧见举止异常，几乎所有科任老师都说两人课间玩耍就没有分开的时候。

本想和家长一起努力撬开他们的嘴，哪知家长让她把心放肚子里，她又没有切实证据，只能对沈太太与周数和说："既然你们家长也这样说，那我相信他们。青春期的小孩是需要我们提点的，希望你们理解学校的苦衷。"

她转而对谢思好、沈嘉商说："你俩平时关系好归关系好，男生和女生还是应该保持距离，你们可是在刘主任那里挂上了号的，下次再被他撞见就不好说了。"

谢思好反应非常快，大声地保证："知道了，我们肯定保持距离。"

说完，她用眼神示意沈嘉商接上，沈嘉商同样道："我们绝对保持距离，一定不撞刘主任的枪口上。"

几人走出办公室的时候刚好是下课时间，班上有女生见到了周数和。她是从其他学校考进雁中高中部的，之前没见过周数和，迅速跑回教室传播："你们快出来看谢思好的哥哥，他长得好帅！"

也有从本校初中部直升的女生，当即表示："雁中的江直树回来了，去看看！"

周数和正将手套和小被子拿给谢思好，叮嘱她："快期末考试了，收收心，多复习功课。"

他今天穿了一件长款的黑色羽绒服，身材挺拔颀长，气质出众，站在走廊上格外引人注目。许多脑袋从前后门探出来，想一睹谢思好哥哥的风采。

谢思好发现了，眉眼弯弯地提醒他："数和哥哥，我们班的女生在看你。"

周数和朝她的班级看了一眼，女生们脸红心跳地缩回教室，纷纷感叹他真的好帅，似乎除了帅找不到别的形容词。

他收回视线，再次对谢思好说："记住我刚才说的话，不要等到领期末通知书时才后悔，过年大家都要问你的成绩的。"

谢思好古灵精怪，做了个敬礼动作："Yes，sir！"

周数和失笑："我去看看我老师，中午带你到学校外面吃饭。"

谢思好开心起来："今天太冷了，可以去吃火锅吗？叫上彤彤，还有李星成、沈嘉商。"

听谢思好说她要叫上沈嘉商，周数和莫名有点想笑。

刚才在办公室，她信誓旦旦地说要与沈嘉商保持距离，出来后立刻忘到脑后，看来并不把老师的训斥当作一回事。

他神采奕奕的双眸笑意浮现，谢思好瞧得一愣，数和哥哥怎么越长越帅？她看惯他这张脸都要犯花痴啦。她问他："你笑什么？"

周数和揶揄道："我看你是真的一点都不怕老师。"

她没明白，面带疑惑。

他忍不住捏捏她的脸蛋，手感软乎乎、滑腻腻的，有点像Q弹糯米糍。

"干吗呀！"谢思好不明所以。

周数和没回答，说："回教室吧，你想叫几个同学都可以。"

这时程玥彤从厕所的方向走来，她高兴地跑过来叫他："数和哥哥！"

周数和对程玥彤一向温和，笑说："彤彤又长高了。"

"彤彤要比我高一厘米，她一米六七了。"谢思好告诉周数和后，又立即告诉程玥彤好消息，"彤彤，今天中午数和哥哥请我们吃火锅。"

程玥彤眼睛都亮了起来："数和哥哥你太好了！最近每天去食堂打的菜都冷得快，难吃死了。"

周数和笑："那我们就吃公交车站对面的那家，一会儿我提前去点菜，放学后你们直接来。"

她们忙不迭说好，一人报了几个菜名才回教室。

谢思好一走进去，女生们热情地拥过来，一人一句话，叽叽喳喳的。

“好好，你哥哥不愧是雁中江直树，他真的好帅啊！”

“他一米八几啊？看起来和学校篮球队的那些男生差不多高。”

“我可以加你哥哥的 QQ 吗？我想向他请教功课。”

…………

看着她们羡慕的眼神，谢思好的虚荣心完全得到满足，如果期末考试后要开家长会，她还叫数和哥哥来，他来比爸爸妈妈来更有面子。

吃中饭和晚饭时，走读生可以出校，上午最后一节课的下课铃打响，谢思好立刻组织三位好朋友：“彤彤、李星成、沈嘉商，走了走了，数和哥哥在等我们！”

沈嘉商有些犹豫：“你们去吧，我去食堂吃。”

“为什么不去？莫非，你怕数和哥吗？”李星成走过去钩住沈嘉商的肩。他现在觉得叫“数和哥哥”腻歪肉麻，还是“数和哥”比较正常。

沈嘉商皮肤白，被说中心事，耳朵红起来藏不住，嘴上却不肯承认：“我没怕。”

李星成拖着他出教室：“一块儿去，你不怕我怕，是好兄弟就不要让我一个男生去面对数和哥。”

谢思好不理解：“你们为什么怕数和哥哥，他又不骂人，对吧，彤彤？”

“对呀。”程玥彤点点头，不过她帮李星成说话，“李星成可以理解，毕竟他小时候接受过数和哥哥的思想教育。”

“谁叫那时候他讨厌。”谢思好回想起来都乐得很，她对李星成说，“数和哥哥已经很讲道理了，换作别人的哥哥，揍你一顿都是轻的。”

“是是是，多谢数和哥把我培养成为爱护女同学的好男人。”

李星成油嘴滑舌。

“你想爱护哪些女同学呀？”谢思好故意问。

李星成大胆发言：“我爱护彤彤，还有你。”

谢思好嫌弃他：“拉倒吧。”

走出教学楼，大雪漫天飞舞，谢思好的校服外套里穿了一件连帽的羽绒服，她反手捞起帽子戴上。帽子边缘镶了一圈蓬松柔软的白色羽毛，将她的白皙小脸围起来，看起来格外温暖。

与李星成玩笑几句，她才正式安慰沈嘉商：“放心吧，数和哥哥很温柔，而且我们又没有犯错误，他不会说什么的。”

沈嘉商对上她那双弯弯的眼睛，心脏扑通扑通一阵乱跳，幸好他也戴上了帽子，否则红透了的耳根会让人生疑。

“好好，咱们跑吧。”程玥彤建议。雪太大了，寒风呼呼吹着，冷得她发颤，她迫不及待地想坐进火锅店里。

“跑！”

谢思好一声令下，四人长长的身影奔跑在雪中。

周数和提前十分钟来到火锅店，汤底已经煮沸，他下了些耐煮的菜，等待谢思好和她的朋友到来。

不一会儿，四个穿着校服的学生出现，由于几人个子都高，臃肿的穿着并未让他们形象难看。谢思好揭下头顶的帽子，拍拍身上的雪，笑容满面地走向周数和。

“数和哥哥！”

“数和哥哥！”

“数和哥！”

“数和哥！”

他们一迭声叫周数和，幸好周数和不是第一次经历这种场面，他淡定应对。

谢思好挨着周数和坐，另外三人一人一条凳子，程玥彤和李星成是因为不敢在哥哥面前露馅才分开的。他们正处于精力旺盛的年纪，早就饥肠辘辘，坐下来便埋头专心吃。

周数和并不怎么饿，他为他们服务。当他用漏勺舀了两颗牛肉丸到沈嘉商的碗里时，沈嘉商简直受宠若惊，连忙道："谢谢数和哥。"

谢思妤正嫌烟雾都往她脸上飘，她端着碗换了个位子，坐到沈嘉商旁边。

沈嘉商自觉地往旁边挪了挪，他观察周数和的表情，见对方没什么反应，才放下心来。

等到他们四人吃得心满意足，周数和到前台结完账，出了火锅店才拿出哥哥的气势，嘱咐他们要用功学习。

他们前一秒还答应得好好的，与他告别后，走到校门口时，李星成捏了雪球砸在沈嘉商身上，快快乐乐地打起雪仗来。

这场雪下起来没完没了，路面结冰，积雪深厚，公路、铁路都封闭了。各个中小学取消领取期末通知书，周清平与纪春没能回来过春节，也有许多旅客被困在雁城火车站回不了家。

与1998年的洪灾一样，大家都积极响应号召，家家户户踊跃收留被困的同胞。只是谢思妤长大了，不再愿意与陌生人挤一张床，她大方地空出自己的房间，拒绝与爸妈一起睡，跑到周数和的卧室。

周数和将床让给她，自己打地铺。

谢思妤大大咧咧道："数和哥哥，我们小时候又不是没有睡过一张床，大不了一人睡一头。"

谢思妤口中的小时候，恐怕得追溯到她读幼儿园，那会儿周数和经常带着她玩，他也不到十岁，未分男女大防，两人一起午睡是常有的事。

现在时间还早，她坐在电脑前，熟练地打开网页，准备搜一部影片，拉上数和哥哥一起看。她说刚才那句话时，滑着鼠标，目不转睛地盯着电脑屏幕，头也没回。

寒冬凛冽，零下的温度，周数和从柜子里抱出两床厚棉被，放到地板上铺开，然后伸手往后拉了下电脑椅："离远一点，小心近视。"

谢思好终于回过头，两只手都做"OK"的手势，用两个圆圈框住两只眼睛，俏皮道："我戴眼镜怎么样？好看吗？"

周数和"嗯"了一声，说："好看，真戴眼镜那天你别哭就行了。"

谢思好乐不可支，电脑椅是可以旋转的，她终于转过来面对他，瞧着他装被条，问："数和哥哥，你真的要睡地上吗？"

周数和反问她："你知道自己今年多大了吗？"

"未满十八岁。"谢思好知道他什么意思，偏要让他无可奈何，"所以，我还是小孩子呢。"

卧室门未关，苏永莎替周数和拿电热毯来，听见这话笑道："真好意思说，还有半年你就十七岁，还有一年半你就要参加高考，无论如何都和小孩子不沾边。"

谢思好能言善辩，她摇着一根食指说："NO，NO，NO，衡量的标准不是年龄，是心态。"

苏永莎不像谢书均那样爱与女儿斗嘴，她懒得理女儿，对周数和说："数和，晚上睡觉时把电热毯用上，当心着凉。"

周数和接过来："好。"

苏永莎最后劝谢思好："好好，要不然你过来和妈妈一起睡，让你爸爸和数和哥哥挤一挤。"

谢思好打定主意要赖在这里："我从上幼儿园开始就再也没和你一起睡觉了，我不习惯。我要在数和哥哥这里玩玩电脑，妈妈你出去关心客人们吧，一定要让他们感到温暖，就别管我啦。"

因为是特殊时期，沙发都安排出来给客人睡觉，苏永莎没计较。她的确要出去展现女主人的热情。她点点谢思好的额头："电脑别玩太晚，早点睡觉。"

谢思好当然满口答应："你不放心我，还不放心数和哥哥吗？

他会监督我的。”

等到苏永莎一出去，谢思妤扭头就找了部鬼片，拉着周数和一起看。她胆子比周数和大，有几个片段他心里都一咯噔了，她还面不改色的，没有什么反应。

谢思妤看的时候不怕，半夜做噩梦快被吓死了，她梦见两个女生拌嘴，其中一个把另一个杀了……

惊醒后她打寒战，怪瘆得慌，想到数和哥哥也在房间里，又不那么害怕了。她小声叫他：“数和哥哥。”

周数和睡得熟，自然听不见。

谢思妤也没有继续叫，她爬起来去了趟卫生间，不知是不是心理作用，再回到被窝里总是暖和不起来，慢慢手脚变得冰凉起来。

过了四五分钟，她冷得实在忍受不了，下了床，轻手轻脚地掀开周数和的被子，小心翼翼地躺进去，立刻被温暖包围。她心里打定主意，明晚她要睡地铺。

清晨周数和睁开眼睛，发现谢思妤一条腿搭在他的腿上，一只手臂横在他的胸膛上，她毛茸茸的脑袋抵在他脸边，他吓得一个激灵，瞬间清醒了。

他先推开她的脸，然后抓起她的手臂丢开，又摆脱她的腿，严肃地叫她：“谢思妤。”

谢思妤迷迷糊糊的，翻了个身，将脸埋进枕头里，继续呼呼大睡。

周数和忍了忍，暂且先让她再睡一会儿，等她醒来，有必要认真地和她谈一谈。

本来请家长那天，谢思妤的班主任讲她和沈嘉商过分亲密，又再三强调让两人保持距离，少些肢体接触，他并不当一回事，认为老师紧张过度、矫枉过正。

但她居然半夜溜下来和他一起睡，还像八爪鱼似的挂在他身上。联想到她昨晚说自己还是小孩子，周数和就觉得头疼，他得告诉她男女有别，不能真的跟小孩子似的，对异性半分不设防。

对此谢思好不觉得自己哪里做错了："我知道男女有别，你又不是别人，我们是兄妹，这有什么嘛！"她一脸无辜地解释，"看完鬼片我做噩梦了，我还叫你了，但是你没醒。"

周数和辩不过她，只能说："下不为例。"

谢思好提要求："今晚我们换一下吧，我想睡地上，电热毯真舒服。"

周数和十分无语。

在困难面前，中国人一向是众志成城、团结一心的，家家户户派出了人扫雪除冰。

没过两天，城里先通车，周清平、纪春因铁路不畅无法回家团圆，周数和独自到爷爷奶奶家过年，谢思好一个人睡他的卧室。等到正月初二火车恢复运行，短暂借住的客人离开后，她回到自己的房间。

年初的暴雪开了一个不好的头，这年除了谢思好的铁路工程师二叔没受什么影响，她爸妈服装公司的订单有所下降，小叔叔报社的报纸销量减少，小姑父公司的楼盘房价下跌，经济形势不太好。

这是大人们烦恼的事情，对谢思好的心情没什么影响，只有五月在电视上看到大地震的新闻画面时，她泪眼汪汪的，难受坏了。学校组织捐款时，她毫不犹豫地砸开储蓄罐，将过年时收到的所有压岁钱和这半年攒下的零花钱都捐了出去。

又过了一个月，和地震相关的报道减少，灾后重建工作有条不紊地展开。这时候临近暑假，艺术班学生们的轻松日子一去不复返，他们开始集训，迎来地狱般的生活。

自从谢思好开始舞蹈集训，谢书均终于尽到家长的职责，每天早上六点二十分准时送她到学校，晚上九点半分秒不差地出现在校门口，他对此颇得意，向女儿邀功："怎么样，爸爸很合格吧？"

谢思好疲惫地坐在副驾驶座上，她和程玥彤从小接触舞蹈，每个周末和寒暑假都去青少年宫上课，基本功还算扎实，软开度的训练并不难。但是集训的量很大，除了软开、技巧课，还要做体能训练，一整天下来，累得够呛。

本来谢书均也提出同时接送程玥彤，开车方便，绕一点路花不了多少时间。可是程玥彤想和李星成一起上下学，她找了个理由委婉拒绝了。

听见爸爸邀功，谢思妤一针见血道：“那是因为数和哥哥不在家，否则你才不会来接我。”

这年暑假周数和没有回雁城，他有幸被选为奥运会的志愿者，做翻译工作，这段时间在校接受培训。

谢书均还当她是小孩子，问：“那你喜欢爸爸来接你，还是数和哥哥？”

“当然是数和哥哥，我和他的共同话题比较多。”谢思妤毫不犹豫。

“没良心。”谢书均笑着伸手揉揉她的脑袋，“你也可以把我当好朋友，我们可以畅所欲言，我会对你妈妈保密的。”

“我和妈妈无话不说。”谢思妤表示，她问，“爸爸，小姑姑、小姑父哪天出发呀？”

她小姑父托关系买到了奥运会的门票，本来想带谢思妤一起去的，但她参加集训请不到假，为这事还不高兴了一阵子。

“他们 8 月 1 日提前过去，带你弟弟妹妹们去玩一玩，看天安门广场升国旗，爬长城。”谢书均告诉她。

“我也好想去。”谢思妤羡慕道。

谢书均侧了下头，见女儿的脸上露出向往的神情，于是许诺：“等你高考完，我们一家也去首都玩一段时间，让你数和哥哥当导游。”

谢思妤仍然觉得遗憾：“可是明年就没有奥运会了。”

“明年没有，但以后一定还会有的。”谢书均安慰道，“再说你小姑姑与数和哥哥都会给你带纪念品回来。”

谢思好叹了一口气，觉得自己有点倒霉，怎么偏偏这时候升高三，错过一个这么意义重大的活动。

因此她每晚都会与周数和通话，问他今天发生了什么。周数和会一一讲给她听，比如见到了哪位领导，新闻中严肃的大人物其实十分温和，还有与哪些运动员交流并合影，赛事状况如何，以及一些大大小小的趣事。

当然谢思好也会同他说自己的集训情况，新学了什么舞蹈，小测的结果如何，老师要求控制食量保持身材，生理期练体能差点哭了，哪个同学不慎拉伤了韧带，等等，好像她每天最期待的事情，就是打晚上的这一通电话。

也因为这通电话，谢思好虽未能去奥运会现场，但她比同学们知道得多些。这段时间课间大家喜欢聊奥运会，她与同学们分享，还应她们的要求，拜托数和哥哥为大家购买福娃等纪念品。

周数和是在 8 月 30 日回的雁城，晚上他去接谢思好下课，他已经考到驾照，开的是谢书均的车。

谢思好走出校门，看到爸爸的车还有些失望，心里想着数和哥哥真不够意思，居然不来接她。但拉开车门，她的失望瞬间消失得无影无踪，惊喜地叫起来："数和哥哥，怎么是你？"

周数和格外了解她，调侃道："如果来的不是我，某个人说不定回家气鼓鼓的。"

谢思好坐进车里，开心得要命，她大方承认："那当然了，你不来接我，我肯定要生气的。"

周数和看着谢思好，这半年她好像瘦了一些，鹅蛋脸瞧上去小了一圈，衬得两只眼睛越发大，在夜色里显得亮晶晶的。她扎了丸子头，额前、脑后一圈毛茸茸的碎发。晚功训练强度大，碎发被汗水打湿后一绺一绺贴着皮肤。

他伸手理了理她鬓边打结的一绺碎发，问道："累吗？"

谢思好点点头，甜甜地说："不过，看到你我就一点都不累了。"

周数和忍俊不禁：“跟谁学的花言巧语？”

谢思好不满道：“我说的是真心话！”

她之前同爸爸说的也不是假话，她的确与数和哥哥的共同话题比较多，一路上叽叽喳喳，精力充沛地说个不停。

回到家，谢思好拿到了很多周数和带回来的纪念品，他连自己的优秀志愿者奖章都送给了她。

这次周数和回来只待三天，这三天他负责接送谢思好，早晨她下车时，他提醒她：“别忘了你同学要的福娃。”

谢思好将福娃带到教室分发，大家都很喜欢。舞蹈集训生来自各个学校，也对传说中很帅的数和哥哥感到好奇，晚上他来接她时，她们派了一位走读生代表去看看周数和长什么样子，第二天她给出回话：名不虚传。

于是周数和收获了不少迷妹，有女生对谢思好说：“把你哥哥的 QQ 给我吧，我想认识他。”

这与之前班上的女生想找数和哥哥请教习题不同，她别有目的，似乎艺术生比文化生更早熟一些。集训期间，也有其他学校的男生向谢思好示好，她拒绝了对方。

谢思好想也不想，代替周数和拒绝桃花：“他不会加你的。”

“你怎么知道他不会加我？”女生好奇。

“我数和哥哥的原则是高考之前严禁恋爱。”谢思好义正词严。

女生并不当一回事，开玩笑道：“真的假的？我怎么觉得是你不想给我呢。”

谢思好疑惑：“我为什么不想给你？”

因为平时谢思好总是提起周数和，大家也问过他们为什么不同姓，知道两人并非亲兄妹。女生快言快语：“你有兄控倾向，害怕他被别人抢走呗。”

谢思好居然觉得女生的话不无道理，当晚她就做了一个梦，梦见数和哥哥真的被人抢走了。

Chapter 7
多少秘密多少梦

在谢思好的梦中，周数和交了一位不合眼缘的女朋友。

他们依然去游乐园玩，对方不像梦渝姐姐那样欢迎她，她听见对方小声问周数和：“你妹妹要一直跟着我们吗？”

谢思好感到被嫌弃了，有点不开心，故意提出进鬼屋玩。她的胆子随着年龄增长越来越大，小时候睡觉，被雷电惊醒都哭唧唧的，长大了却很少被什么吓到，人扮鬼自然不怵。

可是她有逆反心理，数和哥哥的女朋友越不待见她，她越要找麻烦，装出受到惊吓的样子，寻求数和哥哥的保护。

她的蹩脚演技骗不过周数和，他没太搭理她，贴心保护着真正害怕的女友。

谢思好看着周数和将她不喜欢的女生搂进怀里，极尽呵护之能事，心里直冒酸水，生出嫉妒情绪，臭着脸走出鬼屋，对他们爱搭不理的。

本以为数和哥哥发现她不高兴会哄一哄她，谁知他见她对他的女友态度不佳，绝情道：“不想一起玩你就先回去吧。”

谢思好是被气醒的，睁开眼目力所及之处一片黑，她发现是一个梦，长长松了口气，幸好不是真的。

明明是刚刚才做的梦，可当她再回忆周数和女友的脸时，却无论如何都记不起对方的模样。

这时候她不气了，仔细想想，梦里面的自己多少有些过分。数和哥哥照顾女朋友，本就是理所应当的事，她怎么可以变成一个会用小伎俩的坏妹妹？又怎么可以随意对数和哥哥喜欢的人摆脸色？

她不禁想到了梦渝姐姐，她当时很喜欢梦渝姐姐，很能接受数和哥哥与对方在一起。难道真的如小姑父所说，她会对数和哥哥的女朋友有要求，如果对方不合她心意，她就要从中作梗？

理智告诉她这是不对的行为，数和哥哥选择怎样的另一半都是他的权利，并不需要征求她的意见。可第二天练完晚功回家，她还是忍不住打电话给周数和，问他："数和哥哥，你现在交新女朋友没有？"

大四时期，周数和不打算读研深造，他开始考虑未来的就业，并没有交女朋友的想法。

今年经济形势糟糕，美国的金融危机导致股市暴跌，对各行各业都有影响，尤其是外贸。

而这十几年，谢书均、苏永莎将公司经营得很好，发展了出口业务。如今这个项目给他们带来了很坏的影响，一半的生产车间停工，不得不以赔钱补偿的代价裁员，大量积压的服装也很让人发愁。

即便今年公司亏了本，夫妻二人在谢思好面前也只字不提，表现得与从前无异。这是她高考前最关键的一年，他们不想女儿担心家中的财务状况。

但他们瞒不住周数和，他现在长大了，关注时事，格外敏锐。这两年周数和还在坚持摸索电商淘宝，成交的订单虽远远落后于线下，但也渐渐有了起色。今年金融危机导致物价上涨，网购比线下实惠得多，受到年轻人的青睐，这两个月店铺的日活突飞猛进，增加了许多购买量。

恰好周数和听到相关负责人提出外贸转内销的想法，他与谢书均深聊这件事，建议他招几个人全权负责淘宝店，真正将这个项目做起来。

谢书均毫不犹豫地采纳了这个建议，互联网的兴起是必然的，七月时有电视台报道了我国的网民首次超过美国跃居世界第一位，注册网络购物的用户快速增长的新闻，他有种强烈的预感，也许难关即是风口。

“你愿不愿意负责这个项目？”谢书均征求周数和的意见，如今的成绩都是由他从零做起来的。

周数和倒真的有这种想法，一是感兴趣，二是付出过心血，三是他获得了成就感。不过他在接下来两个月里还有课，谢书均认为也不急在这一两个月，而且他还认为电商团队里的人必须要年轻，让他不妨在首都招揽成员，届时一起带回雁城。

他最近课业之余，就是在忙这件事。听到谢思好问他有没有新交女朋友，他说：“没有。”

谢思好认真地对他说：“数和哥哥，如果你遇见有好感的女生，一定要及时告诉我。”

“集训不够辛苦吗，还有心思琢磨我的事情？”周数和没搞懂她这又是唱的哪一出，问她，“告诉你做什么？怎么突然想起说这个。”

“因为我梦见你交女朋友了，交了一个我不喜欢的。”谢思好憋不住话，她要求道，“我想你交一个我喜欢的女朋友。”

周数和啼笑皆非：“不要想东想西，专心准备艺考。”

“你先答应我。”谢思好不放心。

周数和宠溺道：“行，我答应你。”

尽管吃了周数和给的定心丸，谢思好晚上依旧梦到他和他“女朋友”，这梦好似连续剧，能续上昨晚的情节。

周数和让谢思好先回家，她格外不爽，情绪噌的一下上来，朝他发脾气："见色忘妹，原来女朋友才在你心中排第一位！"又埋怨醒来后就记不起脸的女生，"都怪你，以前数和哥哥才不会这样对我。"

"谢思好，你有没有礼貌？"周数和批评她。

"我没有！"谢思好大叫道。

她再次被气醒了。

接下来她总是梦到周数和，刚开始他和他那位令她讨厌的"女朋友"反反复复出现，后来有一晚"女朋友"消失不见，数和哥哥单独出现在她的梦里面。

谢思好脸红心跳地醒过来，她羞愧难当，自己有病吧，怎么能在梦里面缠着要做数和哥哥的女朋友？

谢思好想，难道这就是量变引起质变？梦做多了，她干脆换掉里面令她讨厌的女主角。

她心里慌极了，脸颊滚烫，一边骂自己疯了吗，一边又不受控制地回忆那个梦。好奇怪，分明完全是假的，她却能清晰地体会到梦里的感受。

谢思好一颗心狂跳，她不敢继续回忆。拜托，清醒一点，那可是数和哥哥，快适可而止，再继续发展下去，以后都没脸见他了。

清晨谢书均送谢思好到学校，路上见她一言不发有些反常，便问道："今早怎么不说话？"

谢思好无精打采地敷衍："没有睡好。"

"是不是集训压力太大了？"谢书均关心，"你不是说不想去外地吗？考雁城的大学有什么难的，雁大、雁师、雁音，你小姑姑的母校也有艺术学院，总有一所能上。"

谢书均对谢思好的要求一向不高，他不需要她念名牌大学为自己长脸，只需要她快快乐乐的。

讲实话，可能导向不太正确，但女儿未来的确不必为生计发愁。

如果想安稳一点，她可以找一份舞蹈老师的工作；如果她上进一些，他拿钱给她开一个舞蹈工作室。再不济，自己家的公司可以给她安排一个岗位，若她有继承的能力就更好了。只是这些话他目前不会对谢思好说，以免她好逸恶劳。

谢思好说自己不想去外地，是因为她知道周数和选择回雁城负责他研究了很久的电商项目。

想到数和哥哥，她就想起昨晚的梦，脸颊迅速升温，竭力忘掉荒唐内容，回答道："我的目标是雁大舞蹈表演专业，虽然专业排不进前十，但它是雁城最好的大学，以我的成绩，能考上就已经很不错了。"

谢书均看她还算有点志气，笑道："你练了十几年的舞蹈了，别太紧张。至于文化课，明年你数和哥哥在家里，让他辅导你三个月，没问题的。"

她不愿想数和哥哥，爸爸却提他，她嘟囔道："数和哥哥工作了肯定没空。"

"你说这话也不怕他寒心，忘了中考那年？他每天白天奔波，晚上依然给你讲题。"

"那时候他实习，现在是正式入职，还要管理一个团队，情况不一样。"

"难道你想上辅导班？或者去外面请一个家教？"

谢思好倒也没有这种想法，她对学习的兴趣本来就不高，别的老师对她可没有数和哥哥那样有耐心，她也不一定听得进去。

她说："等我联考结束再说吧……"

今日上午还是练舞蹈的基本功，中午谢思好与程玥彤一起去食堂，吃饭过程中魂不守舍的，程玥彤与她说话，谢思好总走神，回答得牛头不对马嘴。程玥彤感到奇怪："好好，你有心事吗？"

谢思好很想跟程玥彤分享自己的梦，可总觉得自己在梦里要当数和哥哥的女朋友很不像话，她欲言又止，最后说出两个字："算了。”

程玥彤抬手比比喉咙的位置：“有什么你直说呀，别算了，把我的好奇心吊在这里，我多难受。”

“没什么。”谢思好摇摇头。

“你觉得……”程玥彤顿了一下，“我信吗？”

“真的没什么。”

程玥彤威胁她：“谢思好，你这样我可要生气了，我有什么事情都第一时间告诉你，你有心事却瞒着我。”

来自最好朋友的全名警告让谢思好犹豫了片刻，她起身坐到程玥彤旁边，又将对面自己的餐盘拖过来，小声问：“你有没有做过那种梦？”

程玥彤一时未理解，疑惑道：“哪种梦？”

她附到程玥彤耳边，用只有程玥彤听得到的音量说：“就是梦到李星成。”

程玥彤本还因为她湿热的呼吸传进耳朵里发痒想笑，听完愣了一下，立即反应过来：“你梦到哪个男生了？”

谢思好碰碰程玥彤的胳膊：“小声一点，你先回答我。”

“当然了，我经常梦见他，和他发生很多奇奇怪怪的事情，有一次还梦见我们没有考上同一所大学呢，不过梦和现实都是反的。”程玥彤压低声音，问，“你梦到的是谁呀？沈嘉商？”

“才不是他。”谢思好否认得极快。

“那是谁？”程玥彤追问。

谢思好心里小鹿乱撞，鬼使神差地，她选择保留这个秘密：“不是谁，我根本不认识他。”

程玥彤信以为真，暧昧地笑起来：“是不是我每天跟你讲了太多李星成对我好的细节，你也受到影响了？”

她俩的确无话不谈，程玥彤什么都告诉她。

程玥彤见她沉默，以为她陷入自责，告诉她：“李星成说几乎所有男生都会做这种梦，我觉得，我们女生一样可以做，这就是一种正常现象而已，代表我们长大了。”

谢思好进行自我开解，彤彤说得有道理，只是自己慢慢成熟的正常现象，之所以对象是数和哥哥，可能由于最近她梦到他的次数太多，没什么的。

再加上练舞强度大，谢思好投入进去后变得专注，这天晚上练体能时她给自己多加了三组俯卧撑、两组仰卧起坐，夜里累得倒头就睡，数和哥哥终于不再出现。

谢思好找到问题所在，前几晚总做梦，看来是不够疲惫造成的，因此她对自己的要求严格很多，每天消耗掉所有的精力，回家沾床就睡，有效阻止自己胡乱做梦。

远在首都的周数和却觉得不对劲，这个星期谢思好一次电话都没有给他打，情况异常。星期日下午她放半天假，他拨家里的座机号码，一直无人接，她去哪儿玩了？

谢思好去程玥彤家里了，玩到晚上才回家，周数和又打了电话来，问她：“今天下午去哪里玩了？”

谢思好有些心虚，她俩在网上找电影看，一不小心点开了一部尺度超标的影片，两人带着好奇心看到一半才关掉，她心发紧，回答：“去彤彤家里了。”

幸好他没问她做了什么事情，她刚松了口气，又听他问：“这周怎么没有给我打电话？”

“我没有时间。”谢思好脑子灵活，反将一军，“我每次给你打电话，你都问我有什么事，好像有事才能联系你。不给你打电话，你也要问，到底要我怎么样嘛。”

周数和听着她的抱怨，忍不住乐了：“不要你怎么样，这个星期没有什么事情告诉我吗？”

“没有。”谢思好想到自己做的那些和他有关的梦，心说告诉你吓死你，她含糊其词，“除了练舞还是练舞，练功房、食堂、家，三点一线，每天都很枯燥。”

周数和为她加油：“再坚持两个月就好了。”

谢思好并没有觉得轻松，苦着脸说：“不好，到时候回学校上文化课更加枯燥。”

“那就再坚持半年，高考结束后，你便彻底解放了。”他失笑，又问她，“下午在彤彤家玩了什么？”

谢思好被问住了，她刚刚庆幸早了。

谢思好一时没有说话，周数和还以为信号不好，试探性地开口：“好好？”

谢思好心跳如敲鼓，整张脸烧起来，支支吾吾地说：“没玩什么。”

周数和猜测道：“看电视吗？”

谢思好“嗯”了一声，以防他继续问，说：“数和哥哥，我要去洗澡了，拜拜。”

不等他回答，她快速撂下电话。周数和听着短促的嘟嘟声，愣怔了一会儿，总觉得谢思好有问题，但具体有什么问题，他却理不出头绪。

和周数和打了一通电话后，当晚，谢思好又梦见他了，也许是受今天不小心点开的那部电影的影响，梦里的内容更加出格，被惊醒后，她一阵心悸。躺在黑暗中，谢思好发呆许久，她的心怦怦直跳，跳着跳着，她忽然开了窍，觉得自己有点明白喜欢一个人是什么滋味了，然后感到幸运——

幸好数和哥哥不是自己的亲哥哥，幸好他与她没有任何血缘关系，也没有任何法律上的兄妹关系。

于是她又陷入不安，如果数和哥哥知道自己对他的心思，他会是什么反应？会不会认为她的心理有问题？会对她退避三舍吗？

现在对她退避三舍已经迟了，谢思好想，造成这个结果，他也要承担大部分责任。

谁让他从小到大一直对她很好？比别人家的亲哥哥更温柔、更有耐心。谁让他那么可靠？她的所有问题他都能解决。谁让他那么优秀？首都大学不是随随便便就能考上的。还有，谁让他长得那么帅？

这样想着，谢思好的心里泛出甜蜜滋味，数和哥哥也会喜欢她吗？自己在他心中又是怎样的形象呢？她知道，他一定觉得她调皮、话痨，让他头疼。

她情不自禁地“哼”了一声，她还有很多优点，无敌漂亮，无敌可爱，活泼开朗，多才多艺，他有没有发现？而且，数和哥哥一点都不会谈恋爱，他那种不解风情的性格，只有她受得了。

谢思好思维发散，她很快考虑到深层次的问题，爸爸妈妈和周叔叔、纪阿姨又会是什么态度呢？她完全记不得小时候他们有没有开玩笑让她长大后嫁给数和哥哥。假如有，他们一定不会反对吧？

胡思乱想着，谢思好慢慢地又有些困了，她迷迷糊糊再次睡着。清晨睁开眼就忙着赶去上学，上午的舞蹈训练结束后，她与程玥彤结伴去吃中饭。

食堂的伙食还不错，联考在即，舞蹈生大多被要求控制饮食，谢思好只要了一勺凉拌鸡胸肉和一勺醋熘白菜，程玥彤则点了花菜炒腊肉和麻婆豆腐。

她们喜欢坐靠窗的位子，放下餐盘，程玥彤问谢思好：“要不要南瓜汤？我去盛。”

谢思好点点头，她憋了一上午：“快去快回，我有话跟你说。”

参加集训后，他们四人小分队被迫分散，沈嘉商画画总是废寝忘食，吃饭不规律，有时还会叫谢思好帮忙带牛奶、面包，而李星成在隔壁学校练体育，他和程玥彤每天只能一起上下学。

三分钟后，程玥彤端了两碗南瓜汤回来，她递给谢思好一碗。吃了一会儿饭，谢思好实在忍不住，她说：“彤彤，我又做那个梦了。”

“什么梦？”

“就和你梦见李星成一样的。”

程玥彤反应过来：“这次梦到的人你还是不认识吗？”

谢思好迟疑两秒，做出重要决定，点点头：“认识，但你绝对想不到是谁。”

“我绝对想不到……”程玥彤琢磨了一会儿，没有好的人选，于是开玩笑，“不会是李星成吧？”

谢思好故意做出惊讶的表情：“你怎么知道是他？对不起，梦和现实都是相反的，我对李星成绝对没有任何想法。”

程玥彤“喂”了一声：“你的演技还可以再拙劣一些。”

谢思好乐了，忽然又收了笑，严肃而简短地说：“是数和哥哥。”

程玥彤愣了一下，难以置信道：“你梦到的人是数和哥哥？”

谢思好点点头：“彤彤，其实，之前梦到的也是数和哥哥，当时我觉得不像话，不好意思告诉你。”

程玥彤兀自消化片刻，仍旧觉得不可思议，再次跟谢思好确认：“好好，你真的梦到数和哥哥了？”

“真的。”谢思好十分肯定，询问她的看法，“你觉得我心理扭曲吗？我奇怪吗？”

“当然不扭曲、不奇怪。”程玥彤下意识地回答，“我只是比较吃惊而已，你说得对，我怎么都不会想到是数和哥哥。但是，知道你梦到的人是数和哥哥，我又觉得在情理之中。”

程玥彤的回答让谢思好格外满意，程玥彤完全顺着她的心意，她想让程玥彤多说一点：“为什么在情理之中？”

“因为，我居然想象不到还有谁能比数和哥哥更了解你，也想象不到谁对你的好能超过他。”程玥彤分析完，有些激动，“这样比起来，数和哥哥最适合你。”

得到好朋友的支持，谢思好心情愉快，向她倾诉：“你说，数和哥哥会不会被我吓到？然后再也不理我了。”

“你准备告诉他吗？”程玥彤严肃起来。

“当然不是现在。”谢思好否认，“但总有一天我会告诉他，等着他主动喜欢我，我认为概率几乎为零。”

程玥彤打趣：“数和哥哥肯定喜欢你，不过只是喜欢妹妹的那种喜欢。”

谢思好佯装气恼：“谢谢你提醒我。”

程玥彤笑了一会儿，不解道：“既然你怕他吓到再也不理你，为什么还要让他知道？”

“这是因噎废食。”

“什么意思？”

谢思好没有解释，只说：“大不了我骗他是开玩笑，看他反应，见机行事。”

程玥彤朝她竖大拇指：“那你打算什么时候告诉他？”

谢思好认清内心后不再纠结，一锤定音：“高考结束后。”

于是她又恢复频繁给周数和打电话的状态，问得最多的一个问题是：“数和哥哥，你今天遇到有好感的女生没有？”

她三番五次地问，逗笑了周数和：“怎么了？你又梦到我交了你不喜欢的女朋友？”

谢思好说“不是”：“我突然想到你就快回雁城了，万一遇到有好感的女生，异地恋多辛苦。”

她的小脑瓜里都装了些什么？周数和啼笑皆非：“我可以带她回雁城，不用你操心。专心练舞，距离联考没有多少时间了。”

谢思好无话可说。

2009年1月，完成毕业论文的开题报告后，周数和准备回雁城。

谢思好提前打电话同他约定时间，让他买周日下午抵达的票，她要到火车站接他。

星期天只练半天舞蹈，老师宣布下课后，谢思好穿上白色羽绒服外套，将热水杯放进书包，与程玥彤手挽手往外走。

程玥彤也知道周数和今天到雁城，她问谢思好：“数和哥哥大概几点下火车？”

谢思好说：“一点半左右。”

程玥彤便建议：“那现在还有点早，我们一起吃完午饭你再过去接他吧。”

谢思好不肯，她有自己的计划：“我坐公交车慢慢过去，一会儿跟数和哥哥一起吃。”

程玥彤为她考虑，提醒她：“万一他在火车上吃过了呢？”

谢思好眨眼睛：“那就叫他陪我去吃，创造相处的机会。”

“创造什么相处的机会？”这时沈嘉商的声音突然从后面响起。

谢思好、程玥彤被他吓一跳，两人不约而同地回过头，一个说“没什么”，一个问“你今天怎么这么准时”。

“有事找你们，中午我请客，你俩下午谁愿意当我的模特？”

他虽是这么问，但眼睛却盯着谢思好，期待她的回答。他心中有十成把握，一周只放半天假，程玥彤和李星成肯定要一起去玩，所以彤彤不会答应。

谁知程玥彤自告奋勇道：“我吧。好好马上就要到火车站去接数和哥哥了，她没空。你画的时候，李星成也能在旁边看吧？正好我俩不知道去哪里玩。”

谢思好朝他笑：“对，数和哥哥从首都回来了，我已经半年没见到他了，简直迫不及待。”

沈嘉商有些失望，不过他没有表现出来。他也笑：“好吧。”

三人一起走出校门，沈嘉商和程玥彤去与李星成会合，谢思好则去等公交车。她等了一会儿，最后坐上 107 路最后一排靠窗的座位。

隆冬寒风凛冽，城市灰扑扑的，她看向外面，盯着从眼前一闪而过的高楼，心情却很明媚。

她到火车站时才下午一点。车站不久前翻新过，烫金的招牌鲜艳醒目，车站外一如既往地热闹，正值午餐时间，小吃推车前人流涌动。

谢思好闻着香味，肚子咕咕叫，她没抵挡住美食的诱惑，买了一根烤肠解馋，然后找了条长椅坐着等待。

今日气温偏低，在3℃～7℃间，寒风刮着，周数和从火车站出来时，就见到谢思好穿着一身雪白的衣服，她的脸蛋和鼻子冻得红红的，跟可爱的兔子似的。

周数和身处拥挤的人流之中，他是大高个，身形挺拔笔直，总能吸引别人的目光，接着又因优越的五官留住这些视线。

“数和哥哥！”谢思好的声音清脆而甜美。她本以为自己下定决心后看到他只会满心欢喜，可欣喜之余，她不由自主地想到自己做的那些隐秘的梦，在对上他的目光时，急忙移开眼，看来她高估了自己，可能说大话了。

“冻坏了吧。”周数和没有发觉谢思好的慌张，他快速走到她面前，问，“等多久了？”

“半个小时。”谢思好心跳加速，如击鼓一般。她暗暗告诉自己要镇定，她的梦只有天知、地知、彤彤知，数和哥哥永远不可能发现。

周数和推测了一下时间，了然道：“还没吃饭？”

“我等你一起去吃。”她渐渐平静下来，想起自己来接他的另一个主要目的，眼睛像雷达似的往他身后搜索，“数和哥哥，只有你一个人吗？”

“还有一个，他回家过完年再来。”周数和以为她问的是他为淘宝店招到的人手。

谢思好心中却一咯噔，她压根不关心周数和工作上的事情，只牢牢记得他上次说遇到有好感的女生就带回来。她紧张地试探：“上周你还告诉我没有女朋友，难道这么快就有了吗？”

周数和愣了一下，明白她误解后，哭笑不得地道：“我说的是一个美工。”

“美工？”谢思好不懂这个词语是什么意思。

“主要负责设计淘宝店的图片。”

“原来是工作伙伴。”谢思好恍然大悟。她眼睛亮晶晶的，悄悄放下心来。

周数和的一句话却又令她提心吊胆。他百思不得其解，问：“你这段时间状态不对，怎么这么在意我有没有交女朋友？”

谢思好一颗心重新悬起，喉咙微微发紧：“我好奇不行吗？”

“好奇心害死猫，你不知道自己的主要任务？”

“我知道，是高考。我没有分神，每天练舞很认真，过几天大测你就知道了。”

周数和“嗯”了一声：“那我相信你。”又问她，“想吃什么？”

谢思好指了指马路对面的一家店：“去吃馄饨。”

周数和对她的要求向来没有异议：“走吧。”

2009 年，交通规划还不太全面，这个路段没有红绿灯，过马路的时候，周数和先走在谢思好的左手边，走到一半又换到她的右手边，都是有车驶来的一边。

以前的谢思好根本不会发现这个细节，但现在的谢思好很细腻，她莫名生出个想法，除了她，数和哥哥不会对其他任何人这么温柔，尽管，他现在的举动只是因为还把她当作小孩。

周数和回来没几日，谢思好集训的学校就进行了最后一次大测，紧接着迎来联考，准考证打印出来，她排在 1 月 16 日的上午考试。

考前谢思好状态放松，几次大测她都名列前茅，自认形体条件优越，十几年基本功完全没问题，剧目表演和即兴表演平时都练得很好，难不倒她。

1 月 16 日清晨，苏永莎早早叫谢思好起床。雁城艺考，允许舞蹈生化淡妆，虽然谢思好遗传到她与谢书均的优秀基因，天生丽质，但她还是想让女儿更出彩一些，将女儿按到自己的梳妆台前坐好，替女儿打扮。

谢思好眉形生得漂亮，不过分浓密，弧度弯得恰到好处，只是眉尾稍显杂乱，于是苏永莎拿出刮刀替她修。

这时周数和也起了床，谢思好听见门外有动静便想回头看，苏永莎固定她不安分的脑袋："当心给你刮缺一块。"

谢思好听见这话一动不敢动，等到妈妈收起刮刀，她连忙看向镜子里的自己，两条眉毛完好无缺，并且更精致了一些，她才放下心来。

十七岁的女孩，满脸的胶原蛋白，有些女孩在青春期长痘，谢思好却没有这种烦恼，她经常跳舞，流汗后新陈代谢快，肌肤细腻吹弹可破，不需要涂粉修饰。

苏永莎只给她化了眼睛和嘴唇，她看着女儿的模样感到十分满意，不得不感慨自己很会生。

圆圆大眼，睫毛乌黑而长，鼻子挺却柔美，贝齿樱桃唇，五官没有一处不漂亮，可以预见她进入大学校园，一定有很多男孩子为她着迷。也许不久后，就能见到男生捧花等在楼下的场景，真不知道到时候她爸爸是种什么心情。

这样想着，苏永莎忍不住笑了一下，将女儿一头浓密的黑发扎成丸子，说："妈妈上午有事就不送你了，你爸爸和数和哥哥会在考场外面等你。"

谢思好点点头："爸爸没事吗？其实数和哥哥一个人等我就可以了。"

"现在你数和哥哥可比你爸爸忙多了。"苏永莎说。

周数和回雁城的第二天就去公司上班，这两个月他在首都运营淘宝店，现在上架的商品都是线下卖得俏的款，订单量持续增加。谢书均招了一个人打包发货，还招了一个客服。周数和与谢书均、苏永莎说了自己的想法后，着手扩大团队。

谢书均、苏永莎放心地将电商项目交给他，因此其他毕业生实习前不断参加面试，他截然相反，不断面试别人。

"数和哥哥说他会陪我的，后面参加雁大的校考，还有六月份的高考，他都会陪我的。"谢思好立刻说。

她站了起来，欣赏镜子里的自己。家里开着空调，她身上只穿着黑色练功服，前后开 V，展露她姣美的体态。

苏永莎嘱咐她：“今天很冷，一会儿多穿两件衣服。”

往年艺考新闻报道中，考生进考场前会站在寒风中等候许久，所以出门时谢思妤穿了一件从脖子裹到脚踝的黑色长款羽绒服。

九十年代初的新小区，到了 2009 年已经老了，以前未建地下停车场，现在大家的车子都停路边。昨晚回来已经没有方便停的位置了，车子停得比较偏，谢书均去开出来，谢思妤与周数和则站在楼下等他。

她两只手揣在衣服的口袋里，微微抬着头同周数和说话。

两人肩并肩站着，周数和低头看她，距离太近，强烈的视觉冲击直面袭来。他再一次意识到她长大了，明眸善睐极勾人。

开车出来的谢书均却没有这种感觉，他反而想到 1994 年 9 月 1 日谢思妤第一天上学时，他在车里看到的也是这样的情景，不禁有点感慨时间过得快，一晃女儿即将高中毕业。

周数和将副驾驶座留给谢思妤，他坐进后座，只是谢思妤跟着他：“我也坐后面。”

谢书均重新启动车子出发，他问谢思妤：“紧张吗？”

谢思妤原本想说不紧张，话到嘴边改变主意：“本来我觉得不紧张，但是你一问，还真有点。”

果然周数和转过头，他肯定她：“平时集训怎么样练的，考试时就怎么表现，你跳得很好，不用担心。”

谢书均则笑说：“行，那我不问了。爸爸相信你，一定能取得好成绩。”

到了考场，家长只能在外面等，谢书均、周数和陪着谢思妤下车。

周数和向她确认：“身份证和准考证带了吧？”

谢思妤摸了摸衣服的口袋，没落车里。她点点头：“带了。”

“进去吧，加油。”

“好。”

在谢书均、周数和温柔的目光中，谢思好往前走了几步，忽然掉头回来。

“怎么了？”谢书均因为她这一举动吓一跳。

谢思好张开双手，主动要求：“我要抱一下，给我一点力量。”

谢书均松了口气，立即抱住女儿，拍拍她，说：“别怕，一个艺考而已，你没有任何问题。”

谢思好放开爸爸，看向周数和，她没主动伸手，叫他：“数和哥哥。”

她的眼睛仿佛会说话，周数和朝她敞开怀抱：“来吧，拥抱一下，给你力量。”

谢思好喜笑颜开，她立即将自己投进去，并且搂住他的腰，收紧双臂，口中振振有词：“学霸附体！”

但她此刻心中的感受与考试无关，她想，数和哥哥的怀抱真温暖，他身上的味道真好闻。

周数和失笑，一只手环着她背脊，另一只手轻轻摸摸她的脑袋：“今天恐怕不行，6 月 7 日和 8 日的文化课考试我可以附体。”

谢思好被他逗笑，两秒后松开手，元气满满地冲他们挥挥手：“我进去了，外面冷，你们回车里等我吧。”

谢思好进去考试，谢书均和周数和也不觉得时间漫长，两人讨论淘宝店的发展规划，聊得停不下来。

两个小时后她考完出来，找到自己家的车，拉开车门坐进去。不待他们开口询问，她兴奋地扑进周数和的怀抱：“数和哥哥，我运气太好了，即兴表演抽到的两个关键词我都很擅长。”

她带来一阵寒风，冷意中又携着她身上的馨香，而且，他没料到她会这样激动，措手不及，随后抱住她，听了她的话，转而露出笑容：“考得很好？”

谢思好在他的怀里直点头，她感觉到四个评委对自己的欣赏，他们的分数应该打得高。

周数和心情愉悦，夸奖她：“台下十年功，你一直坚持得很好。”

周数和说的是事实。

谢思好看起来不像是能吃苦的样子，这些年却没少付出，小时候跳舞经常受些小伤，腿上青一块紫一块是常有的事，她出乎意料地能忍，从来不找借口偷懒。练钢琴也一样，虽只当兴趣爱好培养，但她一向态度端正，并没有三天打鱼，两天晒网。

她抒发完喜悦情绪，从他怀里退出，这时才后知后觉地发现车里只有数和哥哥一个人。她问：“爸爸呢？”

谢书均两分钟之前进了一家店借用卫生间，不一会儿他回到了车里，谢思好欢快地告诉他考试的感想：“我今天太顺利了，希望彤彤下午考即兴表演时也能抽到她擅长的。”

程玥彤的运气同样不赖，晚上两人电话联络，回顾考试时的表现，都胸有成竹，认为二月底公布成绩时，她们的分数会很漂亮。

联考结束，谢思好放寒假，她已经很久不去爸爸妈妈公司了，现在却提出要跟着周数和到办公室上班，会带自己的书本，美其名曰补习文化课。她决不打扰数和哥哥办公，当他工作不忙时，她可以见缝插针地向他请教。

对此谢书均大跌眼镜：“积极性这么高？快过年了，痛快玩玩吧，约上彤彤，还有李星成、沈嘉商，你们四个不是一向喜欢扎堆吗？”

苏永莎则十分欣慰，骂谢书均：“她半年没上文化课，恐怕整个高中的知识都忘光了，拿出抓紧复习的态度是正确的。你女儿难得主动学习一次，你可真行，不支持也就算了，反而怂恿她吃喝玩乐，有你这么拖后腿的吗？”

谢书均颇不服气：“我这不是看好好这半年集训太辛苦了心疼吗？没必要太紧张，让她放松几天。”

苏永莎假意生气道：“你的意思是，我不知道心疼你女儿？”

“妈妈，我也是你的女儿。”谢思好立刻当贴心小棉袄，她抱住苏永莎，“妈妈比爸爸心疼我。”

苏永莎笑着看她：“我哪儿比得上你爸。”

谢书均对谢思好使眼色，说：“你妈妈更年期到了，就爱胡搅蛮缠，咱们不理她。”

谢思好有配合的经验，她维护妈妈，教训爸爸：“爸爸你怎么这么说话！我妈看起来只有二十出头，我同学都以为她是我姐呢。”

苏永莎乐出声，点点她的脑袋：“跟你小姑姑当年一个样。”

“小姑姑当年什么样？”谢思好好奇。

“最会讲甜言蜜语哄人高兴。”

“我近朱者赤！”

“我是在夸你吗？”

“那你不喜欢我这样吗？”

而对于谢思好要跟着自己上班，周数和没什么意见。

早晨一家四口人同时出门的景象，这还是第一次出现。下了楼，谢书均又去将自己停得比较偏僻的车子开出来，苏永莎坐进副驾驶座说：“等好好高考完，我们要办的第一件事就是搬家。”

谢思好问周数和：“数和哥哥，你家也一起搬吗？”

周数和点点头，说：“等你高考完，我该回自己家住了。”

谢思好还没来得及开心，错愕道：“为什么？”

回答她的是谢书均：“假如你数和哥哥要交女朋友，他跟我们一起住不方便。”

谢思好立刻反驳：“数和哥哥现在专心做事业，他才没有时间交女朋友。”

“他可以事业、爱情两手抓。”谢书均以为女儿爱听八卦，特意告诉她，“自从你数和哥哥进公司后，有几个年轻漂亮的小姑娘很倾慕他。”

谢思好心中警铃大响：“真的？”

谢书均说：“你问你妈。”

苏永莎细细数来：“设计部有一个，财务部有一个，行政部有一个，生产车间不止一个两个。”

谢思好扭头看周数和，周数和感觉她在用眼神谴责他拈花惹草，笑着澄清道：“当真了？看不出来他们逗你玩吗？”

她反应过来，气呼呼地对谢书均说：“爸爸，你一大把年纪，不要去关注公司里的那些年轻漂亮的小姑娘！”接着又对苏永莎说，“妈妈，你要有点危机意识。”

女儿故意拱火，苏永莎颇觉好笑：“我没有记错的话，昨天你夸我说我看起来只有二十出头，该有危机意识的是你爸爸。”

谢书均表示赞同，他拍妻子的马屁：“放眼公司，最漂亮的就是你妈妈。”

“肉麻兮兮！”谢思好抗议。

车内笑声一片，很快抵达公司，各到各的办公室。谢思好背着书包与周数和一道，电商部目前只有一间大办公室，周数和与团队成员共用。

电商项目的人大都是新来的，甚至有昨天才入职的，他们都没见过谢思好，看到周数和带了漂亮女生来皆好奇，有的以为她是模特，有的以为是他的女朋友。

周数和很快打破他们的猜想，他让谢思好坐自己旁边的工位，说：“按照学校的时间来，复习四十五分钟，休息十分钟，遇到不懂的地方问我。”

大家恍然大悟，原来谢思好还是学生，那肯定是他妹妹。再加上谢思好叫他“数和哥哥”，越发证实他们的结论，很长一段时间内他们都以为周数和、谢思好是兄妹。

其中特别迟钝的，后来有天不慎撞见他们做出超越兄妹界限的亲密举动，受到不小惊吓，得知两人没有血缘关系后不知道松了多大一口气。

日子倏忽即逝，春节一过，进入二月。二月下旬，艺术生联考的成绩公布，总分300分，及格线200分，谢思好的分数远远超过及格线，排名靠前。三月中旬她参加雁大校考，难度相对高一些，她依然考得理想，之后回到学校，全力备战高考。

2009年经济形势严峻，促使网购规模翻番增长，周数和每天都很忙，团队不断扩招人手，显而易见盈利可观。但即使工作成堆，他每天晚上也会抽时间为谢思好辅导功课。

这天夜里，周数和陪谢思好写作业，看她做题认真，便靠在椅背上等她写完再检查讲解。他原本只想合眼打会儿盹，大概这几天太累，一下子睡着了。

谢思好遇到难题，侧过头叫他，刚张开口，就见他头靠椅背，以极不舒适的姿势仰面睡着，她连忙收声，呆呆地看着他。

这个角度的数和哥哥十分具有轮廓感，喉结性感，下颌线清晰，鼻子高挺。她真恨自己文化课学得不扎实，否则怎么只会用很简单的“帅”来形容他呢？

他闭着眼睛，睫毛覆下，灯光在他的脸上拖出长长的迷人阴影，嘴唇微张着——M形的线条，红润的颜色。谢思好鬼迷心窍，忽然产生了一个大胆念头。

她放下笔，屏住呼吸，神经紧绷着，心脏怦怦跳着，小心翼翼地凑过去。忽然门锁转动，她反应迅速，立刻收回身体，手心出了一层汗。看来不能干坏事。

苏永莎端了牛奶和切好的苹果走进房间，同时周数和听见动静醒来，他坐直，见谢思好盯着试卷一动不动，倾身过去。她的心越跳越快，因刚才的“邪念”紧张不已。他拿走她的试卷，说：“你先喝牛奶，吃点苹果。”

“数和，你累了就早些休息，让好好明天到学校请教老师，或者留到周末给她讲。”苏永莎格外清楚周数和有多辛苦，他那边忙碌，她管理的生产车间才有活可做，避免出现工人下岗的情况。

“没事，我不累。”周数和笑了笑。

谢思妤拿了一块苹果，咬了一口，发出清脆声音。等到妈妈离开，她又拿了一块递到周数和的嘴边。

他看试卷没太注意，嘴唇不小心擦过她的手指，细腻的触感令他愣了一下。谢思妤像没事人似的继续吃着苹果，实则那片刻的温热蔓延到心底，灼烧起来。

周数和心里的怪异感稍纵即逝，他吃完口中的苹果，坐过去靠近她开始讲题。

谢思妤精神不太集中，数和哥哥温柔的声音近在咫尺，他说话时呼出的气息从她的耳畔拂向面颊，即使她竭尽全力忽略也无法不在意。

他忽然向谢思妤提问，她一蒙，随即实话实说：“对不起，我走神了。”

周数和并未责怪她，他抬手看了下时间，快深夜十一点，问她：“是不是太累了？如果你现在想休息就去洗漱，我把解题步骤写下来，你明天拿到学校看。”

谢思妤深感愧疚，数和哥哥早就困了，她却不专心，胡思乱想辜负他的付出。她打起精神道：“今日事今日毕，数和哥哥，你继续讲吧。”

周数和向她确认：“真的能听进去吗？不要勉强。”

她点点头。他笑：“那我再从头讲一遍。”

事实上，谢思妤并不笨，她只是不爱学习，一旦认真起来，领悟能力还算不错。另外，周数和针对她的薄弱点进行一对一的辅导，因此她的成绩提升得快。

黑板旁边的倒计时日历一张一张撕落，最后露出雪白墙壁，高考来临。

谢思妤进考场之前，还惦记着联考时说过的学霸附体，向周数和索要拥抱。周数和笑着张开双臂，接纳她倾过来的身体。

谢思好一只手搂着他的脖颈，另一只手从他的胳膊下穿过绕到背脊环上，她紧紧地抱了他两秒，然后潇洒挥挥手，转身走入警戒线。留下周数和站在原地，神情莫名僵硬。

一月时天寒地冻，那次拥抱时穿着厚实的羽绒服感觉不到什么，如今已进入夏天，两人衣着单薄，刚才谢思好的身体完全贴着他，女孩长大了，生理构造和男孩有很大区别，他本不该注意到这个不同部分，刚才却可耻地感觉到不同。

罪恶感油然而生，他在心中鄙视自己。下午场的考试，谢思好照例抱他时，他身体往后退，尽量使自己的胸膛与她的留出一点空隙。

6月8日下午，谢思好考完最后一门外语，她晚上参加班级聚餐，周数和提前离开。

夜里谢思好玩得很“嗨”。

毕业之夜，大家都变得疯狂。所有的情侣不再遮掩，自由的氛围驱使他们无所顾忌，当众做出亲密举动。那些不为人知的暗恋也浮出水面，上演着告白情景。全班同学载歌载舞，把酒言欢，在游戏里诉衷肠，起哄声中掺着誓言，尽情释放天性。

五光十色的包房里，谢思好站在摆着立式话筒的台上唱蔡依林的歌，她声音甜美，跟随韵律晃动身体，吸引了男孩的视线。

沈嘉商便是其中之一。

他犹豫许久，不知道到底要不要向谢思好表明心意。他觉得谢思好不喜欢自己，担心鲁莽冲上去造成尴尬后果。

李星成却极力怂恿：“这可是最后一个晚上了，此时不抓住机会，更待何时？”

“她拒绝我怎么办？”沈嘉商仍旧下不了决心。

李星成不理解他的顾虑，说：“还能怎么办？要么放弃，要么继续追呗。”

沈嘉商解释：“我不是这个意思，我害怕以后连朋友也做不成。”

李星成斩钉截铁：“放心吧，以谢思好的性格，她不会。”他使用激将法，“以后觉得遗憾可别怪我没提醒你。”

沈嘉商一口气喝掉满杯啤酒，深吸一口气，站起来向谢思好走去。

谢思好正唱完最后一句，见沈嘉商过来，将话筒塞给他，笑说：“下一首歌是你的吗？我去一下卫生间。”

沈嘉商眼睁睁地看着她的身影消失在门外，他不知道应该感到失落还是松口气。

同时，程玥彤玩了一会儿游戏回到李星成身边，听他说沈嘉商要向谢思好表白吓了一跳，三连问道：“他喜欢好好？你什么时候知道的？为什么现在才告诉我？”

李星成握着她的手十指紧扣，安抚道：“别激动，他不让我告诉你，你和好好无话不谈，肯定守不住秘密。”

程玥彤接受他的理由，严肃道：“你还是叫沈嘉商憋着吧，好好有喜欢的人了。”

李星成同样三连问：“真的假的？她喜欢谁？你怎么没有跟我提过？”

“虽然我对好好守不住秘密，但她的秘密，我守口如瓶。”程玥彤做了个封嘴的动作，“反正不是沈嘉商，你让他死心吧。”

李星成拉回沈嘉商，一句话令沈嘉商陷入沉默。

李星成不忍，分析道：“不然我们猜猜是谁，看你能不能竞争一下。”

两人怎么也不会联想到周数和，谢思好从卫生间回来后，他们观察她，令人费解的是，她也未对哪个男同学表现出特别之处。

谢思好没有发现他们在探究，她有自己的思考，这晚班上五人表白，三对牵手成功，超过50%的概率令她心底蠢蠢欲动，应该如何向数和哥哥表白呢？

她还没有想到好的主意，数和哥哥就不再住她家里了。

Chapter 8
喜欢的内心活动

当初周清平、纪春夫妻向谢书均、苏永莎借钱买了两套房，二人陆陆续续用工资还债，还欠一部分。那时两千一平方米的房子，现在价格翻了两番，他们原打算出售一套彻底还清债款，但由于去年楼市行情不好，观望了一下，没想到今年房价跌得更厉害，于是一直没卖。

周数和工作后，淘宝店赶上风口，营业额一再突破，他作为项目负责人，薪资可观，索性让父母打消卖房的念头，主动拿钱出来偿还。他隐约有种预感，金融危机只是暂时，未来房价还会再涨。

两家自住的小区临江，在闹中取静的绝佳地段，是雁城排得上号的楼盘。他们选了一个黄道吉日搬了过去。

新家大而豪华，原来的房子因为空间不够，多放一架钢琴都拥挤，如今终于可以为谢思好设计出一间练功房，窗边的钢琴崭新，一面墙嵌了镜子，很得她的欢心。

不过再大的喜悦也因当晚在外面吃完饭回来数和哥哥不与她进一道门而消失，她为此不适应，心中总有些怅然，直到收到小姑姑资助的旅游基金。程玥彤作为谢思好小姑父的侄女，同样收到了这笔款项。

三月时，程玥彤和李星成到首都参加校考，成绩不错，两人计划趁着暑假提前到首都玩一圈。谢思好不愿做电灯泡，她不知道沈嘉商对自己的心意，上 QQ 邀请他，四人结伴同行。

周数和得知谢思好要去首都，为她写旅游攻略，并且嘱咐道："注意安全，手机保持二十四小时开机状态，有事给我打电话。"

谢思好可以自由出入周数和家，此时她坐在他的书房里，看着他认真画路线，叹了一口气："数和哥哥，如果你工作不这么忙，就可以亲自带我去玩了。"

周数和觉得她好像不怎么开心，抬起头看她，不自觉哄道："下次，我有时间带你到其他城市旅游。你小时候不是说想去香港看看吗？我们找机会去。"

谢思好眼睛亮了一下："不是空口说白话吧？"

周数和说："不是。"

她向他伸出小指："拉钩。"

"我什么时候骗过你？"周数和反问。

"数和哥哥！"谢思好坚持。

面对她圆溜溜的大眼睛，即使这样的行为过于幼稚，周数和依然不得不妥协。他伸出小指钩上她的，竖起大拇指盖了章，她才满意。

出发的那天，周数和送她到机场，她下车的时候，他递给她两千块钱："旅游不用节约钱。"

谢思好毫不犹豫地收下："谢谢数和哥哥。"

周数和笑："去吧，玩得开心一点。"

她再次表达惋惜："如果你能陪我去，我会玩得更开心。"

周数和错误地以为没有自己陪同，谢思好真的兴致不高，没想到她抵达首都后，活跃于 QQ 空间，每晚上传数张照片。四人合影中，沈嘉商总是站在她旁边，而她的笑容分外耀眼。

谢思好的相册未设置权限，所有人可见，高中毕业后，大多数同学都买了手机，所以留言区一片精彩。其中关系颇好的朋友随意开玩笑，调侃他们成双成对、双宿双飞，谢思好忙着玩，没工夫搭理。

她不在意这些留言，苏永莎却重点关注，中午去食堂吃饭碰到周数和，两人坐一桌。一个是老板娘兼生产部负责人，一个是电商部总经理，且与老板一家关系匪浅，下属识趣没来打扰。

聊了几句公事后，苏永莎问周数和："好好和沈嘉商谈恋爱了？"

他们之前就被老师怀疑过，还请家长到学校谈话，只是两人不承认，于是不了了之。现在看来，哪怕当时没有苗头，过后也未必没发生什么，他们正处于知慕少艾的年纪，这很正常。

苏永莎以为谢思好一向信任周数和，她有什么事情都会告诉她的数和哥哥，但周数和面露疑惑，他同样不清楚："好好没有说过，怎么了？"

"我看她同学这么说的。"

"可能是开玩笑。"

周数和猜测正确。谢思好从首都回来，面对妈妈的试探，否认道："我和沈嘉商只是好朋友啦！"

"那为什么你同学讲成双成对？"苏永莎试图打消女儿的顾虑，"你下个月就成年了，妈妈不会反对你谈恋爱的。"

"他们瞎起哄呗，大家喜欢闹着玩。"谢思好不以为意。

苏永莎再次试探："可你数和哥哥告诉我是真的。"

谢思好压根不相信："妈妈，你好狡猾，不要诈我，我敢打赌，数和哥哥绝对不会这样说。"

于是苏永莎败下阵来，转而摆出谈知心话的态度："跟妈妈讲一讲，你喜欢沈嘉商吗？还是沈嘉商喜欢你？"

她想从谢思好的脸上看到害羞的表情，可女儿实在过于坦然，甚至惊讶道："怎么可能！"

苏永莎疑惑地想，难道女儿还未开窍？

谢思好忽然灵机一动，说："我可以告诉你一个秘密，妈妈。"

"什么秘密？"苏永莎好奇。

谢思好有点纠结："但我不知道你听了会不会生气。"

苏永莎瞬间想到坏的方面，警惕道："你犯了什么原则性错误？"

谢思好一下子就明白妈妈想歪了，她斩钉截铁："没有。"

苏永莎放下心来，放松道："我保证不生气。"

谢思好再打预防针："被吓到我不负责。"

苏永莎笑道："行了，有什么秘密就说，你妈妈的心脏承受能力 OK 的。"

谢思好并不直接坦白，她做苦恼状，以退为进，另辟蹊径："我感觉我可能生病了，我心理有点问题，你要不要带我去看看医生？"

苏永莎当真被吓一跳，紧张道："你有什么事情千万要跟妈妈讲，妈妈和你一起解决。"

"我……"谢思好吞吞吐吐，半晌才道，"我发现我喜欢数和哥哥，我是不是有恋兄情结？很变态呀？"

苏永莎愣住，她心中做了最坏的猜想，比如女儿与表面不一样，内心抑郁阴暗。没想到这个秘密是她喜欢周数和。她反而比较容易接受，安慰道："没事，这几年数和哥哥在我们家里住，你就真的把他当亲哥哥了？他也不是你的堂哥、表哥，你喜欢他没有任何问题。"

谢思好心中一喜，脸上也表露出来，接着又感到沮丧："但是数和哥哥肯定把我当作亲妹妹，如果他知道我对他产生这种歪心思，会不会讨厌我？我想让自己不喜欢数和哥哥，但是我控制不了自己的感情。妈妈，你说我该怎么办才好？"

苏永莎鼓励她："那你就努力让他也喜欢上你。"

居然这么容易就接受这个事实了？谢思好觉得不可思议："你都不好奇我喜欢他什么吗？"

苏永莎本来就将周数和当作自己的半个儿子，一向为他感到骄傲，他的外形、品格、学历、能力样样出众，跟人讲起总是面上有光。现在换位思考，一个女婿可不就是半个儿吗？谢思好从小受他照顾，论起对女儿的了解，他们还不如他。谢思好倒给她提了个醒，她以前怎么没有想到周数和是最完美的女婿人选呢？

不过，她配合地问："你喜欢他什么？"

谢思好一一数来："长得帅，个子高，聪明，温柔，大方，有耐心，对我好。"

苏永莎想，最重要的可不就是对女儿好吗？女儿再想遇到一个这样的人，不太容易。万一她以后眼光不佳，遇到的男生图她财色，反而吃亏。肥水不流外人田，近水楼台先得月，要抓紧机会。

谢思好话锋一转："可是，数和哥哥喜欢什么样的女生？我要怎么努力才能让他喜欢上我？万一他还没喜欢上我就先喜欢别人了怎么办？"

苏永莎忽然会意，她理解了女儿的意思："你要我帮你试探？"

"可以吗？"谢思好很期待。

苏永莎彻底明白过来，女儿最开始说要看心理医生是有意为之，不得不说，还挺机灵。她答应："行。"

"谢谢妈妈！"谢思好高兴地抱住苏永莎，"我等你的好消息。"

苏永莎先将这件事告诉谢书均："我有一个好消息和一个坏消息，你想听哪个？"

此时已到睡觉时间，谢书均正坐在床头看手机，闻言抬头瞧她，饶有兴趣地问："什么好消息、坏消息，怎么卖起关子了？"

苏永莎往脸上涂面霜，手法轻柔地抹均匀："你女儿有喜欢的人了。"

谢书均淡定道："沈嘉商？"

他也看见了谢思好 QQ 空间上传的照片。

苏永莎吃惊，这和她想的可不一样："你怎么这么平静？"

“这不挺正常的，我们以前那会儿，谁十七八岁不动个心啊。所以你觉得这是坏消息，那好消息是什么？沈嘉商不喜欢好好，他们没谈成？”

“有你这么说自己女儿的吗？”苏永莎不乐意。

谢书均笑：“好消息是什么？”

“她喜欢的人不是沈嘉商，是数和。”苏永莎朝床边走过去，自顾自地说，“你今天说王姐向你打听数和的感情状况，想给他介绍她的侄女，这事找借口推了。”

谢书均一时没反应过来，愣了半晌，认真道：“你没开玩笑吧？”

苏永莎见他表情不太好，反问：“怎么，莫非你觉得这才是坏消息？”顿了下，故意吓唬他，“你女儿可是鼓起很大勇气才敢告诉我的，她怀疑自己心理不健康，要去看医生，你别一上来就反对，她更有压力了。”

果然，听到谢思好出现心理障碍，谢书均立刻转变思路，说：“我也没有反对，实在是太突然了，我以为听错了。”

“我刚刚做了好好的思想工作，她现在比较担心数和知道后排斥她。”

“你很支持？”

“为什么不支持？像数和这样优秀的男孩子，打着灯笼也难找。再说，我觉得挺好，别人信不过，数和还信不过吗？第一，他肯定对好好很好；第二，他有能力打理公司。你仔细琢磨一下，没有比他更合适的人选了。虽然我们现在考虑这事为时过早，但未雨绸缪，她小姑姑和小姑父就是最好的例子，一个院里长大，也是大约大学时谈的。”

于是第二日吃中饭时，周数和被谢书均问道：“数和，最近有没有考虑个人问题？想找个什么样的女朋友？”

周数和的第一反应是，谢叔叔要给自己介绍女朋友。趁谢叔叔还未开口，他先拿出拒绝的态度，说：“我暂时不考虑感情问题，这段时间工作太忙了，没有时间。”

可谢书均接下来的口吻又不像有此意，前些日子他在车里同谢思好闹着玩，表示周数和可以爱情、事业两手抓，今天却很赞成周数和的想法：“有道理，一心不可二用，拼事业的时候谈恋爱，耽搁正事，也耽搁对方。”

周数和点点头：“我也基于这个考虑，不急。”

谢书均与周数和面对面坐着，他已经许久没有这样认真打量一个人了，哪怕与数和天天见面，其实并没有太关注数和的皮相。数和完全继承父母基因中的优点，浓眉深目，高鼻薄唇，脸庞线条已经褪去少年人的稚气，有棱有角。他做事也是一样，有章有法，具备独当一面的能力。

谢书均不得不承认，即使数和与好好没有从小一起长大的深厚感情基础，数和也是不可多得的优质对象。更何况，苏永莎有一点说得对，数和值得信任，今后可以放心将公司交给数和打理。

若有可能，谢书均也不想他和妻子白手起家创办起来的公司到最后改头换面，但好好显然缺乏商业头脑，早些年他们尝试过要二胎，由于一直怀不上才放弃。

“虽然不急，但假如遇到心仪的女孩，还是不能错过。”谢书均铺垫一句，笑道，“最近的确有想通过我给你介绍女朋友的，你的标准是什么？不符合我这边就直接拒绝了。”

这个问题对周数和而言并不难答，他说：“眼缘很重要，其次精神独立，能够交流。”

谢书均自行阅读理解，眼缘很重要，不言而喻，长得漂亮才行。这一点不是他吹嘘，谢思好的外貌去当明星都没问题。精神独立不好说，因为她太依赖周数和。他感觉，如果那个人是好好，数和会放水的。至于交流方面，完全是送分选项。

他将原话反馈给苏永莎，苏永莎感到好笑：“这算什么标准，喜欢不喜欢都由他说了算。”

她告诉谢思好："你应该自己去发现。"

谢思好暂时没发现周数和喜欢什么样的女孩子，不过，她发现了一个有意思的事情，通过手机键盘输入她的名字"谢思好"，以及数和哥哥的名字"周数和"，他们两人名字的首字母按键是相同的——

974！

她抱着独特的小心思，将自己的网名改成"974"，QQ签名写道："大家知道974是什么意思吗？"

QQ签名同步到空间，周数和晚上才看到，他看到这条说说想了一会儿，没明白她葫芦里卖的是什么药，于是发消息问她："974是什么意思？"

谢思好觉得大家真笨，居然没有一个人猜到，有的同学很离谱，居然说她喜欢上一个1997年4月份出生的小男生！1997年4月，今年小学毕业，难道她真是变态不成。

收到周数和的消息，她反问他："数和哥哥，你认真想了吗？"

虽然，周数和感觉这只是她的一个突发奇想，但他却有兴趣配合，不自觉地勾唇："你可以给我一点提示。"

谢思好回复他："是我们的一个共同点。"

周数和盯着这句话看了许久，他也回想1997年4月，那时她还在读幼儿园，他上小学，实在想不出有什么特别之处。

他笑着输入文字："再多给一点提示。"

谢思好看了忍不住乐："不如我直接告诉你答案好了。"

周数和说："好。"

"……"

谢思好先发了一串省略号给他，才揭露谜底："数和哥哥，别人想不到就算了，你怎么也想不到？是我们名字首字母拼音缩写对应的手机键盘数字啊，谢思好和周数和是一样的！"

"……"

周数和也发了一串省略号给她，果然是她的一个突发奇想，她怎么会关注到这个点？他看了看手机上的按键，XSh,ZSh，974，她太善于发现。

谢思好半晌没动静，周数和正要问她怎么注意到这个共同点，外面门铃响起，监控里她拿着手机站在门前。

周数和打开门让她进来："怎么不自己用钥匙开？"

"我忘了。"谢思好笑盈盈的，她径直往客厅走，打开电视机，脱了鞋盘腿坐在沙发上，"我才用半个月手机就发现了，你用了四年多都没有发现。"

周数和承认："我没有你观察细致。"

谢思好带着目的过来，朝他伸手："数和哥哥，把你的手机给我。"

周数和不知道她要干什么，却仍然递给她。

谢思好拿到后操作了一通，同时说："我给你改一个解锁密码，974974，我也用的这个。"

他原本的密码是购买手机那天的年月日，随手设的，没什么特殊意义，她要修改，他没什么意见。

谢思好不仅改了他的密码，还得寸进尺，替他换了一张屏保照片，是她前几天去首都拍的一张单人照片。辉煌灯火中，她穿着一条白色连衣裙，俯身伏在路边的栏杆上，侧头面向镜头，笑靥如花。

当她发来时，他不合时宜却又颇符合此情此景地想到：蓦然回首，那人却在灯火阑珊处。

谢思好心满意足地设置成功，将手机还给他，命令道："不许改。"

很奇怪，周数和根本没有要改的想法，甚至连这个念头都不曾产生，他太习惯性纵容她的所有行为了。

谢思好不急着回家，她调台到 CCTV-6 看电影。此时正播《傲慢与偏见》，不是她喜欢的类型，没一会儿她就昏昏欲睡。周数和洗完澡出来，她已经歪倒在沙发上酣然入梦。

他拿起遥控器按了下电源开关键，目光落到她身上，呼吸一滞。

少女浓密乌黑的头发如绸缎一样散在颈边，与白皙的肌肤形成鲜明对比。她闭上灵动双眸，巴掌大的脸一派恬静，嘴唇粉嘟嘟的，可爱至极。

身体曲线又呈现与可爱截然相反的成熟美丽，她过来时穿的睡衣套装，夏季炎热，衣服很短，因侧着身子，一边宽松衣领从锁骨滑下泄露风光，两条腿光洁修长……

周数和脑子里“轰”的一声，他居然发现自己不敢再看，随手展开沙发上的薄毯盖在她身上。他的脸有些发烫，从冰箱里拿了一瓶冰水喝了两口，方才觉得心中的躁意减少了一些。

他再次回到客厅，叫醒她：“起来回家睡。”

谢思好迷迷糊糊地问：“电影放完了？”

“你还要看？”周数和瞧着她坐起来穿鞋。

“不看了。”她摇摇头，站起来，“我走了。”

周数和说：“好。”

她走了两步，忽然停下，回头说：“明天我要跟你一起到公司玩。”

第二天早上，周数和见到谢思好又是一愣，她今日的打扮风格与以往不同，纯白工字修身背心，粉色超短裙，白球鞋配白色长袜，完全展露手长腿长的优势。她还戴了一顶鸭舌帽，向他展示：“数和哥哥，我酷吗？”

周数和多看了她两眼，他还没来得及回答，苏永莎紧跟着出来，她一向时髦，对女儿热辣的穿着接受度高，提醒道：“涂防晒霜了吗？”

“我忘了，等我一下。”谢思好转身往屋里跑，差点撞上往玄关走来的谢书均。

“你还要做什么？”谢书均问她。

谢思好答非所问：“你和妈妈先走吧，我坐数和哥哥的车，反正我不去你办公室。”

今年汽车价格跌得厉害，为了出门方便，周数和贷款买了一辆。

谢书均、苏永莎先行离开，周数和等了谢思好两分钟，进电梯时，里面有个年轻的男生看她看得直了眼。周数和不动声色地投去严厉的眼神，对方收到警告，慌忙挪开眼睛。

到了车库，谢思好坐进副驾驶座，她一边系安全带，一边说：“我十八岁生日后也要报名考驾照。”

他发动车子，缓缓驶出去，赞成地说：“我给你交学车的费用，就当送你的成年礼物。”

“好。”谢思好点点头，拿走他放在中控台上的手机，“我检查一下。”

她按亮屏幕，自己的脸跃然而出，输入“974974”解锁，界面依然显示她的照片。

周数和侧头看了谢思好一眼，自从昨晚谢思好将手机壁纸换成她后，他几次打开看到她，心里都莫名紧一下。

谢思好不知道他的异样心情，她忽然觉得这张照片不够好看，点开他手机里的QQ图标，进入自己的QQ空间，从相册里重新挑照片，又拿着他的手机自拍。她很喜欢自己今天的造型，玩得不亦乐乎。

到了公司，周数和用手机时才发现她又换了一张壁纸，是她跳舞时的抓拍，体态柔且舒展，气质斐然。他目光凝住，直到屏幕自动熄灭，才反应过来自己刚才痴了。他心惊肉跳地放下手机，两秒后才想起来自己要打工作电话，重新拿起来，拨号出去。

而谢思好坐在周数和旁边的工位上，打开电脑登自己的QQ。列表栏里有几个头像同时闪动，她一一回复，同时又装扮自己的空间。周数和偶尔分神看她，觉得她比他还忙。

上午十一点二十分，周数和接到许思宁的电话，许思宁出来办事，刚好经过他工作的地方，约他一起吃午饭。于是周数和让许思宁先来办公室坐一会儿。

谢思好听到了，自告奋勇地说她去接思宁哥哥。她离开时电脑留在空间相册页面，其中一个封面是周数和和她的一张合照，右下角显示小锁图标，只有这一个相册没有公开，需要回答她的问题才能查看。

鬼使神差地，周数和好奇地点开，只见问题言简意赅“输入密码”，而答案赫然写着“974974”，他想了片刻，没有去查看里面的照片。

这边谢思好站在公司大门处，她等许思宁坐电梯上来，收了前台姐姐给的巧克力，向对方打听八卦：“最近数和哥哥有什么追求者吗？”

她只是随口一问，没想到真的听到了重要消息。前台姐姐告诉她：“有哦，听说电商部那个平面模特喜欢周总。”

这时电梯门打开，许思宁从里面走了出来。谢思好暂且放下心中的疑惑，扬手笑道：“思宁哥哥。”

许思宁看见谢思好的模样大为震撼，跟着她进了电商部还兀自吃惊，对周数和感叹道：“果然是女大十八变，我差点没有认出好好。”

周数和带笑的目光从谢思好的身上掠过，说：“她长大了，有自己的穿搭想法。”

“我今天走的是酷妹风格。”谢思好对许思宁说。

“酷妹穿粉色吗？”许思宁逗她玩。

他记得他们第一次见面时，她还只是幼儿园小班的小朋友，也穿着一条粉裙子，可爱至极。多年过后她再穿相同的颜色，比起可爱，更适合用“火辣”形容。站在异性的角度，许思宁肯定谢思好的好身材。

谢思好说：“当然，酷妹可以驾驭一切颜色。”

许思宁脑中忽然灵光一闪，问周数和：“你怎么不让好好拍淘宝店衣服的图片？放着现成的模特不用多浪费。”

周数和笑："你以为很轻松吗？太累了，而且前段时间她在全力冲刺高考。"

许思宁提醒了谢思好，她想到前台姐姐透露给她的消息，立刻积极表示："数和哥哥，我现在有时间了，让我试试，什么时候可以去看模特拍衣服？我向她学习一下。"

她看起来很感兴趣，周数和说："下周一会拍摄新品，到时叫你。"

谢思好行动力强，她兴致勃勃："我现在就了解一下拍照姿势。"

她打开淘宝网页，津津有味地浏览起来。

今日中午不吃公司食堂的饭，三人到楼下炒菜馆就餐。

谢思好埋头点菜，他们则聊天，许思宁问周数和："宋明佳和陆晟下个月十五结婚，你收到请柬没有？"

宋明佳？这个名字好熟悉。谢思好很快就想起来，她扭头看周数和，向他确认："是不是以前请我给你递信的那个姐姐？"

周数和对这件事还有印象，那时他本要置之不理，后来由于她好心帮谢思好的忙，谢思好又想知道她的名字，他从而认识。再后来，机缘巧合，她与和他关系还不错的朋友谈恋爱，偶尔会有接触。

"是她。"许思宁代替周数和回答，笑看周数和，"好好不提，我差点忘了还有这么一件事，你说陆晟会不会吃你的醋？毕竟她当初喜欢过你。"

周数和没有理许思宁，问谢思好："点好了吗？"

"思宁哥哥，你看一下还想吃什么。"谢思好将菜单递给许思宁，她对数和哥哥的朋友也有印象，又求证，"陆晟是不是头发自来卷，还戴着一副眼镜的那个哥哥？"

"对。"

"我记得他和你关系还不错，肯定邀请你了。"

许思宁将菜单交给服务员后，打趣道："那可不一定，毕竟他们曾经是情敌。"

"不算情敌啦，数和哥哥和明佳姐姐又没有发生什么。"她期待地看着周数和，“你要去参加他们的婚礼吗？我也想去，带上我。”

周数和的确收到了婚礼邀请函，他点点头，收获了她灿烂的笑容。

“他们是同学里面第一对结婚的吧？”许思宁问。

“应该是，其他的没有听说。”周数和说。

“你呢？想不想结婚？”谢思好竖起耳朵。

周数和笑：“这是我想就能办到的事吗？我和谁结？”

她心里默默接话，和我结！她转念又想，她八月才成年，离法定结婚年龄还早。

“只要你想结，我敢说愿意和你结婚的人有很多。”许思宁揶揄道，“我看你公司有挺多美女，还有身材好的模特，你就不打算发展一段恋情？”

谢思好不乐意：“思宁哥哥，你眼睛都看哪儿呢？”

许思宁哈哈大笑：“男人都是视觉动物，我的眼睛看见好好是她们里面最漂亮的。”

“你像样一点。”周数和不满地瞥向许思宁。

“开个玩笑都不行？更何况咱们好好长大了，我说的是事实，你防得住吗？”许思宁教谢思好，“遇到向你示好的男孩子，多考验他一段时间，能坚持到最后的那一个才是最喜欢你的。”

谢思好与他的想法完全相反，她有自己的主张：“我会主动向我喜欢的男孩子示好，我希望他不要考验我，第一时间和我在一起，不然我会很难过。己所不欲，勿施于人。所以我不会折磨别人，不喜欢就是不喜欢，拒绝时让他伤一次心就够了。”

许思宁瞠目结舌，他望着周数和：“好好是真的长大了。”

周数和同样因为她的言论惊诧，想到她已经高中毕业，可以自由恋爱，心中忽然不太舒服。

许思宁却十分好奇，问谢思好：“你喜欢什么样的男孩子？”

谢思好意有所指，说：“你们听过没有？如果有一个优秀的哥哥，妹妹的眼光会很挑剔。”

许思宁又笑，对周数和说：“我感觉完了，好好以后交男朋友有困难，你要为此负很大的责任。”

周数和心情又变得明朗起来，勾唇道：“我没想到你对我的评价这么高。”

“我这个人一向实事求是。”

菜陆陆续续送到桌上，三人边吃边聊，气氛轻松。中途周数和的电话响起，通话结束后他将手机放到桌上，屏幕还未黑，许思宁眼尖瞧见壁纸图像，他颇觉诧异。

结账的时候，谢思好去了卫生间，许思宁对周数和说：“你手机借我用一下。”

周数和不疑有他，输入解锁密码：“你的没电了？”

许思宁拿到手里，看着谢思好的照片，说：“刚才吃饭的时候我就看见了，好好在场，我忍住没问。你手机屏保设置她的照片是什么意思啊？家长的心情？还是说……”

周数和拧眉，打断许思宁：“好好自己弄的，她不让改。”

虽是这样解释，但他却猛然发现缺少说服力。许思宁却未深思，他更没有察觉好友隐隐露出的一丝狼狈。

当天夜里，睡前周数和习惯性地复盘工作，不知为何思绪跑偏，想起谢思好近日种种行为——换 QQ 昵称，改他的手机密码，让他用她的照片当壁纸……忽然他坐起来，摸到床头放的手机，进入谢思好的空间，点开那个上锁的相册，输入“974974”进去，看见里面全是这些年他和她的成长记录。

最早的一张，是她躺在婴儿车里，他探头去看她，画面极温馨。而最近的一张就在前不久，她买了新手机，拉着他一起自拍，因翻转手机用镜头对着脸，他们看不见屏幕，于是靠得很近，拍出来他们耳不离腮。

周数和产生了一种诡异的想法，这晚他辗转难眠。这之后，他下意识地对谢思好投入别样的关注。

周一上班路上，谢思好问他："数和哥哥，听说模特喜欢你，是不是真的？"

以前周数和不会在意，随口就回答了，现在他却觉得不同寻常，敏感道："你问这个做什么？"

谢思好理所当然地说："我想知道。"

周数和告诉她："少听八卦。"

耳听为虚，眼见为实。到了摄影棚，谢思好发现数和哥哥说得对，模特姐姐对他并没有特别的意思，因为她很快和对方聊清楚了，得知对方有一个交往中的男朋友。

周数和发现，谢思好总爱往自己身边凑。她换了衣服要向他得意地展示，拍完休息朝他撒娇叫苦，博取他的关注。而他看相机里的照片时，她也伸过头来，脸贴着他的脸。

少女肌肤的柔软细腻能够清晰感受到，她的呼吸很轻，存在感却极强，周数和下意识地屏住呼吸，然后将相机递给她："自己拿着看。"

谢思好接过来往下翻，不时肯定："这张不错，这张也不错，这张好看……"

她忽然抬头，眼睛亮晶晶的，问："数和哥哥，你会给我发工资吗？"

周数和点头，肯定道："当然，兼职模特的工资日结。"

谢思好一张小脸熠熠生辉，她惊喜道："太好了，这将是我人生中的第一笔工作收入，晚上去吃牛排庆祝吧，怎么样？"

周数和永远无法忽视她的灿烂笑容，心动了一下："就你和我？"

"先问问爸爸和妈妈有没有时间。"

今日的拍摄工作已经结束，谢思好进了换衣间，周数和重新拿起相机。谢思好穿的几条裙子符合她的年龄，她本就青春靓丽、形象出众，加上与生俱来的自信，面对镜头落落大方，表现力格外不错，带货效果应该也不错。

他想，如果她愿意坚持，以后用她当模特是个很好的选择。

谢思好穿回了自己的衣服，小小的黑色方领短袖贴合她的玲珑曲线，白色阔腿短裤越发衬得长腿笔直，颈上戴了一条波浪样式的银色锁骨链，白鞋子、白色蕾丝中筒袜，看起来既酷酷的，又有点甜美感觉。

她给谢书均打电话，得意地向他邀功，又说：“你和妈妈今晚有什么应酬吗？”

谢书均了然：“你要请客？钱够吗？”

“足够了。”谢思好了解西餐厅的价格，充满成就感，“花不完，还能剩一点。”

谢书均说：“下次，今晚我和你妈妈有别的事情。”

谢思好对此有一点小意见，她发牢骚：“这可是我第一次领工资，你们也太不给面子了。”

她听见爸爸在电话那头笑，然后他说她傻：“如果你不想单独和你数和哥哥吃晚饭，我们也可以参加。”

谢思好反应过来，于是她配合，大声且惋惜地说：“那好吧，既然你们有别的事情就算了。”

周数和听见，看向她：“他们不一起吃饭吗？”

“他们不去，就我和你。”她警惕地望着他，“数和哥哥，你不会也要告诉我，你有别的事情吧？”

周数和从她生动的表情中读出未尽之意，如果他有别的事情，她会翻脸。他忍不住笑：“我没有别的事情。”

下班后到了西餐厅，服务生拿了菜单过来，误以为他们是一对恋人，于是向他们推荐情侣套餐。周数和还未开口，谢思好已经接话，她接受推荐，说：“可以只要一杯红酒吗？另一杯换成薄荷柠檬水，他开车不能喝酒。”

得到肯定答案，谢思好才对周数和说：“我们就要情侣套餐吧，看起来还不错，我想吃里面的三文鱼沙拉和波士顿龙虾。”

周数和点点头。

谢思好不是第一次吃牛排，她熟练地使用刀叉，举止优雅，周数和同样，两人用餐的画面看起来赏心悦目。

周数和一边切牛排，一边问她：“今天拍完有什么感想？”

她俏皮地说：“虽然有点累，但我感觉挺好玩的，下次需要模特再联系我，价格从优。”

周数和告诉她一个事实：“今天给你的工资是新人模特的三倍。”

“我不值吗？我穿的那几条裙子肯定卖得好，今晚我请你吃饭庆祝，说不定过一阵子你也要请我吃饭庆祝。”

她脑筋转得快，周数和乐了，他举杯说：“那我提前以水代酒感谢你。”

谢思好欣然接受，她拿起红酒杯，与他碰了之后送到嘴边喝了一口：“如果销量高，以后请我拍要加钱的。”

他从善如流：“好。”

谢思好喝光了一杯红酒。回家的路上她的话变少，周数和有些不习惯，等红绿灯的时候转头看她，她寻了个舒适的姿势靠着座椅，闭着眼睛似乎睡着了。

摄影棚工作强度大，谢思好颇疲惫，酒足饭饱，他车子开得稳，她不自觉犯困，上下眼皮打了会儿架，最后去见周公。

周数和静静看了她两秒，嘴角勾起温柔的笑，视线移回前方，等到红灯熄灭绿灯亮起时，车子继续前行。二十分钟后，车子停进车库，周数和叫她：“到家了，别睡了。”

谢思好睡得正舒坦，她不想起来，耍赖说：“我醉了，头好晕。”

周数和伸手按下她那边的安全带卡扣：“需要我背你上楼？”

她任由安全带松开，迷迷糊糊地笑了一下：“我不是小孩子了，还可以享受这种待遇吗？”

周数和开玩笑说：“你也知道你不是小孩子了，我有心无力，想背也背不动了。”

谢思好精神大振，坐直身体，看着他认真强调：“我又不重！”

周数和也看着她，眼中带笑：“清醒了？不晕了？”

谢思好心中直呼上当了。

“下车吧，回家再睡。”周数和打开车门。

两人一起往电梯走，谢思好忽然绕到他后面，伸出手臂搂住他的脖颈，往他身上跳：“我真的不重，你试试。”

周数和被她突如其来的举动吓一跳，身体反应迅速，为了防止她摔倒，下意识捞住她挂在腰两侧的双腿，掌心里一片滑腻。

她从他的肩头探出脑袋，笑声清脆：“怎么样，我没骗你吧？”

周数和感到自己是滚烫的，不管是体温还是心。他承认：“嗯，不重。”接着松开手，“行了，下来吧。”

她却紧紧抱着他，双腿盘在他腰上，摇摇头装可怜：“不下来，你背得动就背我上去吧，我真的真的醉了。”

周数和并不心软：“谢思好，我数三二一，你不下来，我就把你扔地上了。”

谢思好索性将脸埋起来，一动不动，她就不信他真的要把她扔下来。

“三、二。”

周数和多停顿了两秒，背上的人毫无反应。他无奈，重新握住她的双腿，含蓄地说：“你马上就十八岁了，还像小时候一样要我背像什么样，你看谁家的妹妹成年了还跟哥哥这么没有距离？”

谢思好只当听不见，一声不吭。

周数和得不到回应，他拿她没办法，只好背着她上楼。

夜里人少，电梯里只有他们，感觉到他的妥协，谢思好慢慢抬起头，叫他：“数和哥哥。”

周数和“嗯”了一声。

“我还记得你上一次背我是在我初一的时候，我感冒发烧了，章老师叫你带我去看医生。”

周数和又“嗯”了一声。

“要是我永远读初一就好了。”

“为什么想永远读初一？”

“你就不会说背我不像样，你也不会说我们之间要保持距离这种话。”

周数和沉默片刻，电梯抵达楼层，门缓缓打开，他说：“我不是这个意思。”

“那你是什么意思？”

“你自己好好想想。”

谢思好总感觉数和哥哥意有所指，不过她暂时没有往他已经察觉她心思那方面想。

周数和自从察觉到谢思好的心思后，看她的目光就变了，他不受控制地带上男女层面的评价，他让她好好想想，究其根本，也未尝不是提醒自己好好地想一想。

Chapter 9
现在就要去见你

2009年的这个暑假，谢思好期待三件事，按时间先后排序：一是参加明佳姐姐的婚礼，二是收到雁大的录取通知书，三是她的十八岁生日到来。

宋明佳的婚礼如期而至，周数和领着谢思好正装出席。他穿着白衬衣和西裤，气质清冷高贵，她则身着一条米色公主裙，仪态优雅。

两人一同走向站在酒店门口迎客的新人，宋明佳没看清谢思好的脸时，惊讶地问身旁的男人：“周数和什么时候谈恋爱了？”

陆晟戴着眼镜，视力比她好一些，笑着告诉她：“他没谈恋爱，一起来的人是好好。”

正说着，两人已经走近。谢思好甜甜地输出赞美：“明佳姐姐，你今天好漂亮！”

“好好！”宋明佳笑着朝谢思好伸出手，拉住她说，“我们高中毕业的时候你上初二还是初三来着？几年不见，刚才我居然没有认出来，还以为你是周数和的女朋友。”

这话谢思好乐意听，她声音越发甜：“真的吗？我看起来像数和哥哥的女朋友吗？”

周数和看了她一眼，插话阻止了宋明佳的回答，他递出红包：“阿晟、明佳，恭喜你们。”

“明佳姐姐、陆晟哥哥，新婚快乐。”谢思好也紧跟着送上祝福。

这时又有其他宾客到来，需要新郎新娘接待，陆晟对他们说：“数和、好好，你们到里面坐吧，许思宁到了有一会儿了。”

刚好许思宁打来电话，周数和接通：“在门口，马上进来。”

新郎、新娘办事周到，专为自己的朋友设了几桌，已经坐了不少人，大多数都是高中的熟面孔。大伙儿见到周数和携了漂亮女生前来，有的认出谢思好，有的没反应过来，好奇地问：“女朋友？”

谢思好没忍住笑。周数和心情难以描述，恐怕现在同她出门再也听不到以前那句“又带妹妹出来”了，更多人会产生这样的误解。

许思宁打趣那人：“什么眼神？好好你也能认错？不应该啊。”

谢思好在周数和那一届同学中颇知名，不用报全名，他们回忆起来，纷纷笑着同她说话。

“妹妹现在都长这么大了，成大美女了！”

“妹妹高中毕业了吗？考的哪所大学？”

“妹妹交男朋友没有……”

谢思好一一回答，其中有她印象颇深的哥哥姐姐，她叫出他们的名字愉快交谈。她社交起来如鱼得水，周数和根本不会产生她无法融入的担忧。

到底周数和的同学全都脱离校园，他们问了谢思好几句，慢慢将话题转移到工作上，聊他们自己的事情。

谢思好也不觉得受冷落，她一边听他们说话，一边玩手机自带的贪吃蛇游戏。周数和偶尔看她一眼，她挺自得其乐。

又过了一会儿，谢思好收起手机，小声对周数和说：“数和哥哥，我去一下洗手间。”

她从洗手间出来时被人叫住，她顺着声音看过去，见到一个穿着黑色T恤、蓝色牛仔裤的高个男生。她觉得他很眼熟，一时却想不起他是哪位。

对方看出她的疑惑，自报家门：“我，谢霆。”

谢思好“哦”了一声，东风职高那个要和她交朋友的男生，他现在的打扮正常多了，头发染回自然黑色，颜值高了几分。

自从接受周数和的忠告，谢霆再也没有纠缠过谢思好，不过东风职中和雁中离得不远，有时能偶遇。职中不强制学生穿校服，女同学总是打扮得花枝招展，谢思好每次都是蓝白相间的校服，素面朝天，却比她们漂亮。

今天她不再穿校服，比平时更要漂亮一百倍。他见到她十分吃惊，觉得世界真小，问：“你也是来参加婚礼的吗？”

也许因为他适可而止再未打扰她，也许因为他今天看起来还算顺眼，谢思好点点头。

谢霆是宋明佳的表弟，他还算了解，谢思好不是女方这边的亲朋好友，于是问：“你是陆晟哥那边的亲戚？”

为避免解释起来麻烦，谢思好笼统地说：“我哥哥是他的朋友，我跟着我哥哥来的。”

哪知听到谢思好提她哥哥，谢霆立刻提出：“你哥哥在哪里？可以带我去见一下吗？我想当面向他道谢。”

谢思好不解：“道什么谢？”

谢霆挠挠头，有些不好意思：“说到这个就要跟你道歉了，以前我的行为比较幼稚，你多多包涵。后来你哥哥给我打电话了，他教了我一些道理，我听从他的建议转到升学班，今年也参加了高考，分数还算理想，我能上大专。”

“真的吗？”谢思好完全不知道数和哥哥还做了一件这样的好事，她以为数和哥哥只是把他教训了一通，让他知难而退而已。

“真的。”谢霆认真地说，“要不是你哥哥指点，我现在已经进车间工作了，根本就没有想过自己也能上大学，所以想谢谢他。”

谢思好不记仇，她真诚地为他感到开心：“他只是提出一个建议，你在他骂你的情况下还能听进去，你自己也很不错。”

谢霆顺着她的话说：“那我现在能加你的QQ吗？”

他没有了当初那种势在必得的劲头，谢思好反而觉得他不讨厌了，她答应：“可以。”又补充，“但是只能当朋友。”

谢霆笑：“我知道。对了，你志愿填的哪儿？”

谢思好说：“雁城大学。”

他朝她竖大拇指：“厉害！难怪当初你哥哥说你忙着考大学，没工夫和我交朋友。”

“他这样说的？”谢思好乐不可支，“实际上，我文化课不怎么样……”

谢霆跟着谢思好走，其实他改为好学生打扮，外形还不赖，五官周正，个头又高，挺显眼的。

他们还未走近，周数和那一桌已经有人看见，提醒他：“数和，你妹妹好像遇到她的朋友了。”

周数和回过头，见到谢思好与一个他从来没有见过的男生肩并肩有说有笑，看起来聊得不错。

谢思好发现周数和在看他们，她指给谢霆看，对他说：“我哥哥是穿白衬衫的那一个。”

谢霆对上周数和的目光，紧张地笑。

许思宁不着调，调侃道：“怎么看着像好好带男朋友来见家长？”

一桌人都笑，唯独周数和没有。

谢思好没有回座位，她朝周数和勾勾手：“数和哥哥，你过来一下。”

许思宁故作惊诧：“什么情况？不会我真的猜对了吧？好好真介绍男朋友给你认识？”

周数和起身之前不悦地瞥了许思宁一眼。许思宁竟像上瘾似的，变本加厉地揶揄：“你们看他臭着一张脸多不爽，好好长大了，始终是要交男朋友的，你就接受现实吧。”

一片笑声中，周数和走到谢思好面前，她对他卖关子："数和哥哥，你猜他是谁？"

周数和说："你同学？"

谢思好摇头道："不是，他是谢霆。"

谢霆是谁？周数和看向男生。

"那个，哥，我……"谢霆开口才意识到自己嗓子发紧，他见周数和拧了眉，越发吞吞吐吐。

谢思好听不下去，接过他的话说："他就是以前东风职高那个打电话到家里找我的男生，你还给他打过警告电话。他听了你的忠告，现在真的考上大学了，特意过来谢谢你。"

谢霆松了口气，此刻只会鹦鹉学舌："谢谢。"

周数和早忘了这件事，经她一提才想起这件事。他当时只为达到让谢霆不再纠缠谢思好的目的，没希望对方真的奋发向上，倒对谢霆有些刮目相看，表情缓和一些："不用感谢我，感谢你自己。"

他顿了一下，似笑非笑："现在还想追谢思好吗？"

谢霆脑子一热："可……可以吗？"

周数和有些无语。

谢思好也挺无语。

谢霆反应过来，立刻找补："我开玩笑的。"

台上主持人提醒婚礼即将开始，分开后，谢霆才后知后觉地意识到刚才只得了一句口头承诺，忘了当面加上谢思好的QQ。吃完饭，趁着新郎、新娘与他们的同学、朋友说话，周数和在和同学聊事情，他将谢思好叫到旁边，拿出手机说："我们现在就加个好友。"

这次谢思好很爽快地同意申请，添加到列表里后，她与谢霆开玩笑："你知道我对你的第一印象是什么吗？坏学生，胆子大，但是没想到你居然会怕我数和哥哥。"

谢霆想想也觉得丢脸，只是他不否认："你是不知道，那次电话里，他教训得我一点面子都没有……"

另一边周数和看了他们几次，见两人说得停不下来，不禁觉得有些碍眼，看来当初不该说“先让自己变成一个优秀的人，让她看见你的闪光之处，主动和你做朋友”这种话。

下午老同学叫周数和打牌，高中毕业后，大家少有机会聚在一起，他从来不是扫兴的人。

谢思好发现他们那一群人不聊了，于是她也和谢霆停止交谈。

周数和向她走了过来，这会儿有风，吹动他的黑发和白衬衫，比 MV 镜头里的男主角更有感觉，谢思好看得一呆。

他深邃的双眸注视她：“我要和他们打会儿牌，你想留下来玩，还是先回家？”

谢思好对这类活动不感兴趣，但她也不想回家，于是说：“我去找彤彤吧。”

周数和没有意见，拿出皮夹给她零用钱，以表示支持：“玩得开心点。”

谢思好叫程玥彤出来逛街，现在她们高中毕业了，再也不会经历仪容仪表检查这种事情，两人突发奇想一拍即合，穿了耳洞做了美甲，一起去挑漂亮的耳饰、手链。

傍晚她们坐在糖水店里休息，周数和给谢思好打电话，问她是否回酒店吃晚饭。谢思好说不去，她与程玥彤决定去吃麻辣烫，然后再看一场电影。

夜里谢思好到家时，已是九点，她包里带着周数和家的钥匙，开门进去，从玄关的鞋柜里取出自己的拖鞋换上，径直往里走。

客厅开着灯却无人，浴室里传出水声，周数和正在洗澡。她放下今日逛街的战利品，打开电视，舒舒服服地坐在沙发上调频道。由于没有想看的节目，她直接按到 CCTV-6。

谢思好并不是真的想看电视，她只是喜欢家里有声音。盯了屏幕半分钟不到，她扭头看向浴室方向，开始胡思乱想，数和哥哥出来时会不会像偶像剧里的男主角那样只裹一条浴巾？他有没有腹肌？见到她会受到惊吓吗？

她想得有些多。周数和穿好衣服才走出浴室。这些年与谢思好共同生活，他很注意这方面，养成了好习惯。他在里面关了水听到电视声音时就知道一定是她回来了，因此毫不惊讶。

他身上是一套灰条纹的纯棉睡衣，没吹头发，只擦干水，头发湿了后更显乌黑，凌乱不羁地搭在额头上。

谢思好失望腹诽，一个人在家也捂这么严实干吗，然后问他：“下午打牌赢了还是输了？”

“输赢不大。”周数和拿着杯子走向饮水机。

谢思好坐直身体，她故意咳嗽两声吸引他的注意力。当他看过来，她说：“数和哥哥，你看我有什么变化？”

周数和轻而易举就发现，她的两只手放在膝盖上，十个指甲涂得亮晶晶的，他笑：“指甲挺好看。”

“还有呢？”谢思好歪了头，半边脸对着他，抬手撩起头发别在耳后。

于是周数和又见到她的耳垂上多了一颗钢钉，原本白皙的耳垂泛着红。他问：“穿耳洞疼吗？”

谢思好点点头：“但是以后我就能戴耳环了。”说着她拿出下午购物的成果，耳钉、耳坠，多得让人眼花缭乱，“每一副都特别好看。”

周数和“嗯”了一声，他慢慢喝了两口水，漫不经心地问她：“你现在不讨厌那个谢霆了？”

“他这个人不讨厌了，跟以前比变化很大。”谢思好弯起圆圆的眼眸，崇拜地望着他，“数和哥哥，你好厉害，居然能说服他奋发向上，如果他以后获得成功，最感激的人肯定是你。”

周数和的看法与谢思好截然不同，他认为谢霆之所以愿意付出努力，是因为谢思好的魅力。他为了让她刮目相看，事实上也做到了。

不知怎的，他明明对她的心有所猜测，却依然开口：“如果他获得成功后再一次追求你呢？你会给他机会吗？”

“当然不会，他成功还是不成功都不重要，我又不喜欢他，和我有什么关系呀！”

周数和察觉到自己心底深处隐秘生出愉悦，他正了正神色，及时遏制住要脱口而出的一句“那你喜欢谁”。

他有点害怕，害怕她的回答验证他的想法，这是他第一次感到自己是矛盾而卑劣的，他不正常了。

谢思好达成了向他展示自己的目的，收好耳饰，潇洒地说：“今天好累，我回家洗洗睡了。数和哥哥，晚安。”

这晚轮到周数和做色彩旖旎的梦，梦里他动情投入，一声格外清晰的“数和哥哥”令他惊醒。

周数和心里有鬼，接下来一段时间内他早出晚归，试图用高强度的工作让自己冷静。幸好谢思好已度过热情期，去他的办公室也只能自己玩电脑，夏季高温来袭，她更愿意待在家里。

这天是个例外。

谢思好终于如愿收到雁城大学的录取通知书，电话里分享好消息不能平复她的激动心情。

她一刻也等不了，带着录取通知书直奔公司，几乎没有任何犹豫地选择了电子商务部办公区，在众目睽睽下跑到周数和面前，眼睛亮晶晶的，整张脸容光焕发，雀跃着弯腰抱他：“数和哥哥，我真的考上雁大了！”

周数和先是被她抱得心脏骤紧，接着又因她的话而心情大好。同事们都看了过来，他想他需要一个独立的办公室了。他对谢思好说：“让我看看你的录取通知书。”

谢思好松开手，从帆布包里取出来给他。周数和打开的同时，一群人围过来，都恭喜谢思好。

周数和脸上的笑容比当初他自己收到首都大学录取通知书时的

深多了。他问她：“告诉爸爸妈妈了吗？”

“还没来得及，我想让你第一个知道。”谢思好不耽搁时间，“我现在就去找他们。”

她急匆匆地来，又急匆匆地离开。短短两分钟，周数和受了影响，盯着电脑屏幕上的促销活动方案走神两秒，站起来跟了出去。

谢思好听到身后熟悉的脚步声，回头，笑容满面地问：“数和哥哥，你怎么也来了？”

周数和一本正经：“我和你一起去，正好有点事要找他们商量。”

周数和虽是随便找了个借口，但他想拎一件事出来说，不难。他瞧着她生动的眉眼，心里动了动，笑说：“晚上出去庆祝一下。”

谢思好立刻附和：“我想吃海鲜大餐。”

周数和自然无异议，他答应她：“好。”

两人走到谢书均的办公室门前，谢思好将录取通知书藏好，故意敲门。等到谢书均看出来，她才问：“我可以进来吗？谢总。”

谢书均见她作怪，不由得乐了：“有什么事？”

谢思好往他的办公桌方向走，她卖关子：“好事！”

谢书均一猜即中：“收到雁大的录取通知书了？”他的目光落到周数和身上，向周数和确认，“对吧，数和？”

周数和笑着点了下头。

谢书均也笑：“真是大好事一件，我盼星星盼月亮就等今天。”

“有这么夸张吗？”谢思好用他桌上的座机拨苏永莎办公室的分线，接通后她声音清脆地说，“妈妈，快来爸爸的办公室，有惊喜！”

“什么惊喜？”

“你来了就知道啦！”

苏永莎还没走到办公室门口就听到里面传出欢乐轻快的声音，她加快步伐：“怎么这么高兴，是不是好好收到雁大的录取通知书了？”

“没错。”谢书均拿起来向她展示，“今晚一定要喝两杯。”

苏永莎接过录取通知书爱不释手，豪爽道：“总算可以放心了，今晚想喝几杯我都奉陪。”

这时谢思好清清嗓子，对他们道：“我要奖励。”

三人同时望向她。

其实谢思好也没有特别希望拥有的东西，她将难题丢给他们：“我给你们准备的惊喜已经送到，现在轮到你们给我准备惊喜了。”

谢书均打趣道：“你这笔买卖挺划算，一份惊喜不仅可以同时送三个人，还可以同时收三份惊喜。”

谢思好表情认真：“声明一点，我可没有强买强卖，你难道不是心甘情愿的吗？”

“你说得对，我心甘情愿。”谢书均哈哈大笑。

“妈妈，你呢？”谢思好又问苏永莎。

“我也心甘情愿，高中的最后一年你非常努力，精神可嘉，值得奖励。”苏永莎不吝啬夸奖。

谢思好将目标转向周数和：“数和哥哥……”

周数和不待她说完，满口答应：“没问题，心甘情愿地给你准备惊喜。”

谢思好心满意足道：“期待你们的表现，我最喜欢收礼物了。”

谢思好的确收礼物收到手软，她的十八岁生日和升学宴一同举办，不仅邀请了亲人，还将她的所有好朋友都请来参加。

周数和为谢思好准备了两份礼物，第一份是之前承诺的资助她学车，第二份是一对漂亮的钻石耳钉。上个月她穿了耳洞，现在正热衷于收集耳饰。

这天早晨谢思好起床时，周数和已经出现在家里，她揉揉眼睛同他打招呼：“早。”

周数和笑看着她，说：“早，快去洗漱，然后来看看喜不喜欢这个。”

“是什么呀？”谢思好立即朝他走去，“我先看看。”

她打开小小的丝绒盒，眼睛一下子亮了。周数和同时补充：“明天带你去驾校报名。”

他不提，谢思好差点忘了这件事，喜悦之情溢于言表。她立即大声对厨房里的谢书均、苏永莎宣布：“爸爸、妈妈，我也可以学开车了！数和哥哥送我的成年礼物！”

耳钉她直接戴上，为了展示出来，她将头发扎到脑后，小小的两颗圆钻缀在她白皙的耳垂上，格外好看。

早餐桌上，谢书均问周数和：“你爸妈什么时候到？”

周清平、纪春特意请假回来。周数和说：“大概十点半，我迟点出发，接他们一起到酒店。”

“我也要去接周叔叔和纪阿姨。”谢思好一边剥鸡蛋壳，一边说。

“那你的朋友们到了谁接待？”苏永莎问她。

“让彤彤帮我接待一下。”

“会不会不礼貌？”

“不会，大家不会在意的。而且，我感觉他们都不会到太早，说不定接了周叔叔、纪阿姨到酒店，时间刚刚好。”

谢思好跟着周数和到火车站。见到他俩并肩站在外面，纪春恍惚了一下，小声对周清平说：“我有一个大胆的想法。”

周清平回应远处谢思好热情洋溢的招手，问：“什么？”

“刚刚我居然觉得数和、好好挺登对的。”说出口后纪春都觉得自己的想法有些离谱。

周清平转头看她，她惊讶地补充道：“我怎么会有这种想法？”

“我也很好奇你怎么会有这种想法？”周清平回答，他重新将目光投向站外的两个人，顿了下，改口，“看起来是挺登对的，好好也长大了。”

纪春失笑：“我们俩的思想恐怕有问题。”

周清平承认，他觉得好笑：“你说，阿均、永莎两人知道我们这么想会不会翻脸？”

“不至于吧？”

“那可不一定。”

几句话的工夫，就走到检票口，两人默契地不再谈这个话题。

他们出站后，谢思好亲昵地挽上纪春的手臂，娇俏道：“纪阿姨、周叔叔，你们也太爱我了，这么远还愿意回来。”

纪春满心欢喜：“你的十八岁生日，又考上了雁大，这么重要的日子，我们当然要回来庆祝。”

周清平拿出一个红包递给她，笑：“叔叔阿姨的一点心意，你拿去买自己喜欢的东西。”

谢思好甜甜道谢。

他们反而像一家三口，周数和沦为拎包的。坐到车上，他才对周清平说：“爸、妈，你俩抽空也去把驾照考了，汽车价格还要降，现在高速路通了，出行快捷，自己开车回来比较方便。”

周清平平时外出有公务车，每次回雁城时倒真觉得奔波，他同意：“我正好也有这个打算，但是你妈不想学。”

谢思好回头道：“纪阿姨，学吧，我也要学，比比谁先拿到驾照怎么样？”

周数和也说：“为什么不学？以后即使我们没空，你自己也能开。”

周清平提建议时，纪春没什么兴趣，但两个孩子都叫她学，她改变主意，答应下来。

“纪领导，你这是区别对待，不把我的话当话。”周清平提意见。

“谁叫你没有说服力。你还记得当时怎么说的吗？你喝了酒我可以开，我才不想当这种司机。”

他们到酒店时已是十一点半，谢思好是今天的主角，她立刻成为众星捧月的那一个。

周数和发现，谢思好的朋友真不少，除了程玥彤、李星成、沈嘉商他比较熟悉，其他人他都没什么太深的印象。谢思好知道他想什么似的，一一向他介绍。

沈嘉商也有发现，自从上次程玥彤让李星成转告他，谢思好有喜欢的人后，他格外关注谢思好身边的异性。他今天趁机研究她邀请来的异性朋友，看有没有可疑的对象。直到她与周数和有说有笑地出现，他茅塞顿开，答案远在天边近在眼前，那个人为什么不能是数和哥？

他越想越觉得自己思路正确，于是笃定地问程玥彤："好好喜欢数和哥，我没说错吧？"

程玥彤一时没有心理准备，她脸上一副"你是怎么知道的"表情泄露事实，嘱咐沈嘉商保密后，又急忙告诉谢思好："大事不妙，沈嘉商猜到你喜欢数和哥哥了。"

"不要紧张，猜到就猜到。"谢思好淡定中夹杂一丝丝的疑惑，"可是彤彤，我不明白，既然沈嘉商都猜到了，为什么数和哥哥还没猜到？"

程玥彤压根不过脑，脱口而出："有没有一种可能？数和哥哥早就猜到了，但他看破不说破。"

谢思好觉得不是没有这种可能，兴奋起来："彤彤，你是怎么想到这点的？"

"我随便说的。"

"真理往往出现在不经意之中！"

程玥彤先反应过来："那你还这么高兴？如果数和哥哥真的假装不知道，证明他没有这方面的意思，你应该哭。"

谢思好问她："你为什么泼我冷水？"

程玥彤回答："我提醒你赶紧想想对策。"

两人面面相觑沉默了一会儿，谢思好进行分析："我认真想了想，如果数和哥哥没有这方面的意思，他一定会躲避我、疏远我，可他对我一如既往，肯定是因为，虽然他猜到了，但也只是一个猜测，他不相信这是真的，看来我必须告诉他这个事实。”

程玥彤不可思议：“你怎么会得出这样的结论？”

谢思好用她那双清澈明亮的眼睛看着程玥彤：“你觉得我说得不对吗？”

程玥彤想，即使自己是个女生，也很难抵抗她这样动人的目光，点点头，说出她想听的答案：“你说得对。”

谢思好绽开美丽笑容：“我就知道你会支持我。”

程玥彤提出担忧：“如果数和哥哥不答应呢？”

“我记得袁湘琴说过：‘可是不问，就永远不知道结果，如果他也喜欢我怎么办。’”谢思好认为自己是洒脱的，“如果数和哥哥不答应，要么我再接再厉，要么我就再也不要喜欢他了。”

“再也不要喜欢他了。”程玥彤学她的语气复述，揶揄道，“听起来就很假，正话反说。”

谢思好笑：“我这不是为了显得大气一点嘛。”

程玥彤也笑，问：“那你准备怎么告诉他？亲口对他说，还是发消息？”

谢思好已有主意：“向袁湘琴同学学习，我要写情书。”

程玥彤不得不表示怀疑：“你有那个文采吗？”

“写情书需要文采？”谢思好不这么认为，“我有一颗真挚的心就行了，贵在真诚。”

谢思好说写就写，当天深夜拆完礼物，她把自己关进卧室开始酝酿一封情书，房间里的灯亮了大半个晚上。

凌晨一点，谢思好将作业本上涂得乱七八糟的文字誊抄在一张崭新的信纸上，从头到尾读一遍，工工整整地折起来，决定找一个恰当的时间送到数和哥哥的手上。

第二天早上周数和送谢思好去驾校报名，八点钟出门，谢思好坐上车就开始补觉，一直到驾校门口才被周数和叫醒。他问她：“昨晚拆礼物太激动了？”

“不是。”谢思妤并不准备立即送出情书，于是她也不讲真话，含糊地说，“就是没有睡够。”

谢思妤是在雁大开学那一天将情书送到周数和手里的，之所以选择这天，是因为她即将迎来为期一个月的封闭式军训，三十天时间，不论数和哥哥看了是种什么心情，都足以让他缓冲过来。

这日谢书均空不出时间，苏永莎、周数和送她报到。

将行李放进宿舍后，谢思妤趁着妈妈替她整理床铺，悄悄叫了周数和到一旁：“数和哥哥，我下车的时候在储物箱里放了一个东西，你一定要看。”顿了下，她强调，“你一个人的时候再拿出来看。”

周数和低声问：“什么东西，这么神秘？”

谢思妤不告诉他：“别问，反正你看了就知道了。”

周数和晚上下班回到家才想起这件事，他带上车钥匙重新下楼，拉开车门弯腰进去打开储物箱，只有一个白色信封是陌生的。

他愣了一下，原本准备拿上东西就走，随后改变主意坐进车里，打开车内灯，揭开封口，抽出里面的信纸展开。

她的字写得挺好，因为练字是他教的，看起来和他的笔迹有几分相似——

亲爱的数和哥哥：

这是我第一次以写信的形式与你交流，你猜一猜，这封信是什么主题呢？

哈哈哈，是你以前坚决不收的情书。不过，这次不是帮别人的忙啦。

你现在是什么表情？你这么聪明，又这么了解我，肯定一切尽在掌握中。但你肯定怀疑自己判断有误，我要告诉你——

我为什么将网名改成974？你知道974代表我们的名字。我为什么要把你的手机屏保设置成我的照片？这个行为有特殊意义。还有，我的私密相册有你的访问记录，你看见的，里面全是我们的合影。所以，你觉得我有什么小心思呢？

肯定是我喜欢你呀，数和哥哥。

你可不能像电视剧里的男主角那样说："我是你的哥哥，我把你当亲妹妹。"很狗血的。数和哥哥，你现在只需要考虑两个问题，第一，你喜欢我吗？第二，你愿意接受我的表白吗？虽然我很希望你的答案是yes，但我不能剥夺你说no的权利。

如果你的答案是yes，军训结束后，你来学校接我回家，给我一个大大的拥抱就OK；如果是no，那就当我没说过，以前我们是怎样，以后就还是怎样，我没心没肺，拿得起放得下。

以上，over。

好好
2009年8月18日凌晨1:23

原来收情书也可以很愉快，周数和看到"我没心没肺，拿得起放得下。以上，over"这两句时，不由自主地笑出声来，她连写情书都这么别具一格。他的目光又落到末尾的日期上，忽然就明白那日她说没睡够是什么意思。

车内灯光不够亮，因此显得周数和的五官线条更深邃，他俊朗的眉目完全舒展，脸上笑意涌动，与高中时期被女同学告白时的神态天差地别。

他忍不住重新读信，只看到开头那行"亲爱的数和哥哥"，心中就柔情四溢。

他几乎能想象出她坐在书桌前写这封情书时的情景，咬着笔头写一句改一句，不知道用了多长时间。记得以前学校运动会的广播稿她都要请班上的语文第一名帮忙写，写这个真是难为她。

她那样话多的性格，居然会选择用这种形式告白，周数和情不自禁地琢磨她的用意。

难以启齿绝非她的想法，最合理的解释是，她担心他面对面受冲击，所以尽管她并不擅长，但为了不让他失态，她才这样做。好好永远是热情烂漫，又天真善良的。

周数和陷入沉思。

很明显，他其实早就意识到自己受谢思好吸引，是那种女人对男人的两性吸引。

最初关注她发育成熟的身体，与她肢体接触时心中无法坦荡，而且，他一直知道她很漂亮，从小看到大也算免疫，可最近还是时常因她的一个笑容、一张照片失神，这不正常。更不正常的是，当他看到她与曾经追过她的男孩相聊甚欢时，他感到不舒服。

那晚梦到她，他格外狼狈，就算无血缘，也无任何法律羁绊，可同在一个屋檐下长大，都说不清自己到底是不是变态。周数和本以为自己会竭力逃避，却发现自己的心理素质意外的好，他居然很快接受了这份变质感情。

而这段时间他揣着明白装糊涂，就像她写的那样，他早就看清了她的小心思。周数和默默体会她的甜言蜜语——

“因为我喜欢你呀，数和哥哥。”

她喜欢他什么？她真的懂喜欢吗？她还没经历过感情，他也会担心她是否错把依赖当喜欢。

周数和在车里坐了许久，他看时间，现在还不到晚上八点，学校宿舍十一点的门禁，现在去见她还来得及。

接到周数和的电话时，谢思好正与室友聊得投入。她也算了解自己，还真是“没心没肺”，到了新环境，她忙着交朋友，根本没时间揣摩周数和的反应。

看到手机屏幕的来电显示“数和哥哥”时，她才想起自己送出的情书，心脏扑通扑通跳起来。她按下接听键，甜甜道：“喂，数和哥哥。”

周数和简洁明了：“现在到楼下来一下，我有话和你说。”

谢思好只觉不是坏事，问：“你要提前答应我吗？你怎么不按照我说的做？”

说着，她往阳台走，俯身出去看楼底。只见大榕树下站着一个熟悉的身影，她笑：“我看见你了。”

周数和抬起头，望着她宿舍的方向。她遥遥向他招手，他没想好怎么回答她前两个问题，说：“我也看见你了，你先下来。”

“等我，两分钟。”谢思好转身离开阳台，她挂掉电话对室友说，“我有点事出去一下。”

她欢快地跑下楼，朝周数和飞奔而去：“数和哥哥。”

周数和伸手做了个停下的动作，谢思好紧急停住脚步，没有如愿撞进他的怀里，她噘了下嘴：“你是来当面拒绝我的吗？我不是写得很明白吗？你不答应保持沉默就好了。”

周数和关心地问：“和室友相处得怎么样？第一次住宿舍还习惯吗？”

“都好，习惯。”谢思好敷衍，她睁着黑又亮的大眼睛注视着他，“你到底是什么意思？”

“你写的情书我看了。”周数和终于说这件事，他直奔主题，问出自己多日以来的疑惑，“我要确定一下，你对我的喜欢，真的是对男生的那种喜欢？”

“当然。”谢思好毫不犹豫。

周数和又问：“你知道什么是对男生的那种喜欢吗？”

谢思好还是说：“当然。”

周数和笑了一下：“那你说说。”

“你这是在变相地问我喜欢你什么？”谢思好神情狡黠地讲条

件，“是不是我说出理由，你就答应我？”

这时候周数和讲原则，他不为所动：“我听听看，再做一个判断。”

“我自己能判断，我绝对没有混淆，你放心。”

今夜天上挂着一轮皎洁圆月，零零散散的星星仿佛宝石，路边的灯光明亮，她脸上的自信一览无余。

不待周数和同意，她忽然反应过来，开心道：“我知道了，你刚刚没有否认，所以你也喜欢我。数和哥哥，你什么时候发现自己喜欢我的？必须回答，你已经回避我五个问题了。”

周数和愿意向她承认：“上个月。”

“你是怎么发现的？”谢思好激动，她乐于分析，“一定是我给你设置的手机壁纸起到重要暗示作用，我的照片拍得那么漂亮，谁看了都心动。”

她的眼睛亮晶晶的，格外漂亮。周数和此刻的心动更胜一筹，他顺着她的话说：“一部分。”

谢思好好奇：“还有另一部分呢？”

他当然不能说他梦到了什么，也抛出条件：“你先告诉我。”

谢思好却十分敢说，她省略更劲爆的内容，大胆道：“我梦见你了，我们很亲密，这个理由充分吗？”

周数和当下愣住，脑子里“轰”的一下，脸都热了。

谢思好催促：“你快判断吧。”

他回过神来，遵从内心抉择，朝她张开双臂。

谢思好立即明白，她钻进他的怀里，他收紧双臂：“这可是你自己说的，以后发现弄错了什么是真正的喜欢也没用了。”

她与他交颈相拥，如愿后的一颗心十分充实：“我有这么弱智吗？”

周数和失笑。

这里可是宿舍门外，距离门禁时间还有一会儿，不时有学生经过。虽然他们站的地方并不显眼，但也不算隐蔽，若真的做出过于亲密的举动，恐怕很快会被发上校园贴吧引发议论。

周数和有分寸，他放开她，又问回之前的问题："室友好相处吗？今晚第一次住宿舍，会不会失眠？"

谢思好牵起他的手，与他十指紧扣，点点头，告诉他每个室友来自哪里，她对她们的第一印象如何。最后她说："如果我今晚失眠，一定是因为你才兴奋得睡不着。"

"那我应该听你的建议，等到军训结束那天再来。"周数和故意道。

"可你好像一天都等不了，迫不及待来找我了。"谢思好得意扬扬，她决定不追问另一部分原因，"你就这么喜欢我吗？"

周数和拿她没办法，他并不是擅于将喜欢和爱挂在嘴边的性格，她却主动直白，他无法不回应，笑着"嗯"了一声。

谢思好听到满意答案，眉眼弯弯，问："现在几点了？"

周数和看时间："十点十分。"

"还有差不多一个小时，来得及。我突然觉得肚子有点饿，你陪我到食堂吃点夜宵吧。"谢思好只是在他提出分开之前抓住先机。

周数和的确想放她上楼，听她这样说，他改口："走吧。"

两人手牵着手，都没有不适应关系的改变。谢思好依然话多，向他讲述开学第一天发生的事情，周数和则嘱咐她军训要注意的事项。

后来他再送她回到宿舍门外时，距离阿姨锁门只有五分钟，四下终于没有学生经过。谢思好灵机一动，朝周数和勾勾手指："数和哥哥，你头低一点，我告诉你一个秘密。"

周数和不疑有他，他低下头，同时问："什么秘密？"

谢思好柔软的嘴唇飞快地碰了下他的侧脸，然后迅速跑进楼里，徒留周数和站在原地，回味那轻柔却清晰的触感。

过了一会儿，他收到谢思好的消息："你上当了，我对你没有秘密。”

谢思好开心地回到宿舍，室友们见她笑容甜蜜，好奇询问缘由，她乐于分享：“我追到喜欢的人了，他还在楼下，你们要看看吗？”

大家当然要看，急忙跟着她一起走出阳台，一个宿舍六个人并排趴在栏杆上，低头望下去。

周数和的穿搭风格一向简单，今日他身上穿的是白T恤、黑裤，即使从上至下的角度，他看起来依然是挺拔颀长的，夜色中，整个人有种清俊气质。

他虽面对宿舍大楼，但因低着头看手机，她们看不清他的面容，提出要求：“能不能让你男朋友抬头，让我们看看脸。”

这时谢思好手里的手机发出短促声响，她收到周数和的回复：“什么时候学会骗人的？”

谢思好扑哧一乐，她对室友们做了个“OK”手势，又将食指竖到嘴唇上“嘘”了一声：“我给他打电话。”

五个女生压抑着兴奋点头，热切地注视着她拨出号码。

屏幕上一跳出来电显示，周数和立刻按下接听键。

他笑问：“到了？”

谢思好声音欢快：“我在阳台上。”

周数和的目光准确投了上来，三楼其中一间宿舍的阳台上站了一排人，他第一时间对上谢思好的眼睛：“这是做什么？”

“让她们看看你。”谢思好大大方方道。

忽然，阳台和里面宿舍的灯光熄灭，整栋楼陷入黑暗，已到学校规定的就寝时间。她说：“数和哥哥，你快回家吧，军训结束后来接我。”

周数和温柔地答应。

室友们先进去，谢思好伸出手臂向他挥了挥：“拜拜。”

她目送周数和转身离开后才回到宿舍里面，室友们开了两盏台灯，她们对数和哥哥的外形高度肯定。隔着三层楼高的距离，她们意识到他是个大帅哥，却并未将他的五官瞧仔细。其中有一人隐约反应过来，问：“他是不是上午送你到宿舍的那个男生？”

谢思好点头：“就是他。”

那会儿见过周数和的两个室友比较有发言权：“他近看真的好帅啊，我们还以为他是你哥哥。”

“他确实是我哥哥。”谢思好说完发现室友们不约而同露出震惊表情，才明白她们产生了误会，解释道，“你们不要乱想，他是我爸爸好朋友的儿子，从小一起长大的哥哥。”

“这就是传说中的青梅竹马吗？”

“他大你几岁？大学毕业了吗？”

“你刚才说追到喜欢的人了，你怎么追的？”

“我们宿舍还有谁有男朋友？”

…………

这是六个女生认识的第一夜，大家对彼此都感到新鲜，躺在床上你一句我一句，久久睡不着。

尽管认识了新朋友，谢思好绝不会忽略她最好的姐妹，她一边和大家聊天，一边给程玥彤发 QQ 消息：“彤彤，数和哥哥答应我的告白了！”

远在首都的程玥彤也正与室友聊得火热，看到消息，她忍不住尖叫出声。她的室友们问她怎么了，她激动地说：“我最好最好最好的朋友谈恋爱了！”

程玥彤回复谢思好：“他怎么答应的？快告诉我！你不是说军训结束后才能知道结果吗？”

Chapter 10
如果这就是爱情

这边谢思好因女生的夜谈会睡不着，另一边周数和则因为谢思好睡不着。

周数和到学校找她完全是顺从自己的心意，回程路上难以平静，他心潮澎湃，时时不自觉笑出声来，甚至摸了几次被她吻过的脸，仿佛还能够感知那一刻。

夜里他回忆起这些年成长过程中的点点滴滴，心软软的，十足温柔。他想，谢思好真是他人生中的例外，就连最重要的择偶原则她都可以轻而易举地打破，可见她对自己的重要性。

不过想着想着，周数和心一凛，他该如何开口向长辈交代？

他们情况不同，若是自由恋爱，两个家庭毫无关联，倒可以等到感情趋于稳定再告知父母。他们的父母关系非同寻常，他们和彼此的父母也有很深厚的感情，这样重大的事情，他无法忽略他们的知情权。假如隐瞒着他们进行恋爱，好好年纪小没有责任，他则是没有责任感，一字之差，差之千里。

周数和越想越睡不着，他忽然想找个人试一试，于是给许思宁发消息：“睡了吗？”

许思宁不仅没睡，甚至还没有下班，回他：“还在改方案，怎么了？”

“什么时候改完？喝一杯吗？”周数和发出邀请。

“不改了，明天再弄。半个小时后，河东那家大排档，我们有段时间没一起吃夜宵了。”许思宁痛快地说。

周数和莫名其妙约酒，许思宁本以为他遇到难事，见面后却发现他神采焕发，显然心情很好。许思宁感到费解：“你不是有话和我说？单纯想喝酒？”

“有话和你说，先喝一会儿酒，你壮壮胆。”

“我壮胆？你壮胆吧？”

忙到现在，许思宁胃里很空，他垫了几口吃的，才与周数和碰杯。许思宁喝酒容易上脸，见他开始脸红，周数和说：“我和好好在一起了。”

“什么？”许思宁安静了片刻，逐渐变得惊讶起来，“你可以再说一遍。”

“我和好好在一起了。”周数和淡定重复。

许思宁想也不想：“禽兽！”

周数和不赞同：“我怎么就禽兽了？”

“对好好你也下得去手？”

周数和制止道：“什么叫下得去手？不要说得这么难听。而且，我叫你出来，是想听你骂我的？”

许思宁将酒杯递给周数和，他也不是真的骂周数和，只是这件事情太劲爆，一时颠覆他的认知而已。他看周数和替自己倒酒，恍然大悟：“上次我问你把手机屏保设置成好好的照片有没有那种意思，话还没说完你就否认了，那会儿你在心虚吧？”

这会儿周数和心里想的却是，就连许思宁都是这种一时难以置信的反应，谢书均、苏永莎恐怕更加无法接受。

第二日，周数和做好被骂得狗血淋头的心理准备，他请谢书均、苏永莎吃晚饭。

为了不影响他们的用餐心情，放下筷子后，他才紧张地郑重其事地开口：“谢叔叔、苏阿姨，我接下来说的事情，你们可能会很吃惊，但我还是要第一时间告诉你们，我喜欢好好，昨天晚上和她确定了恋爱关系。”

谢书均、苏永莎的反应完全在他意料之外，他们不惊反喜。

谢书均看穿事情本质：“是好好先开口的吧？她早就跟我们讲她喜欢你。”

周数和愣了愣，诧异：“好好跟你们提过？”

苏永莎笑：“前段时间她怀疑自己不正常，让我们陪她去看心理医生。要我说，你们想错了，正因为有从小一起长大的情谊才会喜欢上彼此。只要你们是认真的，我们没有道理不支持。”

“你苏阿姨是觉得，这些年我们栽培你也付出了不少心血，当女婿正好，便宜别人家，她觉得吃亏。”谢书均开玩笑，又告诉他，“还记得那次我问你喜欢什么样的女生，其实就是替好好问的。”

苏永莎补充：“说实话，只有你和好好在一起，我们才不用多余嘱咐什么，是完全放心的。”

谢书均接道：“该嘱咐还是要嘱咐，以前对好好有十分用心，以后就要变成十二分。”

周数和舒了口气，点头：“这是当然。”

谢书均又问他：“告诉你爸妈了吗？”

“我计划先征得你们的同意。”周数和坦言。

“你找个合适的时间跟他们说一说。”谢书均转头对苏永莎笑，“看来当初我们两家把房子又买到一起的决定再正确不过，也就隔着一堵墙，要是还觉得有距离，打通就好了。”

纪春、周清平得知后，两人想到前不久走出火车站时产生的诡异感觉，脑中只有六个字：居然不是错觉？

他们对谢思好喜欢至极，反复告诫周数和要对她好，尤其要负责任，絮絮叨叨交代许久，甚至连他小学毕业时，他们因为工作离开雁城时，都没有这么细心。

周数和不吃谢思好的醋，他给军训中的谢思好发了条信息："你对我真的没有秘密？"

晚上谢思好回到宿舍的第一件事就是看手机，数和哥哥果然会联系她，打开手机查看后她不太理解，斩钉截铁："我发誓！"

周数和忍着笑，故意逗她："我知道你对我有秘密，你可以好好回想一下。"

谢思好哪里想得到那么多，她早就忘了自己对父母演过一出戏。直到军训结束，她也想不出瞒着数和哥哥什么。

9 月 30 日，下午 4 点，周数和将车泊进校外的停车场，他往她的宿舍楼走去。

这时候的校园，正是学生出入的高峰期，周数和又穿了他升学宴上的同款打扮，丝绸质地的白衬衫，白色西装裤裤管宽松，衣摆自然垂坠，少年气十足，一路收获无数目光。当他停在其中一栋女生宿舍楼下时，大家了然，又是别人的男朋友。

她们不禁好奇是怎样的女生能拥有这样优质的对象，当穿着一条粉色 polo 板型连衣裙的谢思好跑出来飞奔向他时才解开了她们的疑问，原来是这段时间频繁出现在大一美女讨论版块里的呼声最高的艺术学院舞蹈系的谢思好。

这次周数和没有喊停，她如同很久以前第一天上幼儿园那样，如一颗粉色炮弹扑进他的怀中。他结结实实地接住她，抱了片刻放开，一只手接过她手中的行李袋，一只手牵着她离开。

谢思好吃了一个月的食堂，周数和带她去改善伙食。车上，谢思好问："数和哥哥，你说的秘密到底是什么？我想破脑袋都想不出。除非，"她顿了一下，"只有唯一一个，你确定要知道？"

周数和看她一眼："哪一个？"

谢思好促狭道："其实我做的那个梦，内容少儿不宜。"

周数和握着方向盘的手紧了紧。

"数和哥哥，你脸红了！你害羞了吗？"

调戏了周数和一番，谢思好心情大好，她欢快地笑出声来。

只不过吃完饭回家，谢思好为自己的撩拨付出代价。数和哥哥说时间还早，叫她去他那里看会儿电影，她欣然同意。没想到一进门，他放下行李袋，趁她换鞋时不备，抱起她放在玄关柜子上坐着，他平视着她的眼睛："洗耳恭听，你的梦怎么少儿不宜？"

谢思好吓得一只脚上的拖鞋滑落在地，发出"啪"的一声。

他的双眸深邃，里面浮现揶揄笑意。谢思好一张脸慢慢变得烫起来，试图跳下来，被他按住肩膀。

周数和逗她："你也知道害羞？"

谢思好瞪他一眼，心跳得飞快，似乎快要蹦出身体。她硬着头皮说："我的字典里没有'害羞'两个字，不就是……"

他忽然前倾过来封住她的嘴唇，又微微退开，一秒后重新覆上去。谢思好大脑宕机了一会儿，然后闭上眼睛，双臂环上他的脖子。

周数和一只手搂她的腰，一只手扣她的后脑勺，他在她的唇上辗转流连，两人呼吸交缠着，动情拥吻，分开时，两双眸子又黑又亮，里面映着彼此的模样。

谢思好还搂着周数和的脖子，她一颗心狂跳着，要收回自己刚才的豪言壮语——"我的字典里没有'害羞'两个字。"

如果数和哥哥摸她的面颊就会知道，她的脸滚烫极了。

谢思好的脸上已经有了粉红颜色，她忽然感到无法直视周数和深黑的双眸，于是伸手捂他眼睛："数和哥哥，你不要这么看我，我有点不好意思了。"

周数和低低笑出声："你的字典里不是没有'害羞'两个字吗？"

他的睫毛扫过手心，谢思好觉得痒痒的。她悬在半空中的脚轻轻晃了两下，能言善辩：“更正一下，2009年9月30日新增版，有‘害羞’两个字了。”

她放开手，并且推了推周数和的手臂，从他的禁锢中挣脱开来，跳下柜子，踮起脚钩了拖鞋穿上往里面走：“看什么电影啊？”

周数和跟在她身后说：“你先打开电脑找，我给你洗葡萄。”

谢思好进了书房，她随便选了一部喜剧电影，等到周数和进来时，才按下播放键。

两人坐在电脑前，她吃了一会儿葡萄，擦干净手，抱住周数和的胳膊，很自然地靠在他肩头上，不时因为电影中的无厘头片段发出清脆的笑声。

周数和看得并不投入，但他十分享受这个时刻，当她用鼠标点屏幕查看进度条的时候，才知道时间过得这样快，只剩最后十分钟了。

电影结束的画面是男女主角相拥而吻，谢思好忽然语出惊人：“数和哥哥，你梦到过和我接吻吗？”

即使两人已是通过家长那关的情侣关系，不知为何，周数和依然莫名觉得自己不够光明磊落，他一时不太自然。

谢思好直起身，转脸看他，会意道：“你梦到过！”

周数和显而易见的发窘，他转移话题：“你为什么让苏阿姨带你去看心理医生？”

“什么心理医生？”谢思好问，但不待周数和回答，她便知道他说的是哪件事，迅速反应过来，“妈妈出卖我！她怎么连这个也说？我知道了，数和哥哥，你是不是告诉他们我们谈恋爱了？难怪一个月不见，今天一个电话都没有。还有，你说的秘密就是这个吗？”

周数和“嗯”了一声，他探寻她的心理历程：“你真的那么想过？”

谢思好点点头：“但是告诉妈妈的时候，我早就想通了，我是故意这么说的。”

“你怎么想通的？”

“你还记得有一个星期天晚上，你问我怎么没有给你打电话吗？”

周数和当然记得，当时他发现谢思好不对劲，连着一周，一通电话也没有打给他，她的回答是练舞没有时间。

“那之前我总是梦见你交了女朋友就对我不好，后来不知道为什么我就变成了你的女朋友，我吓死了。但逃避了一段时间，我发现没用，就接受了喜欢你的事实。难道你刚意识到喜欢我的时候没有怀疑过自己吗？”谢思好问他。

周数和认真看着她：“说实话，挺怀疑的。”

谢思好乐不可支，说：“都怪我们感情太好了，以前心里真的以为你是哥哥我是妹妹，还好我们都不是死脑筋的人，知道及时转变观念。”

什么话到了她口中都变得别具一格，周数和眉眼柔和，他眼里只有她，肯定道：“你说得有道理。”

眼里只有她的周数和看起来十分迷人，谢思好觉得自己可能真的是色女，她又想和他接吻。

“数和哥哥。”谢思好叫他。

周数和问：“怎么了？”

“我们可不可以再亲一次？我想再体验一下。”她的清澈圆眸中流露出跃跃欲试的意思。

周数和错愕的同时，目光不由自主地移到她粉嘟嘟的唇瓣上。他无法拒绝这份诱惑，转过电脑椅的同时，伸出一只手扣住她的后颈，另一只手拉着她的电脑椅防止滑动，再一次吻了上去。

谢思好即使做了心理准备也仍然心悸，全身有种过电的感觉。周数和松开电脑椅，将谢思好抱了过来。谢思好分开腿跨坐在他身上，最后她气喘吁吁地倒在他的怀里。

她想，一会儿回家要发信息告诉彤彤，她变成实战派了。

程玥彤回过来一串尖叫，由衷地感叹："你们这是坐火箭的速度！实战的感觉如何？"

谢思好已经洗完澡，她正在吹头发，暂时关了吹风机，拿起手机输入文字："我喜欢！我们今天晚上亲了两次！"

"蜻蜓点水还是法式热吻？"

"肯定不是蜻蜓点水啦，但数和哥哥还是比较克制的。"

"你想数和哥哥克制还是放肆？"

"我都可以，来者不拒。"

"哈哈哈哈哈哈……"

她一边和程玥彤聊天，一边断断续续地吹头发，半个小时后才走出浴室，两人的对话还没有终止，程玥彤叫谢思好注册微博账号。

"什么微博？"

"我发一个网址给你，好像是这个月才火起来的，请了好多明星做推广，我感觉还挺好玩的。"

于是这晚谢思好注册了一个账号玩了一会儿，睡前她决定记录一下自己的心情，写道："恋爱第 30 天，初吻快乐！"

国庆节第一天，谢思好居然不能放假，因为她要去上课——驾照的科目一理论学习，必须完成课时任务。

早晨周数和到她家一起用餐，九点钟签到，现在已经八点，她还没有起床。谢书均、苏永莎各敲一次房门，得到的都是"再睡两分钟"的回答，于是将这个任务交给周数和。

周数和走到她卧室前，抬手轻轻叩门："好好，还没有起来吗？"

隔了一会儿，谢思好才回答，她声音软绵绵的："数和哥哥，我起来了。"

他等在门外，大概过了两分钟，里面毫无动静。周数和误以为她又睡着了，他拧开门把手推开门，刚要走进去，就被眼前的景象惊呆了，生生收住脚步。而谢思好瞪大圆圆的眸子，她急忙拉了腿上的薄被掩在身前，羞恼道：“我都说了我起来了！”

“我不是故意的。”周数和飞快地把门关上，眼前仿佛还有刚才的一幕：少女从床上坐了起来，正在穿内衣。他一时感到口干舌燥，平复了下怦怦乱跳的心，尴尬地说，“时间快来不及了，你别磨蹭。”

“马上。”谢思好彻底清醒过来，一大早就这么刺激！这下子真的困意全无！她拉开薄被，低头看了下自己的身体，幸好她反应迅速扣上背后的暗扣，不至于完全暴露。她安慰自己，没什么的，他们本来就是男女朋友，而且以前夏天游泳时，他又不是没有看过她穿比基尼。

她火速套上一件宽松T恤，再穿上一条阔腿裤。这样穿并不会压身高，反而显得她个子很高。她正处于胶原蛋白满满的年纪，漱口后随意洗了把脸，用毛巾盖在面上吸干水，挖了面霜点在额头中央、两边脸颊，还有鼻尖和下巴上，对着镜子抹匀就搞定。

谢思好往餐厅走，正好碰到周数和捧着粥从厨房出来，两人目光对上，不约而同想到刚刚发生的一幕，只是他们都避过不提，她笑嘻嘻地问：“需要我做什么吗？”

他暗暗松了口气：“你去拿碗筷。”

“好。”她进了厨房，跑去从背后抱了苏永莎一下，“妈妈，你还在做什么？”

自从谢思好上大学后，家里暂时不再用阿姨，谢书均、苏永莎很少回来吃饭，有时候他们也愿意自己动手下厨。

“我切一点泡菜。”苏永莎回头看了她一眼。

“妈妈辛苦了。”谢思好放开她，从橱柜里数了四个碗拿出来，又取了四双筷子。

吃过早餐，周数和开车送谢思好到驾校，中午他要到爷爷奶奶家吃饭，而她也有谢家的大家庭聚餐。

谢思好只上半天课，中午她自己打车到二爷爷家。老院子拆迁后，奶奶和二爷爷得到的置换房就在同一栋楼，因为祖奶奶跟着二爷爷住，逢年过节，都在二爷爷家吃饭，已形成一个惯例。

家中四世同堂，祖奶奶再过两个月就到九十高寿，大家讨论如何操办庆祝，重要的部分商定好，又聊到几个小孩。

谢思好是最大的一个，二叔家的谢思齐和小叔家的谢思逸都是千禧年生，今年才九岁。他俩的性格都像爸爸，思齐小小年纪已有稳重样子，门门功课一百分，属于“别人家的孩子”。而思逸则十分外向，调皮捣蛋，已有给同桌小女生写信的壮举。

她逗了一会儿两个弟弟，觉得很无趣。自己的年龄最尴尬，既不能与爸爸妈妈、叔叔婶婶聊到一块儿，也与弟弟们有代沟，他们爱看的电视节目，她觉得一点都没意思。以前还能去附近的彤彤奶奶家找她玩，今年程玥彤在首都没回来，她只好电话“骚扰”周数和。

在家人们的概念中，只要正式参加工作，便意味着可以当作大人看待。所以吃完饭没多久，周数和便被拉上牌桌，并被问及是否交女朋友的事情。

他与谢思好确定恋爱关系的时间不长，目前只告诉了爸妈。周清平、纪春嘴紧，也未说出来。

面对询问，周数和点头承认：“我有女朋友。”

长辈关心的问题都很一致：“谈多久了？她今年多大？是哪里人？”

“你们见过，应该都有印象。我初高中的时候住在爸爸好朋友谢叔叔家里，他的女儿好好，九月份刚上大学。”

大家对谢思好的印象需要追溯回四年以前周数和升学宴当天，虽然时间比较久，但他们还真的记得，很漂亮的一个小姑娘，性格十分讨喜。

他们开他玩笑：“以前你爸妈还说你是谢家的半个儿子，现在看来真没错，一个女婿半个儿，这算先见之明吗？”

周数和笑笑未接话，这时他手机响起，他看了眼屏幕，眉眼柔和。

谢思好问他："数和哥哥，你现在在做什么？"

他也问："有什么事情吗？"

"我好无聊啊，你要是没事的话，带我出去玩吧。"

"你想去哪里玩？"

"约会当然要去游乐园啦！"

周数和笑了一下："好，我来接你。"

谢思好却觉得浪费时间，说："我自己来，咱们游乐园见。"

谢思齐、谢思逸一向喜欢姐姐，思逸耳尖听到，他要求："姐，我也要去游乐园。"又问谢思齐，"你想不想去？"

谢思齐点点头："我也想去。"

两人眼巴巴地望着谢思好，一副极期待的样子，她无法拒绝。

既然要带两个电灯泡，她不介意再增加一员，小姑姑家的妹妹是程玥彤的堂妹，节假日团聚他们也回来了，她打电话去问："小姑姑，晗晗想和我一起去游乐园玩吗？思齐、思逸都要去。"

妹妹和她的性格如出一辙，踊跃响应："我要去！"

谢思好一手牵着刚上一年级的妹妹，还有两个上三年级的弟弟，接受家长们的嘱托："一定要看好弟弟妹妹。"

弟弟妹妹们也被叮咛："必须时时刻刻跟着姐姐。"

谢思好保证："你们就放心吧，我不会把弟弟妹妹弄丢的。"

说完觉得这话似乎有点耳熟，直到见到周数和，她才想起来，以前他接受领她回家的任务时说过！

因是女朋友召唤，周数和顺利从牌桌脱身，当他见到谢思好一拖三的画面，感到错愕，不是约会吗？

弟弟妹妹们都认识他，晗晗嘴巴最甜，脸颊绽放可爱梨涡："数和哥哥！"

思齐、思逸也懂礼貌："数和哥哥。"

谢思好看出周数和的惊讶，她笑："思齐、思逸要跟来一起玩，所以我把晗晗也带上了。我们任务艰巨，一个也不能弄丢。”

谢思逸说：“姐，你看好晗晗就行，我和谢思齐就算走丢了也知道怎么回家。”

谢思好听他如此“嚣张”，立刻拉了他胳膊拽到身边：“尤其要盯紧你，不许乱跑，要是敢离开我的视线半步，以后休想我再带你出来玩。”

显然谢思逸很享受姐姐的“威胁”，他毫不反抗，并且逗她开心：“放心吧，我肯定寸步不离跟在你身边，厕所我都不去上，我憋着。”

谢思好乐道：“你少贫嘴。”

游乐园里刺激项目较多，谢思齐、谢思逸并不害怕，他俩跃跃欲试，只是谢思好很有原则地没有答应，只允许他们玩十二周岁以下儿童能够玩的项目。

小孩子精力充沛，从水上乐园出来，又提出要玩碰碰车，周数和没有进去，站在外面看他们。思齐、思逸一人开一台碰碰车，谢思好带着晗晗坐双人碰碰车，三辆车满场转圈，故意“追尾碰头”，笑声肆意飞扬。周数和看着谢思好快乐的样子，拿出手机拍了几张照片。

在外面吃完晚饭才送他们回家，后座的三个人不知疲倦，你一言我一语的，叽叽喳喳说个不停。谢思好回头看了一眼，趁他们不注意，偷偷把手伸到周数和的大腿上放着，掌心向上示意他牵。

周数和笑笑，空出一只手与她十指相扣，半分钟后才放开，重新握住方向盘。

依次把他们安全送到，等到车里终于只有两人，耳边清净下来，谢思好才感叹：“数和哥哥，以前你去哪儿我都要跟着，你有没有觉得很麻烦？”

下午的时候，三个小孩一会儿要玩这个，一会儿要吃那个，一会儿还要买玩具，要求非常多，简直是她幼儿时期的翻版。只照顾了半天，她就感觉累得要虚脱了，真是一件体力活。

周数和对谢思好刮目相看，她现在很有姐姐的样子，对待弟弟妹妹大方又充满耐心，跟他们也玩得到一块儿去，难怪受欢迎。他又想到她小时候，总爱当他的小尾巴，模样可爱惹人喜欢，有时她没有跟在身边，以许思宁为首的朋友还会特意问一句“好好呢”。

“不麻烦，习惯了。”周数和回答道，又问，“怎么，你觉得麻烦？”

谢思好“唉”了一声：“本来下午应该是我们正式的第一次约会，你不觉得可惜吗？”

听她叹气，周数和忍不住摸摸她的脑袋，哄道：“今天下午不算，明天上完课你想去哪里？”

谢思好果然开心起来，眉飞色舞道：“我们去爬石泉山吧，秋高气爽，登高好时节。”

周数和点头：“好。”

“数和哥哥。”谢思好有问题问他。

“嗯？”

“我有一次做梦，梦到你和女朋友来游乐园玩，我没有眼力见跟着你们，你女朋友不太高兴，现在我能够理解她的心情了。当时我还故意和她唱反调，想想挺愧疚的。”谢思好说。

周数和心想，她的梦简直花样百出。

“一个梦而已，你还愧疚上了？”

“当然，我一向勇于承认错误。”

周数和笑出声来。

“数和哥哥。”谢思好侧过身体，笑盈盈地看着他。

周数和觉得她又要讲出令他啼笑皆非的话，但他很想听。

“什么事？”

“那时候你和梦渝姐姐约会，我中途跑来打扰你们，是不是很煞风景？”她忽然就想起这件事来。

其实那会儿他压根没有这样的想法，他和赵梦渝都不是十分外向的性格，刚在一起也比较放不开，她的到来，反而活跃气氛。但他故意道："有一点。"

谢思妤："那时候你怎么不说？"

"那时候你也没有问。"他心情放松，体会到与她言语过招的乐趣。

谢思妤"哼"了一声，转变思路，说："你可是我的初恋，但我就不是你的初恋。"

周数和还真没料到她会冒出这么一句话，他一时不知道怎么回应。他不能提前料知后事，无法避免在合适的年纪动心。

谢思妤见他收了笑，得逞了："没办法，谁让你比我大四岁呢，而且梦渝姐姐那么优秀，看在你眼光不错的分上，我就既往不咎。就是不知道梦渝姐姐知道你现在的女朋友是我，会是什么心情？"

"你很介意？"周数和开着车，他目视前方，这样问她。

谢思妤摇摇头："我只是有点好奇，梦渝姐姐、思宁哥哥，还有你所有认识我的朋友，他们知道我们在一起了会是什么反应，大家肯定都特别惊讶。"

"思宁已经知道了。"

"他怎么说的？"

"他骂我是禽兽。"周数和拿出来调侃，他的本意只是想缓和一下气氛。

谢思妤却急道："思宁哥哥怎么能够这么说！"

他赶紧说："他开玩笑的，不过他的确很惊讶。你的朋友呢？他们惊讶吗？"

"彤彤早就知道我喜欢你，她非常支持我。李星成、沈嘉商不发表意见，他们只需要接受事实就行了。不像思宁哥哥，说得那么严重。"

周数和只得再次强调："他真是开玩笑的。"

谢思妤心生一计："什么时候我们请思宁哥哥出来吃饭吧。"

他不解："为什么？"

她想想见面的场面就感到乐不可支："我也想看看思宁哥哥惊讶的样子，肯定很有意思。"

周数和决定给许思宁提个醒，许思宁似乎需要想想怎么解释脱口而出的那一句"禽兽"。

雁城虽不算很大，但也不小，弟弟妹妹们各住一个地方，依次送了他们，再回自己的家已经很晚，将近深夜十一点。后半程她连打哈欠，到了门前，周数和让她早点睡觉。

四下无人，谢思好向周数和走了一步，微微仰脸，暗示他："好像少了一个情侣分别的仪式。"

周数和顺势低头啄了下她的唇，笑说："晚安。"

谢思好抱他，察觉到她的手臂缠到他的腰上，周数和便继续亲吻。好半晌，两人黏在一起的嘴唇才分开，谢思好钻进周数和的怀里，她的脸靠在他的肩头，甜蜜地笑着回味。

于是睡前谢思好打开微博，更新她的发现："原来接吻会上瘾。"

程玥彤在线，她很快写下评论："实战经验又 +1。"

隔壁。

电商部门实行轮休制，办公室每日都有人。周数和回到家里，打电话询问几句网店的流量情况后才去洗漱。睡前他看了一会儿下午拍的照片，有一张谢思好戴着在游乐园里买的花环，骑在旋转木马上笑容璀璨的照片，他很喜欢，主动换成屏保。

第二天早上周数和依然叫谢思好起床，有了前一天的教训，他敲门得到她的回应后便离开。

下午爬山，谢思好穿着休闲，一套白色的短款运动套装，头发扎成高马尾，形象青春靓丽。

周数和将她送到驾校，他先去了一趟公司处理了一点公事，时间差不多了再开车去接她。他早到两分钟，坐在驾驶室等她出来。

谢思妤身边跟着一个和她年龄相仿的男生，对方十分主动，看得出来他对她很有好感，这是追求者展开行动之前的一个信号。这方面谢思妤还算有经验，他的行为都不出格，她维持基本的社交礼仪，直至她看到周数和的车，笑着告诉他："我男朋友来接我了，拜拜。"

男生明显愣了一下，他反应过来回答"拜拜"时，谢思妤已经拉开一辆黑色轿车副驾驶座的车门，随即坐进去。他看到车里的男人转过头向她笑，男人长得极英俊，他自愧不如。

周数和当然注意到刚才的一幕，他没有在意，一边问她"想吃什么"，一边发动车子驶出去。

中午简单用完餐，两人去超市买了水、零食、湿纸巾等必备物品，驱车前往石泉山。她挂着相机轻装上阵，他则背着包负重前行，一路走走停停，四个小时后抵达山顶。

这时候正是傍晚时分，夕阳染红半边天，这是一日之中最波澜壮阔的景象。谢思妤本已累极，见此情景，疲惫一扫而空，立刻拜托陌生人帮忙拍照。他们紧密依偎在夕阳里，她抱着他的腰，他搂着她的肩，面对镜头露出幸福又温柔的笑容。

十月初，天还有一会儿才黑，两人不急着坐缆车下山，山顶有卖吊床的，周数和买了个双人的，他们寻了两棵粗壮的树，按照操作说明绑好后，一起躺上去。

谢思妤的头枕在周数和的手臂上，她的一只腿搭在他的腿上，看着头顶晃晃悠悠的绿影，以及层层叠叠枝叶空隙里漏出来的旖旎天光，心情放松后竟觉有点困。

周数和见她闭了双眼，他也跟着合上眼睛，天色慢慢变暗，树林中更黑两分。他们都未睡深，很快醒过来，周围的人几乎全离开了，借着夜色掩盖，还有吊床防侧翻加宽设计的包裹布料，他对上她亮晶晶的漂亮眸子时，情不自禁吻了过去。

忽然吊床急剧晃了一下，是他们翻身侧躺拥在一起，唇舌缠绵之际，谢思好忽然感到他身体的异样，她蒙了一下。这时周数和松开她，两人重新平躺，皆轻轻平复呼吸，吊床晃动的幅度也渐渐变小，他们起来收好物品下山。

晚上睡觉前，谢思好想起爬山时拍的照片，她导到电脑里，看见自己和数和哥哥的合照感到很喜欢。没什么文学功底的她忽然想到一句诗，她抱着一种记录的心情在微博发出这张合影，写道："有人与我立黄昏。"

她的微博尚只有程玥彤一个粉丝，程玥彤与她一样没有什么文学功底，在评论里尖叫："啊啊啊，好般配！"

当谢思好过了一晚打开微博，发现她的粉丝数变成了"11"，多了六条新消息，有五个赞，一条评论："恋爱太美好了！"

谢思好收到陌生网友的夸奖，心里甜滋滋的。她爱上分享与数和哥哥的点点滴滴，没想到竟因此收获了几百个粉丝。

上了大学，谢思好依然有早晚功，大一年级的课排得比较满，只有星期五下午没课，这时候到了周末宿管不查房，她便可以回家。

这周五上午，上完最后一节英语课，谢思好拜托室友帮她将教材带回宿舍，她打车直奔公司。周数和知道她要过来，留在办公室等她一起吃午饭。她到了没有进门，站在外面笑盈盈地朝他招手："数和哥哥！"

周数和正认真看着电脑里的文件，面上没有什么表情，听见谢思好的声音，眉眼立刻变得柔和。他笑着望出去，见到她眼前一亮。

今日谢思好完全是恋爱中女生的打扮，身穿粉色的格子短裙，因为体态优美，她无惧吊带款式，同时也将肤白腿长的优势发挥得淋漓尽致。她少见地没有扎头发，乌黑浓密的秀发看起来如柔顺光亮的绸缎，让人忍不住想摸一摸。

周数和放下工作朝她走去，他摸摸她的头，带她出去用餐。

刚好这会儿是大家吃完午饭回办公室的时间，他们碰到了产品部的同事。他们有一段时间没见到谢思好，以为她来拍秋季新品。

上次她拍了几套衣服，带动销量后，几个部门的同事不约而同向周数和提出建议，他们想让谢思好来当店里的专属模特，她适合多种风格。

周数和一直没有找到合适的机会和谢思好说这件事，现在被下属问到，他也顺势问她："你想不想再试试？但这次数量多，会拍很久，很辛苦。"

谢思好答应道："我特别能吃苦耐劳，但之前那个模特姐姐怎么办？"

"她没有跟我们独家签约，你想再试试？"

谢思好点点头。

周数和便让产品部的人叫上摄影师一起准备一下，下午两点开始拍摄。

网店销售模式刚发展起来，大家都没什么经验，还处于摸着石头过河的阶段，常常出现这样的突发状况，导致手忙脚乱。不过，这并非坏事，团队就是通过处理这些突发状况成长起来的，团队凝聚力也是这样培养出来的。

十月的雁城还很热，温度接近30℃，摄影棚内条件简陋且封闭，谢思好在拍摄过程中汗流浃背。周数和下午有别的事情，当他结束手里的工作时已经快到晚饭时间，来的时候正好看见谢思好站在吹风机前，开了最大挡风，呼呼对着脸吹。

他不由得想到小时候家里没有空调，夏日傍晚放学回家，她热坏了，进门第一件事就是打开风扇朝脸吹，也是这样的情景。

听到有人和周数和打招呼，谢思好回过头，她也立即想到以前数和哥哥并不允许她这么做，自觉地后退几步。

摄影师拿着相机拦下周数和，谢思好也被产品部的同事叫去换下一套衣服，两人一时竟没有说上话。

由于赶着上新，这日拍摄到深夜，晚上只抽空吃了两口饭，到最后，谢思好感觉自己都变得机械化了。

晚上周数和一直陪在这里，他作为管理者，需要顾全大局，并不因为她是谢思好而中止拍摄任务。

谢思好也并不因为自己是谢思好而延误工作进度，小时候初学舞蹈，数和哥哥教会她两个道理：第一，挣钱不易，应该珍惜任何人的劳动成果；第二，做事不能半途而废，必须有始有终。这些年她一直记得很牢。

中途谢书均、苏永莎还特意来看了一下，不过他俩没待多久就离开了。等到终于可以收工时，谢思好松了口气，开心下班。

她的小挎包放在周数和的工位上，两人回办公室取，谢思好挽着他的胳膊邀功："数和哥哥，我表现的还行吧？够吃苦耐劳吧？"

周数和由衷夸奖："你表现的比我想象的还要好。"

谢思好得到他的表扬，笑道："真的吗？我还以为你会担心我不想拍了呢。"

"你不会。"周数和语气笃定，半开玩笑半认真地说，"也许吃苦耐劳这方面，我不如你。"

寒来暑往，十年如一日练舞、练琴，哪怕只是把它们当作一种兴趣爱好，但凡她没有毅力，都做不到。

谢思好古灵精怪："我知道了，数和哥哥！"

周数和宠溺地看着她。

"你在给我戴高帽，这下我非当这个模特不可了。"

他眼中带着笑意："我也知道了。"

谢思好也转过脸，对上他深邃的眼睛，疑惑道："你知道什么？"

周数和说："知道你越战越勇。"

她笑了一会儿，说："数和哥哥，我认真考虑了一下，既然我当模特可以增加销量，我愿意做这件事。虽然坐享成功的果实很幸福，但是一起付出会更加有成就感，你觉得呢？"

他脸上显而易见的动容，前段时间只意识到她年龄与身体的成长，此时此刻出自心理层面上的感慨："我觉得你长大了。"

"我当然长大了。"谢思好故意道，"不然你就要对我避之不及了。"

谢思好见周数和失语，她得意地笑出声来。刚好他们经过一间会议室，他拉她到黑暗中，掩了门，与她挨肩擦脸："说得很有道理。"

他低声说，却深深吻她，比之前的几次都激烈。谢思好被他抵在墙上，承受着他热切的攻势，心尖颤颤，双腿发软，一时之间毫无反击之力。后来他慢慢变温柔，她才有了一点主动权，两人缠绵缱绻地吻了许久，分开后一秒，又若即若离碰了碰，他的鼻尖抵着她的，问："真的想清楚了？"

谢思好还沉浸在热吻的余韵里，声音如水般柔："什么？"旋即又反应过来，"哦"了一声，说，"想清楚了。"

于是谢思好在整个2009年下半年都很忙，除了学业和学车，她还要当自家公司的网店模特，几乎没有什么空闲时间。

周数和今年选择电商创业，实实在在地站在了风口上。这年的11月11日，网站打出了首个光棍节5折的促销活动，参与的商家不足百分之三十，周数和是大胆的参与者之一，从平台五千万总销售业绩中分得一杯羹。谁都没有预料到这次活动的流量会这么大，二十四小时七位数的销售额使得电商团队振奋不已，仓储物流部几乎加了半个月的班才松了口气，公司因金融危机造成的困境完全不复存在。

年末谢思好也参加了公司的庆功宴，当晚公司包下整个酒楼，一百多号人坐满大堂，极其热闹。

谢书均、苏永莎、周数和三人喝了不少酒，尤其周数和，一方面他确实做出了业绩，另一方面他年轻又没架子，不时有人来敬他，饶是他酒量不差也有些吃不消，最后喝醉了。

谢思好已经拿到驾照，她没有喝酒，开车载他们回家。

到了门前她不放心周数和，对爸爸妈妈说：“我去给数和哥哥冲一杯蜂蜜水。”

苏永莎教她：“蜂蜜放多一点。”

谢思好点头。

谢书均心大：“他还从来没有这么喝过，你多照顾一会儿，看他睡了再回来。”

提到这个，谢思好埋怨：“爸爸你也不拦着点。”

谢书均乐道：“今天这么高兴的日子，正应该不醉不归。”

旁边周数和配合说：“对，今晚大家都喝得很高兴。”

周数和没有很醉，行动没迷糊，进门自己换鞋，径直走进客厅。他坐到沙发上，还知道用遥控器打开空调。

谢思好则进厨房冲了一杯浓蜂蜜水出来。周数和一口气喝光，谢思好从他手里拿过杯子放到茶几上，问：“你现在难受吗？”

周数和摇了下头说：“我没事，还没到很难受的程度。”

谢思好又问：“那你想不想睡觉？”

周数和意识是清楚的，但清醒的时候又不会做这样的事，他拉了下谢思好的手，要求道：“你陪我一会儿。”

谢思好坐下来，他顺势将头枕到她腿上，闭上眼睛。这是谢思好第一次照顾人，她垂下眼眸看着数和哥哥略带红晕的英俊面孔，问：“你头晕吗？我帮你按摩一下。”

周数和“嗯”了一声。

她的手指放在他两边的太阳穴上轻轻揉，目光温柔地注视着他。数和哥哥不管从哪个角度看都很迷人，今晚他的嘴唇格外红润。他好一会儿没有说话，谢思好以为他睡着了，低头吻他。

周数和被谢思好按得很舒服，迷迷糊糊的，感觉到她停下来，正要问她是不是累了，结果嘴唇覆上一片柔软温热。他没有任何犹豫，反客为主。他刚喝了一大杯蜂蜜水，呼吸间有淡淡酒味，嘴里却是甜的。

谢思好回到家已是半个小时后，刚才的吻有些失控，她将大衣捂得严严实实的，用头发遮挡脖颈。谢书均、苏永莎已回卧室，她松了口气，提高声音道：“爸爸、妈妈，我回来了！”

通知他们后，她迅速跑进自己房间，锁上门，随手脱下大衣扔到床上。她走进卫生间，打开灯看镜子里自己的模样。脸颊粉嫩，嘴唇红肿不堪，她抬手将头发绾到脑后左右检查，脖子上倒没什么痕迹，她不禁摸了摸，回忆起刚才的动情时分，面红耳赤。

Chapter 11
我与你环环相扣

春节将至，这年周清平、纪春在向阳镇大手笔准备年货，买了许多香肠、腊肉、土鸡、土鸭，乘车不便，周数和开车去接他们，谢思好放寒假也挺闲，她主动提出一同前往。

十年前他们坐绿皮火车，沿路停靠多个站台，要坐足足五个小时才到站。不过短短十年，社会快速发展，交通四通八达，高速路节省一半时间不止，沿途风景陌生，但眼前的小镇却很熟悉，谢思好脑子里涌出那时的点滴小事，不停与周数和回忆。

这天是腊月二十九，周清平、纪春下午五点才正式放春节假，所以周数和、谢思好也是下午五点才到。本以为装上他们的行李、年货就可以返程，赶回雁城吃晚饭。没想到周清平、纪春不敌盛情邀请，临时被拉去吃一顿晚餐，他们问了谢思好、周数和的意见，两人不想去，于是将钥匙交给周数和，让他们自己回家做饭。

还是那栋家属房，三层高的楼，绿色的门褪了色依然好看，里面的客厅一副主人即将出行的状态，打包好的年货整整齐齐地摆着，墙面依旧上白下绿，水磨石地板被拖得十分亮滑。当然也有改变，房间里安上了空调，彩电、冰箱一应俱全，标志着生活水平的显著提高。

“我们吃什么？”谢思妤问周数和，她根本不会做饭。

周数和会做的食物也有限，他打开冰箱，选出不会出错的食材：“西红柿鸡蛋面可以吗？”

她点头同意：“非常可以。”

周数和在厨房里忙碌，谢思妤给爸妈打电话，告诉他们计划有变，今晚可能不回家了。

谢思妤多说了几句，西红柿鸡蛋面的香味就飘了出来，这时她眼尖看到阳台上养了一盆葱，掐了几根洗净切碎。红黄绿三种颜色的搭配，看起来格外有食欲。她吃了一口，朝他竖大拇指：“有点水平。”

吃完整理妥当后，周清平、纪春还未回来，看样子一时半会儿无法结束，不用想都知道他们肯定喝了不少酒，明早才能回雁城。

向阳镇的煤矿每年交税十几亿，当地经济繁荣，新年佳节，小镇张灯结彩，装饰得异常美丽。周数和牵起谢思妤的手，两人决定出去走一走。

在街上碰到李星成，谢思妤没有很意外，不用问也知道他回奶奶家过年。反而李星成比较惊讶，看着她和周数和扣在一起的手，问道：“你和数和哥怎么在这里？”

周数和注意到李星成目光的细微变化，第一次以男朋友的身份面对她的朋友，他心中也不是十分坦然，面上没有表现出来，回答了他们来向阳镇的目的。

“你们这么快就见家长了？”李星成问完意识到说法不对，补充，“我的意思是，你们这么快就告诉家长了？”

谢思妤得意道：“当然，我们第一时间就上报了，并且得到了他们的支持，羡慕吧？你想彤彤带你回家，至少等到大学毕业。”

“别炫耀了，我好像也没有着急。”李星成说。

谢思妤哈哈大笑起来，三人聊了一会儿才分别。他们一离开，李星成迅速拿出手机拍下两人的背影发给沈嘉商，附言：“苦海无涯，回头是岸。”

沈嘉商回过来六个点：“……”

李星成继续戳他肺管子：“数和哥说开学前请我们吃饭，你参加吗？”

沈嘉商反问：“我有什么理由不参加？”

这边谢思好意识到一个问题，她看向周数和：“今晚我们怎么睡觉？”

单位分的房子虽是两室一厅的格局，但因周数和长大一些后也不来玩，房间空置着浪费，他们索性改成了书房。

周数和说：“我们今晚住招待所。”

谢思好心里咯噔一下：“我们住一起吗？”

周数和则愣了一下，虽然他不是一点想法都没有，但也不会刻意想着做那件事。他问她：“你一个人住害怕吗？单位的招待所很安全，如果你不想一个人，就和你纪阿姨一起睡，让我爸出来住。”

谢思好立刻摇头：“我不害怕。”2008年雪灾时家中收留陌生人她都不愿与妈妈睡，更何况同纪阿姨挤一张床。

周数和给周清平打了一个电话后，两人到招待所登记订了两间相邻的一人标间，后来回了趟家属楼。

周清平、纪春吃完饭回来，纪春叫了谢思好到卧室，给她找了一套自己的干净睡衣。她说了与周数和一样的话：“好好，要不然你今晚和我一起睡吧，让你周叔叔出去住招待所。”

谢思好亲昵地向纪春撒娇：“纪阿姨，我现在长大了，再像小时候一样跟你睡一张床，我不习惯。”

“这有什么不习惯的。”纪春失笑，好在她并未勉强，关心道，“跟数和哥哥在一起后，他有没有欺负你？”

谢思好连忙说：“没有，他不可能欺负我的。”

纪春犹豫了一下，因为真心把谢思好当女儿，所以依然选择开口："那他有没有对你做什么过分的事情？"

"什么过分的事情？"谢思好没有理解她的意思。

纪春倒也未直白解释，殷切叮嘱："谈恋爱一定要保护好自己，注意安全问题。如果你不想就直接拒绝，然后打电话告诉我，我帮你教训他。"

这下子谢思好完全明白，她既害羞又感动，抱了纪春一下："我知道了，纪阿姨。"

外面周清平也试图教育周数和，他刚流露出一点意思，周数和哭笑不得地打断："我有基本常识。"

周清平也不自然，若儿子的女朋友不是谢思好，他这个老父亲也不必多此一举。他端起茶杯掩饰自己的尴尬，喝了一口："那我就放心了。"

这时谢思好抱着睡衣出来，对周数和说："我们走吧。"

两个人很快抵达招待所，谢思好还不想睡觉，她邀请周数和陪她看一会儿电视："等我想睡觉了你再走好不好？"

周数和答应："好。"

他跟着她走进去，房间整洁，雪白的床看起来应该能让她睡一个好觉。周数和打开电视问她："想看什么频道？"

"这会儿只有6台比较好看了。"谢思好将睡衣放到床头。

周数和调到CCTV-6，这会儿播的是一部外国影片，屏幕右边竖着打了一排字幕：《泰坦尼克号》。

因为不是从头开始看的，已经播了一部分，两人很难投入全部心神，直到女主角戴着那颗海洋之心，脱下衣服，一丝不挂地让男主作画，谢思好转身捂住周数和的眼睛："你不许看！"

周数和伸出双臂抱她到腿上，用她的身体遮挡电影画面。谢思好放下手，对上他如墨又如星的眼眸，心里一颤。她回头，发现大尺度画面只有那一秒，说："好了……"

周数和按在她腰后的手一紧，同时将她的脸转回来，随后吻向她，唇瓣柔软相贴的瞬间，谢思好感到一阵心悸。

谢思好沦陷在接吻制造的亲密感受中，而电影里的作画情节已经结束，时空转换，传出年迈女主角回忆往事的声音，紧接着又上演回忆，剧情似乎变得紧张起来。

她一边与他接吻，一边想回头看电影，刚才女主脱下裙子，男主明显着了迷，可是为什么没有发生香艳的事？

周数和吻得太细密，每当察觉到她有分心意图，他便强势地掠夺，使她无法做出其他任何动作。

直到电影里发出喘息的声音，谢思好呜咽着捧着他的脸，用力推了一下，她喘着回头，正好看到想象中的画面。

夜深人静，暧昧声音被无限放大，她跨坐在周数和的腿上，明显感到他的不同以往之处，瞬间扭头面向他，撞进他深深的目光中。

她对他有绝对的吸引力，周数和无法控制自己生理上自然而然产生的反应。这并没有错，只是当她那双清纯的圆眼瞧过来时，他竟觉不自然，开口嗓音喑哑："还看不看电影？"

谢思好脑中一热，不知怎的就提起一件事："那天早晨你看到我的身体了，你还记得吗？"

虽只是意外中的一眼，但被周数和牢牢地刻在了脑海中，他情不自禁地想到那活色生香的一幕，口中发干，一时没有说话。

谢思好实在大胆，诱惑他："你不记得了吗？那你要不要再看看。"

周数和很难回答，他握着她的腰，一把将她提起来放到旁边的床上。

谢思好反应迅速，下一秒就重新坐回去，她伸出双臂圈住他的脖子："数和哥哥，再问你一个问题，你看过那种电影没有？"

他自认在她心中的形象全是正面的，被如此问到，他很尴尬。他无法装傻，但若她知道真实答案，会不会觉得他下流？男生到了青春期，总有第一个找到两性影片的人，他们十分乐于分享，他当然一同观看过。

谢思妤从他略显别扭的神色中读出答案，她笑着语出惊人："我也看过。"

周数和愣了一下，随之表情一凛，问："和李星成、沈嘉商他们一起看的？"

"才不是呢！"谢思妤急忙否认，她怎么会和他们一起看那种电影？她解释，"有一次在彤彤家里看电影，在网上不小心打开的一部电影。"随后她鼓足勇气，心都要蹦出喉咙似的，问出了自己的困惑，"为什么感觉很痛苦还要做那种事呢？你知道为什么吗？"

周数和今晚被她弄得实在口拙，他有且仅有的有关女人的身体的经验，一来自影片，二就是那天早晨她穿内衣的画面。

谢思妤不再提问，主动吻他。周数和任由她作了会儿乱，心痒到极致时，意志力在一瞬间土崩瓦解。他用力搂紧她的腰，使她贴向自己，沉声道："真的要给我看吗？"

她脸发烫，讲条件："我们相互看一下。"

"好。"周数和放任欲望。

明明约定的是互相看一下，他先用手在她身上游移了一遍，才用眼睛欣赏。

谢思妤有一种难以启齿的难受，于是伸手使劲扒他衣服："我也要看你。"

周数和双腿跪在她身体两边，直起身体，三两下脱下衣服。他并不算十分强壮，但他的肌肉健美流畅，看起来结实有力。谢思妤面上的红晕加深，她心脏怦怦跳，忍不住伸出手指戳了一下他的一块腹肌，果然很硬。

他又要低头，被谢思妤制止："还有裤子。"

其实她的裤子也还好好地穿着，周数和到底因为她今晚一系列胆大的举动哑然失笑，他感觉进度太快，宁愿忍受煎熬，克制道："下次。”

第二日清晨，天微微亮他们就准备启程回雁城。周数和敲了谢思好的房间门，心中忐忑，不知道她今早是什么样的反应。

谢思好暂时没工夫想昨夜的事，她贪恋温暖的被窝，好不容易才起床。吃早饭时，纪阿姨问她昨晚在招待所睡得好不好，她一张小脸猛然升温，红得要滴血，忙点头：“睡得很好，就是现在还太早了，我还有点困。”

纪春说：“一会儿在车上继续睡。”

上了车，谢思好当然睡不着，她很快消除第一次与周数和进行男女之间身体的隐秘探索对自己的影响，活泼地与周清平、纪春聊天。只不过她时不时看周数和一眼，时不时地心头小鹿乱撞。

抵达雁城时还不到上午九点，谢书均、苏永莎收下周清平、纪春拿回来的一半年货，炖鸡、炖鸭，忙着筹备午餐。

两位妈妈掌勺，两位爸爸打下手，谢思好、周数和偶尔也进厨房看看能不能帮忙做点什么，家里很热闹。

餐桌上，谢书均开了瓶茅台。晚上要回大家庭过除夕，谢思好、周数和当司机，他们没得喝。

这是两个孩子确定恋爱关系后，两家人首次聚在一起，父母当然会聊这个话题，刚开始是一些嘱托和保证，渐渐聊远了，说到结婚话题。

谢书均拿谢思好的小姑姑举例，2005年以前，大学在读期间不能结婚，她只能先办订婚仪式。现在教育部修改规定，只要双方达到法律允许的年龄，就可以到民政局登记，并不会影响学业。

“明年8月17日就是好好的二十岁生日，下半年挑个好日子让他们先领证，婚礼毕业后再举行。”

周清平十分赞成：“我跟你是一样的想法，结了婚才知道负责任，事情定下来，我们也比较放心。”

谢思好惊呆了，她看着爸爸和周叔叔微红的面孔，怀疑他们醉了。她提出异议：“你们还没有问过我和数和哥哥的意见呢。”

周数和则说：“恋爱是我和好好自己做出的决定，我希望结婚也是。还有你们不用担心，我和好好早晚会结婚的。”

谢思好附和：“数和哥哥说得对。”

两位爸爸确实喝醉了，一人说“既然早晚都要结婚，那就早一点结”，另一人说“我也这样认为，没有晚结的必要，从现在开始算，至少还要谈一年半的恋爱，足够了”。

幸好两位妈妈只是小酌，她们是清醒的，阻止谢书均、周清平瞎指挥。

下午三点的时候出发，一行六人乘电梯到车库后分别。除夕夜里谢思好领着弟弟妹妹们到天台上放了会儿烟花才下楼，一边看春晚一边在QQ上聊天。零点钟声响起时，她与周数和通话，以“新年快乐”开头，说了半个小时才挂断。

大年初一这天，也是新历的二月十四日，他们确立恋爱关系后，迎来的第一个情人节，两人约了下午见面。

谢思逸见姐姐穿上外套，问：“姐，你要出去玩吗？”

谢思好立刻知道他的想法，不等他要求，拒绝道：“今天不带你们。”

小叔听见，笑着调侃：“你姐出去和她男朋友过节，你们懂事一点，不要当电灯泡，自己在家里看电视。”

祖奶奶训小叔没个正经样，又问谢思好：“晚上回来吃饭吗？叫数和到家里来一起吃。”

“等会儿再看吧。”谢思好将包斜挎，说，“我提前打电话，走了。”

周数和已经到楼下，站在车外等她出来，她穿着一件应景的红色外套，笑着跑向他。

他张开双臂迎接她扑过来的身体，结结实实地抱住她。谢思好在他怀中抬起脸，顾盼生辉，明眸善睐，他低头吻了她一下。忽然从楼上传来谢思逸的大喊声："姐！"

谢思好扭头仰起脖子看上去，谢思逸和谢思齐趴在阳台上，将他们刚才的亲密举动一览无余。她赶忙朝他们做了一个"嘘"的手势，又朝他们挥挥手，放开周数和，叫他赶紧上车。

这次二人世界，他们终于体验到情侣约会的乐趣。周数和抓到了谢思好想要的娃娃，她拉着他关进大头贴照相机里，快速拍下十几张亲密合影。两人手牵手逛商场里的店铺，他为她付钱拎包，贴心至极。

周数和还周到地为她的家人准备了礼物，晚上送她回去时，充满诚意地上门。他和谢思好的恋爱得到家长们的支持，所以他也被热情对待，桌上免不了喝酒。谢书均发话："今晚别走了，晚上和思齐、思逸挤一挤。"

新年佳节，夜里喝得十分高兴，长辈们拿出将谢思好托付给他的姿态要周数和喝酒，他自然一杯也不能推辞，比上次庆功宴醉得还厉害些。

连同谢书均在内，还有她二叔、小叔都挨骂了，祖奶奶训他们没有分寸，没有长辈的样子。谢思好则趁着思齐、思逸还在客厅里看电视，偷偷溜到房间看周数和的情况。

周数和和衣躺在床上，闭着眼睛，嘴唇也紧闭，格外安静。谢思好坐在床边，她伸手摸了摸他发烫的脸，又忍不住捏了捏，头一次觉得他是个笨蛋，怎么喝得那么实诚啊！

他五官轮廓有棱有角，脸捏起来却柔软有弹性，谢思好觉得有趣，捏了捏左边，又捏右边，她心里满溢着对他的喜欢，这样想着，不禁愉快地笑出声来。

周数和只是醉着，并未睡着。谢思好进来后的一切举动他都知道，只是他头很晕，睁不开眼睛。昏昏沉沉中，他感到她轻轻趴在他胸膛上，耳朵贴在他心脏的位置。

谢思好静静抱着周数和，听他的心跳声，直到传来门把手转动的动静，她才迅速直起身。

谢思齐瞧见谢思好，惊讶道：“姐，你怎么在里面？”

谢思逸人小鬼大：“这还用问，肯定是照顾数和哥哥啦！”

谢思好站起来，顺着弟弟们的话说：“交给你们一个重要任务，今天晚上帮我照顾好数和哥哥。”

谢思齐和谢思逸都有些无语。

她看着两人明显无语的表情，笑道：“怎么，姐姐拜托你们帮忙做点事都不可以？”

谢思逸振振有词：“我们还是小孩子，不会照顾人。”

“谢思逸。”

谢思逸莫名感到一种被叫全名支配的恐惧。

“有事小孩子，无事男子汉，你可真聪明。”谢思好揶揄道。

谢思逸认输：“姐，我们要怎么照顾数和哥哥？”

“不难，只需要做两件事，渴了给他倒杯水，如果他想吐的话，就把垃圾桶拿过来。”

谢思逸感到太简单，他立刻敬了个礼，表示：“Yes，madam！保证完成任务。”

谢思齐则让谢思好放心：“我们会照你说的做。”

得到两个弟弟的肯定回答，谢思好下楼，她去睡小姑姑结婚以前住的房间。

小姑姑结婚多年，房间内的陈设却未改变。她的书桌上还摆着年轻时的照片，其中一个相框，维多利亚港璀璨夜色中，小姑姑亲昵地挽着小姑父的手臂，靠着他笑容甜美，十足热恋情侣模样，但当时他们还没有在一起。

这张照片上印有日期，1997年8月12日，那会儿香港回归不久，小姑姑高考一结束就飞过去玩，还给她带回来许多内地买不到的零食和动画片 DVD。谢思好记得自己很向往，她与周数和约定，以后长大了她也要去香港玩，他答应陪她去。

她想，现在时机已经成熟，到他兑现承诺的时候了。

周数和睡到后半夜时酒醒了。谢思齐、谢思逸睡得香甜，天气虽还严寒，但男孩子体温高，三个人挤一张床显然有些热，兄弟俩一人伸出胳膊，一人伸出腿。他替思齐、思逸盖好被子，在黑暗中静静想了会儿谢思好，慢慢又睡着了。

第二天早上谢思好对周数和提出去香港旅游的想法，他毫不犹豫地点头，征求她的意见："暑假的时候去好不好？我们到那边多玩几天。"

谢思好立马点头："好。"

春节很快过完，开学之前，谢思好、程玥彤、李星成、沈嘉商组织了个聚会。那天是个工作日，周数和晚上下班后才去谢思好跟他说的烤肉店。

因时间较晚，路上他给她打电话，说："你们先吃，不用等我。"

周数和到的时候，他们刚烤好一锅五花肉。谢思好旁边空着座位，他过去坐下，她夹了一片肉，裹上辣椒包在生菜里，递到他嘴边，周数和极自然地张口。

沈嘉商将这一幕看在眼里，心里有些不适，他迅速垂下双眸，以防被瞧出端倪。

他不是没有想过争取，内心也做过极激烈的斗争，可对方不是别人，是数和哥，他实在说服不了自己做一丝胜算都没有的事。

也许，从那次被误认为早恋，在老师、家长面前，他义正词严地表示和她只是好朋友，就注定他们只能是好朋友的关系。

从烤肉店出来，一行人前往 KTV，那并不是周数和热衷去的场所，但他也能耐心陪同。

谢思好和她的好朋友们过分活泼，四个人可以唱出十个人的效果，他们还不断地递给周数和话筒，他无法抵挡这份热情，屡屡配合。若他的朋友、同学见此情景一定能够总结出经验，其实说动年级第一也没那么难，脸皮足够厚就能成功一大半。

中途谢思妤、程玥彤手挽手上卫生间，两人见缝插针聊只属于姐妹间的私密话。程玥彤大感好奇，问：“好好，你和数和哥哥发展到哪一步了？”

谢思妤想到招待所的那个夜晚，脸庞蓦地发热，附在程玥彤耳边小声说：“我们互相看过了。”

程玥彤兴奋起来：“他有腹肌吗？”

谢思妤点点头，不吝分享：“有。”

程玥彤露出暧昧的笑容，挽紧谢思妤的手臂，不信地问：“就只是互相看过吗？”

谢思妤遗憾：“数和哥哥不大方，他只给我看上半部分，他说下次再看。”

周数和口中的下一次，在很久之后的五一劳动节。两人虽得到父母支持，但也正因日日都在父母的眼皮子底下，谈恋爱很懂分寸。

五一劳动节，刚好是谢书均、周清平初中毕业四十周年，他们组织同学聚会，地点定在周清平工作的向阳镇，一起踏青登山，吃地道农家菜，苏永莎作为家属一同前去。

谢书均、苏永莎两天一夜的行程，2010 年 5 月 1 日这晚，家中只有谢思妤和周数和。饭后他们看这两年最火的综艺节目，这一期的主题是“劳动最光荣”，来宾中除了 2005 年谢思妤追《超级女声》认识的张靓颖她喜欢一些，其他明星她都不感兴趣，看起来有些索然无味。

她忽然想到前不久在宿舍聊天时室友提到的一部电影，觉得自己有些想看，于是向周数和提议。

周数和当然知道这部电影，虽然斩获不少大奖，但它的名气更多源于里面尺度惊人的床戏。

这时候还没有展开净网行动，片源很好搜，也不是删减版本，两人坐在电脑前观看。

谢思好很容易就被代入剧情，一群有爱国情怀的大学生想刺杀汉奸易先生，派了其中最漂亮的王佳芝利用美色勾引易先生意图行刺。

电影很压抑，男女主角演技十分出色，谢思好看到王佳芝与易先生第一场充满暴力的床戏时，她就感到生理不适，完全没有上次看《泰坦尼克号》时的那种脸红心跳。

她年龄还小，思想简单，不能体会电影中人物的心境，转头去看周数和，发现他皱了眉，她顺势道："数和哥哥，我不想看了，感觉太暴力了。"

周数和听她这样说，立即点击浏览器顶端的"×"。谢思好经历有限，比较起来，她还是喜欢看《泰坦尼克号》那种能引人遐想的爱情片，她可没有受虐倾向。

"重新找一部电影看吧，我来搜一搜。"谢思好一边说一边搜。

周数和没有任她挑选，只是没想到他随手打开的一部新电影，开头四分钟就出现限制级画面，他愣了一下，再次关掉网页，换来谢思好不解的眼神。

周数和也盯着她，两人对视两秒，目光皆变得直勾勾的。谢思好感觉到这一幕曾经发生过，事实也是如此，他又将她抱到腿上热烈亲吻。

春末夏初的季节，他们已经穿上单薄衣衫，他轻松探进她的衣内，手指摩挲着她的腰，一点点向上游走。

谢思好因为他的吻和抚摸神魂颠倒，她意乱情迷地捧住他的面颊，做出同意暗示："数和哥哥，今天爸爸妈妈不在。"

周数和哑着嗓子"嗯"了一声，然后继续与她接吻。

她变得如水一样软，浑身都没了力气，任由周数和抱起来走向卧室。

肌肤相亲过后，谢思妤反而害羞得说不出话来。

此时周数和的内心更充盈，鬼使神差地，他说："好好，我忽然觉得那个建议很有道理，明年你满了二十岁，我们先领结婚证吧。"

谢思妤对结婚还没有什么想法。

她犹豫道："可是我还在上学呢。"

周数和没有试图说服她，而是亲了亲她的额头："也对，明年的事，明年再说。"

关了灯，谢思妤依恋地钻到周数和怀中，他搂着她，她又往他的胸膛上贴了贴。

这是两人第一次相拥着入睡，不过醒来意识到身边多了一个他却是第二次，2008 年雪灾时他们不得已睡过一个房间，她做了噩梦半夜溜到地铺和他一起睡，早晨他醒来时，吓了一大跳，立即推开她。那会儿，周数和怎么也想不到有今日。

谢思妤一觉睡到上午九点，睁开眼睛她蒙了一下，旋即反应过来这是在数和哥哥的房间里，昨晚她和他终于做了那件事。

虽然醒了，但是谢思妤并不想起床，她从床头摸到自己昨晚洗澡后特意到书房拿过来的手机。她先看了下 QQ 空间的新动态，又打开微博浏览。

今年谢思妤的微博涨了快一万的粉丝，有天她发照片被认出来是那家挺有名气的皇冠店铺的模特，于是有不少人关注了她，再加上她经常分享她和周数和的恋爱日常，俊男靓女养眼，有时也会被转发出去，得到了新的关注。

昨天晚上他们在家里吃饭，数和哥哥下厨时她拍了照片，从相册里选了两张分享出去，立刻有粉丝留言互动，她心情颇好地回复起来。

周数和知道谢思妤今天不会吃早餐，所以他决定早一点带她出去吃午饭。等到十点半她还没有动静，于是他到卧室叫她。

谢思好听见周数和的脚步声，她坐了起来，望着他笑：“数和哥哥，你什么时候起床的？”

周数和朝她走过去，他也笑：“有一会儿了，你什么时候醒的？怎么不起来？”

她朝他勾勾手指，将手机递给他看：“我用微博发了你做饭的照片，大家都夸奖你上得厅堂下得厨房。你要不要注册一个微博？她们肯定会关注你的。”

周数和简单翻了两下还给她，他并不是一个有表达欲的人，对这类社交软件不感兴趣：“在你的微博关注就可以了，你饿了没有？”

谢思好说：“不饿。”

他低头看着她，她的头发天生柔顺，即使还没打理也不算凌乱，穿了他的一件白T恤当睡衣。他偏爱宽松的款式，在她身上就更显空荡，这让他有种奇妙的感觉，一颗心十分柔软。

她忽然从床上站起来抱他，嘴唇嘟着凑过来吻他。周数和单手搂住她的腰，另一只手托着她的屁股，轻松将她腾空抱起来。

他眉眼舒展，笑问：“没有不舒服了吗？”

谢思好双手圈着他的脖子，额头抵着他的额头，摇了摇头。

时间似乎在这一刻停滞了一下，两人皆屏息未说话，很快他吻她，同时带着她坐到床上。过了许久，他们静静拥抱，心和心贴得更近，希望可以永远这样密不可分地待在一起，直到谢思好的肚子叫了一声，两人同时开口。

“饿了？”

“饿了。”

谢思好回自己家换衣服，然后与周数和一起出去吃饭。

下午谢书均和苏永莎回来，他们自由肆意的二人世界时光宣告结束。直到谢思妤放暑假，办好通行证后，两人订了飞香港的机票。

在这之前，谢思妤先独自去了一趟首都。

房地产早已回春，房价上涨得厉害，谢思妤的小姑父，也就是程玥彤的小叔叔赚得钵满盆盈。他将目光放到其他行业上面，今年影视发展不错，看起来前景无限，他大手笔投资。其中有一部古装电视剧需要几个舞替，程玥彤看见报名信息后心动。她知道小叔叔投了钱，便打电话问他能不能去当舞替。这事太好办了，打声招呼就能落实，她还叫上谢思妤一起去。

对于未知的事情，谢思妤一向勇于尝试，她同样跃跃欲试，毫不犹豫地答应下来。

周数和已为香港之行留了一周的假期，他需要提前处理很多事情，实在抽不出时间陪她去。谢思妤让他放心："我不是第一次去了，而且彤彤、李星成、沈嘉商他们三个在首都待了一年了，他们对那儿很熟了。"

周数和倒也没有不放心，他很支持她进行各种不同的尝试，给了她足够的经费，叮嘱："每晚给我打电话，带好手机备用电池，随时保持联络。"

谢思妤进候机大厅前抱了抱他，她才不管周遭旅客的目光，吻吻他的嘴角："等我回来，我们就可以去香港玩了。"

周数和也吻吻她的唇，笑着"嗯"了一声："我等你回来。"

虽是走后门占的两个舞替名额，但谢思妤、程玥彤其实很符合导演的要求，两人容貌姣好不输演员，又是舞蹈科班的学生，拍摄过程十分顺畅。

正好女主角的经纪人来探班，她敏锐地发现了这两个外形出众的女生，打探一番后知道她们有资方背景，带这样的艺人最容易出头，主动向她们抛出橄榄枝。

这时谢思妤在休息，她恰巧被钦定为女主角的舞替，同女主角打扮得一模一样，穿了一套绯红的水袖长裙，梳了很漂亮的双刀髻。

她拍了照片发给周数和，问他："数和哥哥，我美吗？"

周数和的电脑上跳出她的消息后，他放下工作，第一时间打开，痴了一下，笑着回复："很美。"

她再发消息来是十分钟后了，说："刚刚有一个经纪人来问我和彤彤想不想进娱乐圈！"

周数和不由得回忆起小时候，大人夸谢思好长得漂亮，就会说她像电视里的童星，还有学校举行联欢晚会她表演节目时，他的同学也提过类似的话，他们觉得也许哪天她会被星探发现。

他又打开图片欣赏了一下谢思好发过来的古装扮相，眉眼间灵气十足，的确有点女明星的样子。

"你感兴趣吗？"周数和刚敲下这句话，还没来得及发给谢思好，她又发来新消息。

谢思好自恋地继续十分钟之前的那个话题："我也觉得很漂亮，如果我生活在古代，简直倾国倾城。"

他失笑，删了文字，重新输入："谦虚一点。"

她发来一串"哈哈哈哈哈哈"，又说："数和哥哥，你穿古装一定也非常好看，我是倾城佳人，你就是翩翩公子，这个经纪人肯定也会问你想不想进娱乐圈。"

他重新问她："你感兴趣吗？"

"我觉得像今天这样当替身玩玩还可以，进娱乐圈就算了，我根本不会演戏，而且，明星一点隐私都没有，我想想都觉得害怕，不感兴趣。"谢思好已经拒绝对方，"但是彤彤有点心动，不过她现在没有答应，要先问问小姑父的意见。"

周数和表扬道："这是你们不了解的领域，不擅自做决定是正确的。"

谢思好比较苦恼："如果彤彤真的进娱乐圈，她的职业规划就是演员了，那我大学毕业以后做什么呢？"

他告诉她："你可以考雁城歌舞团、文化演艺集团，也可以选择从事舞蹈教育教学工作，或者，你即使什么都不做也可以。”

她语出惊人：“在家当你的全职太太吗？”

周数和看着“全职太太”这几个字愣了一下，全职太太意味着付出，可在他心中，她理应被他珍视照顾。他认真回复：“当全职太太太无趣了，你可以不工作，但一定要找到自己喜欢做的事情。”

对于谢思好来说，工作还很遥远，她从出生起，家庭条件就十分优渥，没有吃过生活方面的苦。有很多同学渴望长大独立，大学期间积极兼职，比较起来，她觉得自己不思进取，因为她一点这方面的想法都没有，当自家公司网店的模特，初衷也不是为了挣钱。

她开玩笑：“我喜欢吃喝玩乐。”

周数和忍俊不禁，他当然知道她只是说说而已，附和道：“行，那你就负责吃喝玩乐。”

谢思好乐不可支，说：“全家挣钱我一个人花吗？那我岂不成了米虫？”

“如果你愿意当一只快乐的米虫，应该没有人反对。”

“不，我自己反对，当米虫也太堕落了，应该被谴责……”

两人你一句我一句地聊，直到有工作人员过来叫谢思好继续拍舞蹈替身的戏，她才结束与周数和的对话。

这部分内容不多，一天就拍摄完了。谢思好去年暑假来了一趟首都，在著名景点都拍了游览影像，这次她并不多待，玩了两天便回雁城。

飞机落地时还不到下午三点，她打了辆出租车直奔公司，到的时候周数和正在开会。

去年双十一电商项目打了一场胜仗，成为公司最赚钱的部门，网店销量好，团队的人手渐渐不够，于是不断招同事加入，才刚开始，大办公室已经没有多余工位，周数和搬到了旁边独立的办公室。

他散会出来，见谢思好坐在自己的电脑前，不算特别意外。她回程的机票是他订的，他当然知道她回来了，本来还准备问她到家没有，没想到她来公司了。

谢思好听到外面有说话的声音便知道周数和开完会了，在他进来时，她学着领导的口吻说：“把门关上。”

周数和顺手关上门，朝她走过去，放下手中的一沓文件，问：“什么时候到的？”

“十几分钟前。”谢思好没有立即将位子还给他，而是仰脸问，“你好像一点都不惊喜，难道不欢迎我来吗？”

周数和笑看着她：“如果你没有来公司，我现在就下班回家了，你说这是为什么？”

她也甜甜蜜蜜地笑起来，回答：“因为四天不见，你想我了。”

他明知故问：“叫我关门做什么？”

谢思好朝他张开双臂，他俯身将她腾空抱起来，问：“那你想不想我？”

她双腿缠在他的腰上，搂着他的脖颈说：“我一回来就立刻到公司见你，还不能证明吗？”

“能证明。”周数和说着，嘴也随之贴上她嘴唇。

两人正吻得难分难舍，忽然响起敲门声，谢思好吓了一跳，周数和将她放下来，温柔地抹了抹她唇瓣上的水光。

不用他提醒，谢思好迅速坐到他对面的椅子上，背对着办公室的门，心跳加速，太刺激了。

周数和笑了一下才让外面的人进来，是客服部的一名员工来找周数和批准假条。谢思好没有露脸，员工也没有好奇地多看，拿到周数和的签字后转身就走，不忘带上门。

谢思好松了口气，听到关门声，她才抬起脸来，发现周数和正含笑看着她，问：“还继续吗？”

他也有不正经的时候！

谢思好说：“不继续了，在办公室，关上门也不安全。”

周数和笑出声来："走吧，下班，回家。"

她也不正经："回家关上门就可以为所欲为了。"

至少今晚不能为所欲为，父母在家，谢思好还没那么大胆。他们出发去香港的前一夜，苏永莎找她谈了会儿话，主题明确，告诉她，如果旅游住一个房间发生关系，必须做好保护措施。

谢思好惊呆了："妈妈，我知道你思想开明，但我不知道你思想这么开明！"

现在已经是2010年，不像二十几年前她与谢书均谈恋爱那会儿保守，社会越来越进步，在这个时代背景下成长起来的年轻情侣并不羞于谈性。苏永莎能够理解这种现象，作为一名妈妈，她要做的不是无效的严厉禁止，而是让女儿知道正确的处理方式。

"因为你成年了，有些事情与其阻拦，不如让你知道后果。"苏永莎说。

苏永莎并未点到即止，她明确地告诉谢思好，如果女孩子谈恋爱时没有自我保护意识将会面临什么选择。

"要么，你可以为自己的行为负责，不过呢，你需要办理休学，需要用很长的时间学会如何成为一名合格的妈妈。而且，虽然现在的社会比我们那时候开放得多，但在大多数长辈心中，未婚先孕这种事情依然带有贬义色彩，别人戴有色眼镜评价你，不好听。要么，你自己都还没有完全长大，目前无法接受孕育一个生命，那么会对你的身体造成非常大的伤害。你受到任何伤害，我和你爸爸都会认为数和是过错方，我们会责怪他，甚至两个家庭也因此不可避免地产生矛盾，你们的感情必然受到严峻考验。"

谢思好因为"未婚先孕"脸红不已，也因为严重后果心跳不止。她觉得妈妈真好，是全天下最明理的妈妈。她认真地保证："妈妈，我都知道的，我决不会做错事。"

苏永莎也笑了，肯定道："我相信你懂，也放心数和。"

母女俩没有聊太久，谢思好忙着整理衣物，然后到隔壁找周数和。

周数和正在检查行李，港币、地图、相机、万能充，以及随身必备的其他物品。谢思好悄悄进来，轻手轻脚地走到他身后，然后一把抱住他。

感觉到柔软的身体撞了上来，两只手臂缠到腰间，周数和不禁笑了一声，他回头看她："东西都收拾好了？"

谢思好"嗯"了一声，她探头看他摆放得整齐有序的行李箱。两人的行李截然不同，她只考虑自己美丽，他则更注重必要性、实用性。其实她并不是不知道准备，去年暑假到首都玩，她带的物品一应俱全，现在不同，与数和哥哥一同出行，她不必操心这么多。

她藏不住话，迫不及待地告诉他刚才妈妈的叮嘱："数和哥哥，妈妈居然不反对我们那个，但是她说必须注意安全。"

即使周数和想得到苏阿姨会对谢思好讲这种话，他当下依旧有些不自然，竟生出一种自己不够有定力的自责感，早早就突破了那层防线。他说："当然，你还没有毕业，我们都没有做好当……身份升级的准备。"

他本想说"当爸爸妈妈"，话到了喉咙口，迅速换成委婉的说法。

谢思好理解，好奇地问："陆晟哥哥和明佳姐姐身份升级了吗？他们结婚这么久，应该有宝宝了吧？"

"还没有听到消息。"周数和说。

"他们还没有这个打算吗？"

"应该没有。"

"为什么呢？"

"现在大家都还年轻，不想因为小孩失去自由。"

谢思好想想觉得很有道理，她脑子一转，说："数和哥哥，可是等到我大学毕业，你就不那么年轻了，那时候你肯定做好当爸爸的准备了。"

周数和沉默了下，他说："你毕业的时候，我二十六岁，远远算不上老。”

她乐不可支：“可我始终比你小四岁，到时候肯定就是陆晟哥哥、明佳姐姐现在的心理状态。”

周数和并不觉得这是个问题：“没关系，等你做好准备。”说着说着，他失笑，反问她，“你不觉得现在讨论这件事太早了吗？”

“随便聊聊嘛，你觉得那一天太远，说不定其实一下子就到了，就像我常常觉得小时候的事情就发生在昨天。”她颇有哲理地说。

“我不觉得。”周数和提醒她，“明早八点就要出发，我觉得你可以回去睡觉了。”

谢思好摇了摇头，拒绝他的提议：“等一会儿再回去，我有点激动，睡不着。”

“激动什么？”

“终于要去香港了！”

这次香港的行程由周数和安排，谢思好想去的地方通通前往，维多利亚港和太平山上的夜景，石澳看海，旺角购物，因为时间充足，大部分有名气的地方都没有错过。

周数和很爱给谢思好拍照，他的镜头捕捉到她的许多生动瞬间。他喜欢自然的定格，她却热衷于推他到某个标志景点前摆拍，也常常麻烦陌生人给他们拍合照。

为防临时有工作急需周数和处理，他带着笔记本电脑，这倒方便谢思好导照片出来，有的分享到微博，有的分享到QQ空间，她一向乐于玩社交平台。

这晚刚发出照片不久，谢思好就收到赵梦渝的消息，实在让她意外。梦渝姐姐与数和哥哥分手的那段时间，她与梦渝姐姐还保持联系，后来她察觉到自己的感情，于是不好意思再找梦渝姐姐。梦渝姐姐并不是主动的人，于是就这样她成为谢思好彼此好友列表中静止不动的一个头像。

没想到此时，这个头像重新跳了出来。

赵梦渝问她："好好，你们去香港玩了吗？"

明明自己没有介入他们的感情，可不知道为什么，谢思好莫名紧张，她跑去敲卫生间的门，里面水声停下。她问："数和哥哥，你洗完澡了吗？"

"你要上厕所吗？"周数和问。

"不是。"谢思好推开门进去，他刚好围上浴巾。

周数和赤着上身，在卫生间暖黄的灯光下，他健美的身体线条十分具有诱惑力。他的头发湿漉漉的，发梢凌乱搭在额头上，禁欲迷人。

不过，谢思好此刻没有心思欣赏他的性感模样，她向他求助："梦渝姐姐给我发消息了，你知道为什么吗？"

听到赵梦渝的名字，周数和也愣了一下。他们分开时，双方都表示还可以继续做朋友，但事实上，后来两人很少交流，大学毕业后事业发展方向不同，彼此处于断联状态。

他很快问："她说什么？"

"她问我们是不是来香港玩。"

谢思好不知道怎么面对作为自己男朋友的前女友的梦渝姐姐。何况，他们许久不联络，对方忽然主动，她难免往一个方向联想："梦渝姐姐会不会想找你复合呀？"

"不可能。"周数和斩钉截铁地否定，他不认为自己有这么大魅力，并且合理推测，"最大的可能是，她应该想拜托你帮她买什么东西。"

Chapter 12
致深深爱我的你

果然，赵梦渝不等谢思妤问，主动表明需求，她想买一只 LV 手袋，香港比内地便宜许多，问是否可以帮忙。

谢思妤松了口气的同时，又对周数和说："你很了解梦渝姐姐嘛。"

她的语气听起来有些醋意，周数和忍俊不禁："我只是正常人的思维而已。"

"不对，正常人的思维应该是我这样的，以为她还喜欢你。"

"你是爱情小说看多了的思维。"周数和走到盥洗台前，挤了牙膏刷牙。

谢思妤被逗乐，她先回复赵梦渝，答应赵梦渝的请求。说清楚款式后，赵梦渝并没有结束对话，她问："你数和哥哥现在是单身吗？"

赵梦渝的确不清楚周数和的感情状态，一来她和周数和的朋友圈没什么交集，二来高中同学知情的没几个，以许思宁为首，大家都不是大嘴巴。

谢思妤一颗心又提起来，她对周数和"哼"了一声。

周数和刷着牙，疑惑地看向她。她将屏幕展示给他瞧：“你觉得这是什么意思呀？”

他不觉得有什么特别意思，吐掉口中的泡沫，说：“她随口问一下，你如实告诉她就行了。”

谢思妤说出自己的真正顾虑：“你说，梦渝姐姐知道我们在一起了，她会怎么想啊？”

周数和不关心赵梦渝的想法，他回答谢思妤：“祝福我们，她谈恋爱，我也会祝福他们。”

见她露出无语的表情，他不解：“怎么了？”

谢思妤叹了口气，说：“没什么。”

她斟酌了一下，快速按手机键盘：“梦渝姐姐，你可能会对这个消息有点震惊，数和哥哥不是单身，他和我在一起了。”

发送过去后，她立刻锁屏，一时竟有些不敢面对赵梦渝的回答。

不过手机迟迟没有动静，大概赵梦渝真的受到冲击，一时不知如何反应。

谢思妤问周数和：“梦渝姐姐会不会觉得你们当初分手有我的原因？那时候我打扰你们约会了！她会不会很难接受这件事呀？”

周数和一边听一边笑，放下牙刷后，他忽然一把抱起她放在盥洗台上。他盯着她黑葡萄一般的大眼睛，问：“她接受不接受很重要吗？”

谢思妤呆呆的：“毕竟……”

“她是我的过去式，我也是她的过去式，不要胡思乱想。”

周数和温柔安抚，低头吻下来，他口中气息清凉，唇舌却炽热，毫不客气地掠夺。她掌心里的手机接连响动，她艰难推他：“梦渝姐姐回我了……”

他追着她的呼吸，从她手里取出手机放到一边，声音粗重：“一会儿再看。”

他们住的酒店面积不大，小小的卫生间里，沐浴的热气还未散尽，七月的天气本就如蒸笼一般，两人在这方寸之地亲密交换呼吸，温度迅速上升，她攀着他的背脊，手心里的肌肤冒出细密的汗。

她穿着清凉，一条真丝睡裙，肩带只有细细的一根，材质光滑，她的身体也光滑，他只需屈指轻轻勾起，沿着肩头向下一拉，它便柔顺地从她的胳膊上落下。

镜面白雾慢慢消失，里面映出谢思好光洁美丽的背脊，她坐在盥洗台上，真丝睡裙堆在腰侧，纯白色的料子往白色陶瓷的面盆荡去，几乎可以融为一体。

他们完全陷入情欲中，他忽然掐着她的腰将她抱起来，就在这一瞬间，睡裙顺利从她身上逃跑，悄无声息掉到他的脚边。

两人出了卫生间，一起倒在柔软的床上。谢思好乌黑的长发在雪白床单上铺开，漂亮面容动了情，眼神迷离，在夜晚的灯光下有种妖冶美感。

周数和吻过去，她不甘示弱回应，你来我往，演变成一场激烈游戏。一场游戏通关需要经历很多道关卡，身体里堆积的快感就如升级，层层堆叠。

终于游戏结束，他捡起干净地砖上的真丝睡裙，如何为她脱下，就如何为她穿上。谢思好还记得赵梦渝的信息，她将手机递给周数和，要他先看。

她的手机密码与他的是相同的，他输入“974974”，进入主页面，然后点开跳动的QQ头像。

果然如他所说，赵梦渝送上祝福：“真的吗？这是一件好事情。我记得我与数和分手时说过，他在恋爱时，对女友完全没有对你的温柔和耐心，但他自己好像不这么认为。原本我还有点为他担心，现在看来不用了。好好，相信我，没有人比你更适合他，恭喜。”

赵梦渝表现得十分得体，接着又说：“你们在一起一定克服了很多心理压力吧？你们能够认真正视这份感情，并且能够坦然接受，这太不容易了。我越想越觉得你们勇敢，真的很为你们高兴。”

周数和快速看完，笑了一声。

“你笑什么？”谢思好好奇死了，“梦渝姐姐说什么了？”

他将手机还给她：“你自己看吧。”

刚才经历一番激烈运动，她彻底精疲力竭。周数和则是截然不同的状态，他神清气爽，一把将她公主抱起来。

谢思好惊呼一声，连忙搂紧他的脖子，被他放到床上后才读赵梦渝的消息。她松了口气，又有些感动：“数和哥哥，我喜欢梦渝姐姐不是没有道理的，她一定是世上最佳前女友。”

周数和不置可否，他必须承认赵梦渝说得对，他们分手的时候，她提了他对谢思好比对她更事无巨细，他确实不觉得自己的做法有问题。那会儿，他理所当然地认为女朋友比妹妹成熟，不需要他太细致地关心。他承认他是错的，因为现在的谢思好和当初的赵梦渝年纪差不多，她也成为他的女朋友，他却依然事事时时为她考虑。

谢思好给赵梦渝发消息：“梦渝姐姐，谢谢你的祝福，你简直太善解人意了，我居然以小人之心揣度你，以为你会多想呢。”

赵梦渝还在线上，她问：“我怎么会多想？”

“没什么。”谢思好转移话题，“那你现在是单身吗？”

赵梦渝大方分享了一张照片，是她和一个眉目俊朗的男生的亲密合影：“不是了哦。”

谢思好“哇”了一声：“你男朋友好帅！”

她同时对周数和说：“数和哥哥，你看这是梦渝姐姐现在的男朋友。”

周数和凑过来看了一眼，笑：“现在放心了吧？”

谢思好脸一红，她不理他的调侃，继续与赵梦渝聊天，之前从包聊到男朋友，现在又从男朋友聊到包。不过刚才的“撕搏”已消耗掉大量体力，谢思好很快就困了，她连打几个哈欠后，与赵梦渝结束对话。

关了灯，谢思好躺在周数和的怀里，昏昏欲睡间，她忽然问他："数和哥哥，我们真的是最适合的吗？"

周数和拥着她，反问："你觉得呢？"

"我觉得不一定最适合。"谢思好迷迷糊糊地说情话，"但我们一定是最相爱的。"

他愣了愣，心脏柔软得一塌糊涂，笑："对，我爱你。"

"我也爱你。"她嘟囔着回应，然后彻底陷入香甜的梦中。

黑暗中，周数和勾唇，他温柔吻吻她的额头，也闭上双眼。

第二日上午两人哪儿也没有去，因为谢思好醒来，发现自己全身仿佛被拆过，她需要休养生息，下午则去帮赵梦渝买包，自己也购物一通。

这次香港之行已接近尾声，最后以两天迪士尼乐园的游玩画上句点。两人圆满返航，就像小姑姑当年为大家带回礼物一样，谢思好也为家人们带回各式各样的纪念品。

回到雁城，谢思好还办了一件事，将这次去香港旅游拍摄的照片洗出来。照片数量夸张，装了厚厚两个相册，是专属两个人的恋爱回忆。

2010 年下半年，谢思好、周数和恋爱回忆有一个关键词——"电影院"。

七月《唐山大地震》，八月《恋爱通告》，九月《山楂树之恋》，十月《狄仁杰通天帝国》，十一月《让子弹飞》，十二月《赵氏孤儿》。

不知不觉，一年很快结束，2011 年到来。

2011 年，谢思好二十岁，已经达到法律允许结婚的年龄，只是她没有结婚的想法。

到了 2012 年，一个关于世界末日的玛雅传说甚嚣尘上，尽管它毫无科学依据，谢思好依然选择在这天与周数和登记结婚。因为，世界末日这个概念让她联想到地老天荒，她觉得好浪漫。

2011年、2012年，这两年时间过得极快。

结束高考仿佛还是昨天的事情，谢思好转眼却成为一名大四生，她在专业上一向勤奋，积极报名舞蹈大赛，获得一些奖，也受邀参与艺术演出活动，每次都表现得亮眼。

而不知不觉间，她和周数和已经谈了三年零三个月的恋爱，只是同他们认识的漫长岁月相比，只占短短七分之一。因为足够了解对方，足够习惯对方，又足够吸引对方，两人徜徉爱河，越陷越深，似乎每一个今天都笃定自己要更加喜欢对方一分。

2012年，11月11日，周数和带领电商团队第四次参与双十一大促，成交金额实现质的飞跃，二十四小时取得八位数的业绩实在惊人。他在谢书均、苏永莎的支持下独立出来，开设子公司。周数和有赚钱的野心，又注册两个网店细分类目运营，逐渐扩张网商版图。

店铺收益理想，便舍得花钱投入。2011年淘汰摄影棚，采取外景拍摄模式，谢思好作为店铺模特，她也会选择一些照片发布在微博上。最开始是店铺的粉丝关注她，渐渐变成她吸引一些粉丝去关注店铺。二十多年的老牌服装公司，有自己的设计师，有质量过关的面料供应商，有规模成熟的生产车间，再加上网店已经生存三四年，运营模式早已完善，各项评分皆高于“4.9”，口碑格外不错。

即使工作繁忙，周数和每年都会空出至少半个月陪谢思好去她想旅游的地方。2011年两人第一次出国，周数和的英文不仅书面成绩好，口语表达也十分流利，这趟行程没有沟通阻碍，谢思好玩得开心。2012年暑假她又选了一个国家，此后基本维持一年游一国的频率。

2012年11月过后，关于“世界末日”的玛雅预言在互联网上越发盛行，其实没有什么人相信这个说法，但不妨碍大家热衷于谈论这个话题。

12 月 21 日到来的前一个周五，周数和到雁大接谢思好回家。车上她与他聊这件事，她兴趣颇浓：“数和哥哥，你觉得‘人类将看不到明天的太阳’是什么意思？是科学家说的日全食现象，还是地球一下子爆炸，我们人类全部毁灭？”

周数和笑说：“1999 年的时候也有世界末日论，好像大家都忘了。”

“真的吗？”谢思好惊讶，“那时候我才八岁，我根本不知道。”

因为那一年的世界末日论让男孩子们大谈特谈，周数和记忆犹新，当时预言家说上帝惩罚人类，将会制造大灾难使人类灭亡，流行外星人入侵地球的说法。

他告诉谢思好后，她乐不可支：“这也太假了吧，为什么你们还要相信？”

周数和便问她：“今年的世界末日不假吗？”

“至少，太阳黑子活动频繁导致日全食现象还有点科学依据。”谢思好问周数和，“如果从 12 月 22 日开始真的黑三天三夜，你会害怕吗？”

周数和顺着她的思路说：“还没有接到停电通知，家里可以开灯，电视、电脑都能够正常使用，不会害怕，也不会无聊。”

这是谢思好没有想到的，她大呼：“我怎么没有想到！”

周数和问：“所以你害怕？”

“我才不害怕，如果真的黑三天三夜，并且停电，我一定时时刻刻和你待在一起。有你在身边，我什么都不担心。别说黑三天三夜，就算那天真是世界末日，我也不怕。”谢思好理所当然道。

周数和享受她言语间流露出来的依赖，轻笑出声。

谢思好像是随口提议：“数和哥哥，不如我们 21 日去领证结婚吧。”

他立即转头看她，因还开着车，不敢分神太久，看了一眼后转回前方盯着路，心紧了紧：“怎么突然有结婚的想法？”

去年她二十岁生日后，两位爸爸旁敲侧击过，他也流露出意向，她以太早了为由拒绝。

“你不觉得‘世界末日’之前很适合做一件如果世界末日是真的我们会很后悔没有去做的事吗？”谢思好说着把自己都绕糊涂了，她觉得周数和可能没有听懂，拆成短句重新说，“虽然世界末日论是假的，但假如世界末日真的来了，我们一定会为没有来得及做的事情感到遗憾。我想了想，我最后悔的应该就是还没有和你结婚。反正还有半年我就毕业了，我完全能接受现在结婚。”

周数和没有拒绝的理由，他向她确认：“你想好了？”

谢思好点点头，她想到在“世界末日”那一天结婚就觉得浪漫，“天长地久”“地老天荒”“生死不渝”“永不分离”等誓词都可以用来堆砌，总之，这辈子她坚定地和他在一起。

周数和笑，他握了下她的手：“好，一会儿先把这个决定告诉爸妈。”

两对父母得知这个消息，皆感到惊喜，将户口簿拿出来，很支持他们的决定。

21 日那天是周五，谢思好提前一天请假，辅导员收到她如实写出请假理由的假条难掩诧异：“怎么不等到毕业后再结？”

谢思好开玩笑道：“听说今晚是世界末日，我怕今天不结就来不及了。”

辅导员当然知道谢思好在开玩笑，不过辅导员能从她甜蜜的表情里感知她的幸福，签字后祝福：“恭喜你们，新婚快乐。”

晚上谢思好将这张假条拍下来分享到社交平台，因为请假事由那一栏赫然填着“结婚登记”四个字而引起传播议论。因她大学生的身份，有人欣赏佩服，也有一小部分人觉得不太妥当。谢思好才不管那些声音，第二日她发出一张两个红色小本的照片，郑重宣告：

“如果今晚世界末日真的来临，我没有任何遗憾。”

结了婚，谢思好、周数和终于可以合法同居。之前，尽管双方父母都清楚他们发生了关系，不过两人始终没有住在一起。

下午周数和陪谢思好整理她的常用衣物，转移到隔壁。

两家真正意义上成为一家人，晚上从餐厅庆祝回来，走到门口时，谢思好故意与爸爸妈妈说再见：“你们会思念我吗？”

谢书均觉得好笑，也故意说：“思念，在没有正式办婚礼之前，我也可以把你留在家里。”

“其实不用舍不得，明早我们还要一起吃早餐，爸爸妈妈晚安。”谢思好拉着周数和迅速进门。

两对父母站在外面不由得笑出声，再一次感叹房子买在一起的决定做得很对。

谢思好拖着周数和进了门，松了口气说：“爸爸也太不禁逗，下次跟他开玩笑可要小心，差一点就被扣下来。”

周数和弯下腰，将她换下来的靴子和自己的皮鞋放好，失笑道：“那我只好申请一起住在你家了。”

“好主意。”谢思好眼睛一亮，“反正以前就是这样，周叔叔、纪阿姨周末后又要去向阳镇上班，不如真的住我家吧，爸爸妈妈一定高兴死了。”

“我们过二人世界不是更好吗？”周数和问她。

他这话饱含暧昧意味，谢思好微微脸热，娇俏地白他一眼，转身往里走。

今日忙了一天，上午排队办理手续，下午整理衣物也算一件体力活，晚饭吃了很久，这会儿是时候准备休息了。

谢思好到浴室洗澡，中途她的手机响起，来电显示“程玥彤”。周数和看见后并没有擅自帮谢思好接听，等到她出来告诉她：“刚刚彤彤给你打电话过来。”

“我中午给她发结婚证的照片了，她肯定现在才看到消息。”谢思好立即去拿手机。

2010 年夏天参与舞蹈替身的拍摄后，程玥彤对演戏生出几分兴趣，并顺利当上了一名演员。她只是觉得好玩，并没有当大腕的渴望，在角色选择上很有自知之明，小叔投资的项目，落到她头上的都是些戏份平平的配角。刚开始她也会因为演技生涩挨导演的骂，不过她愿意学习琢磨，悟性也算佳，渐渐得心应手。这两年她的戏播出两部，同学看见后，纷纷在班级群里称她大明星。

谢思好回电话给程玥彤，说：“彤彤，你现在才收工吗？”

程玥彤这段时间进了一个古装剧剧组，她演女主角的妹妹，是这两年她接的戏中戏份最多的一个角色。她兴奋地对谢思好说：“我一整个白天都没有看手机，结果拍完一打开就看到你的结婚证照片！我太激动了！刚刚怎么不接我的电话？难道是去过夫妻生活了？我是不是打扰你们了？”

谢思好笑：“我在洗澡好不好。”

程玥彤也笑：“鸳鸯浴吗？”

“你现在真的满脑子黄色！”谢思好打趣道。

“我合理猜测有什么错吗？”程玥彤笑得更大声，“成为一名已婚人士的感觉如何，快跟我分享一下。”

谢思好弯着圆圆的大眼睛，翘唇道：“彤彤，我感觉真的好开心，我太幸福了。与数和哥哥结婚，我感到人生圆满。”

“肉麻死了！”

“我就肉麻！”

“那你俩计划什么时候举办婚礼仪式？先说好，我要当伴娘，必须定一个我有时间的日子。”程玥彤要求。

“我的荣幸，必须配合大明星的行程。”谢思好乐道。

“现在大明星想邀请你视频见面，你不会重色轻友吧？”

谢思好不由得笑起来，她们第一次知道“重色轻友”这个成语是1997年。那时候两人只有六岁，在她小姑姑和她小叔叔订婚那天学会的，当时她们拉钩约定长大后决不重色轻友。

“没问题，你等等。”

谢思妤去书房之前，扬声对浴室里的周数和说：“数和哥哥，我和彤彤开一会儿视频。”

两个好姐妹实在太久没见面，连上视频格外激动，话题打开，聊得停不下来。

周数和耐心等了大半个小时不见谢思妤回卧室，于是过去找她。他站在书房前，轻轻叩了两下敞开的门，她抬起头望出来，再看时间，急忙与程玥彤说再见。

程玥彤调侃：“新婚燕尔，数和哥哥等不及了是吗？”

她没戴耳机，声音是外放模式，周数和听得一清二楚，顿时不知是否应该尴尬。

谢思妤和程玥彤之间却没什么顾忌，挂断之前应对自如：“看破不说破好吧。”

她关了电脑，起身走向周数和，快到他跟前时蹦了一下，跳过去抱住他的脖子，眉眼弯弯：“我和彤彤聊得太投入了，没想到时间过得这么快。”

周数和搂着她的腰，想到刚才她们的对话，挺无奈：“你俩怎么什么话题都聊。”

谢思妤神情狡黠：“你不好意思了吗？”

周数和有些僵住了。

她见自己说中，露出得意的笑，这时他低头吻她。谢思妤心提起来，周叔叔、纪阿姨在家里呢，他们出来撞见多难为情，提醒他：“别在这儿……”

一回到房间，周数和就锁上门。这夜格外漫长，许久后，卧室终于陷入寂静，黑暗中体力透支的两个人相拥着熟睡过去。

第二天早上七点半，谢思好破天荒比周数和先醒，睁开眼睛发现自己躺在数和哥哥的怀里，这种感觉实在太好了。

他从身后拥着她，胸膛宽阔可靠，她不由得露出甜蜜笑容，小心翼翼地翻身，像八爪鱼一样缠在他身上，脸贴在他的心口处感受他的心跳声。过了一会儿，她想到一件事情，悄悄支起身体，附到他耳边小声道："老公。"

随着谢思好的动作，她的头发一下子从周数和的脸上扫过，他感到痒的同时，正好听到她叫他"老公"，轻轻二字，敏锐地从耳朵传到心上。周数和下意识地收紧放在她腰上的手，接着微微用力一提，谢思好就趴在他的身上。

四目相对，谢思好圆溜溜的大眼睛望着他，笑容灿烂："早。"

周数和想，原来一醒来就拥有好心情是这种奇妙感受，他低笑出声："早。"紧接着又问她，"你刚才叫我什么？"

"老公！"谢思好觉得有趣，她低头乱亲他的嘴唇，活力十足道，"老公老公老公老公，听清楚了吗？"

周数和一颗心充盈着幸福，嘴角不可抑制地上扬，眉眼俱笑："听清了。"他顿了一下，说，"老婆。"

她叫他老公不觉得害羞，听他叫自己"老婆"，却心跳不已，面颊迅速升温，整张脸埋在他颈间，忍不住地笑。

两人上下重叠的姿势，谢思好柔软的身体严丝合缝地贴着周数和，温热的呼吸喷在他的脖子里，他好像变成了重欲之人。

谢思好第一时间感到他的反应，忙不迭从他身上离开，叫停道："昨晚和爸妈说好一起吃早餐的。"

周数和重新将谢思好拉回来，扣着她的后脑勺，给了她一个结结实实的热吻。失控之前，他气喘吁吁地放开她，拍拍她的屁股："起床吧。"

谢思好瞪大眼，她没想到周数和会做出这样轻浮的举动，和平时稳重的他判若两人。

她起身时带走被子，凉风钻进来，周数和狠狠吸了两口冷空气，才慢慢感到身体中的滚烫热意渐渐消退。

谢思好整理被他揉乱的睡衣，扣好胸前的扣子下床洗脸、刷牙。周数和躺了一会儿才起来，他先将床整理好，然后打开衣柜取出今天要穿的衣裤。

谢思好出来得很快，她偷懒："数和哥哥，随便帮我拿一件黑毛衣，还有那件白色长款羽绒服和牛仔裤。"

"不叫老公了？"周数和回头逗她。

"老公！"谢思好毫不扭捏，附赠一枚甜美飞吻。

周数和笑着"嗯"了一声。

只不过走出卧室，谢思好知道收敛，她不好意思当着爸妈的面秀恩爱，还是叫他"数和哥哥"。

谢思好、周数和领了结婚证，两对父母不再顾忌，某个话题不用私下单独找他们聊，可以同时叮嘱二人。

苏永莎作为代表开口："数和、好好，虽然你们已经成为合法夫妻，但是在好好大学毕业之前不能要小孩。这件事你们必须有计划地实施，绝不可以顺其自然。好好每天练舞，容易磕磕碰碰，如果自己心里没数，出现意外，后悔就来不及了。再来，我们都还年轻，没做好这么早当爷爷奶奶、外公外婆的准备。"

纪春笑着附和："确实是的，我们离退休还有几年，哪有时间帮你们带小孩。等到好好毕业，你们把婚礼办了，两个人考虑清楚后再做决定。"

谢书均、周清平都不必发言，他们完全与各自的一家之主意见一致。

谢思好等到周数和一本正经答应后，才俏皮道："其实你们不说我们也知道，我们更加没有做好这么早当爸爸妈妈的准备！"

她最近只准备一件事，就是参演雁城电视台跨年晚会的一个节目。一些演员没有自己的伴舞团队，节目组邀请对方来，会为其提供，她应聘成功。

2008 年金融危机之后，互联网逐渐兴起，纸媒日益衰落，谢思好的小叔叔果断从日报跳到电视台。别看他平时没个正经，正经起来做事却有章有法，在里面混得风生水起，知道台里有这种演出机会，他让谢思好报名参加。

12 月 31 日，谢思好从早到晚都待在电视台排练，夜里换上单薄演出服，美丽却冻人。她不由得回忆起初一的元旦晚会，因为表演节目受凉感冒，那时候周数和请假背她到诊所看医生。她想，虽然往事甜蜜，但感冒这种情况千万不要重复上演。

晚间气温跌至个位数，在冷空气里跳完舞，再回到后台，谢思好脸色雪白、身体打战，她赶忙跑进换衣间，一边穿自己的衣服一边与同伴感叹，明星真不是普通人能当的，节目表演结束，她们还要待在台上继续与主持人周旋，好惨。

圆满完成任务，谢思好给周数和打电话："我马上就出来了。"

他今晚没有在家看直播，一直在电视台等她。小叔叔领他进来，指了路，这会儿他正往后台走，几次引得工作人员注目。他们觉得疑惑，不知道他是哪位明星，怎么长得这么帅他们却没什么印象。

谢思好告别同伴后，匆匆走出换衣间，突然被一个男声叫住。她看向面前陌生的男人，露出疑惑目光。

对方今晚注意到她的美貌，向她表达好感，并询问联系方式。

"我已经结婚了。"谢思好告诉对方事实，但他看起来似乎不信，这时候周数和适时出现，她眼睛一亮，"我老公来了。"

她丢下对方，迅速奔向周数和，惊喜道："你怎么进来了？"

人来人往的走廊里，周数和拥了下谢思好扑过来的身体，很快放开。他打开手中的保温杯递给她说："我麻烦小叔叔带我进来的。快喝点姜汤，别着凉了，你以前在学校的元旦晚会上表演节目就感冒过。”

“我们心有灵犀，我刚刚也想起了这件事。”谢思好笑嘻嘻的。她喝了两口热乎乎的姜汤，心里暖流涌动。

周数和目光越过她身后，他察觉到不远处站着的年轻男人正关注他们，问：“那是谁？”

谢思好捧着杯子回头看了一眼，摇摇头：“不认识，刚才他找我要电话号码。”她笑盈盈的，“看来，就算我成为已婚人士，魅力依然无限。不过你放心吧，我已经明确地告诉他，我结婚了，你遇到这种情况，也要向我学习。”

周数和忍不住笑，牵着她往外走，说：“好，我以你为榜样。”

电视台离中心广场很近，今夜有跨年活动，这会儿虽已深夜十点，但外面人还是很多，街上张灯结彩，彰显喜气洋洋的新年氛围。

谢思好被周数和牵着走出大楼，她见此景象，忽然想到千禧跨年那夜，在这样的汹涌人潮中，周数和担心与她走散，始终紧牵着她的手。那时他只是一名尽职尽责的温柔哥哥，他和她都没有想过长大后他们的关系可以发展得更加亲密无间。

她并非细腻性格，但若与周数和相关，常常能由一件小事牵出一连串的回忆。谢思好脑子里倏地冒出一个想法，她蹒跚学步时他牵着她，以后老了步履蹒跚时，他仍旧牵着她，有始有终，真够浪漫。

周数和不知道谢思好乐什么，于是问：“想到什么开心的事情？”

谢思好抱着他的胳膊，提议：“我们也去跨年吧。”

他见她兴致勃勃，自然点头：“你不怕人多拥挤的话，我们可以去广场看看。”

谢思好一连说了三个“不怕”，她对吃喝玩乐向来积极：“凑热闹嘛，人多才有感觉。”

幸好 2012 年 12 月 31 日的跨年活动远没有迎接千禧年的到来那样意义重大，也赶不上几年后科技迅速进步带来炫酷花样吸引人围观，今夜他们还挤得进去。周数和牢牢地牵着谢思好，就像 1999 年 12 月 31 日晚上那样，人群中，她跟着激动大喊：“五、四、三、二、一！”

烟花升空时，谢思好转过头望着周数和笑：“新年快乐！”

周数和深黑的双眸也含笑盯着她：“新年快乐！”

说着他动心地低头亲她，大庭广众下做这种“出格”举动，很不符合他的性情。但谢思好用手臂环住他脖子加深这个吻时，周数和立即揽过她扣在怀中，自动屏蔽耳边所有喧嚣，用唇舌表达对她的炽烈爱意。

他们在 2013 年 1 月 1 日 0 时 0 分热吻，开启结婚后第一个新年的幸福篇章。

2013 上半年，谢思好的重心放在毕业舞蹈专场上面。一月份她开始查阅影像及文献资料，直到二月春节临近，才确定舞蹈的选材。

这年春节时，谢思好第一次跟着周数和到他爷爷家过年，她很受大家的欢迎。

周数和的堂妹们还记得见谢思好的第一面，当年在哥哥的升学宴上，他身边跟了一个小公主一样的女生，成为大家羡慕的对象，令她们印象深刻。拉近关系最好的方式就是用往事做饵，经堂妹们一提，谢思好想起一件与她们有关但她们并不知情的事。

除夕守岁结束后，他们才回房间休息，陌生环境中，谢思好不太睡得着，她躺在周数和的臂弯里聊她对他家人的印象。说到他的堂妹，谢思好觉得自己小时候真有些莫名其妙的可爱地方，问他：“你还记得以前我吃她们的醋吗？”

周数和至今想起来仍觉哭笑不得，那会儿他与几个妹妹多说了几句话，她很有情绪，强调她要在他心中排第一位才可以，他笑着“嗯”了一声。

谢思好也笑起来，她进行自我评价："你发现了吗？原来那么早开始，我对你就有占有欲！"

他感慨："现在发现了。"

她抱住他，旧话重提："这辈子我必须一直是你最爱的人，永远排你心中的NO.1。"

周数和不认为这有什么问题，反问她："难道你觉得还有谁能超过你？"

"当然是我们未来的宝宝了。"谢思好理所当然地说。

周数和哑然失笑，肯定道："不会，你比任何人都重要，陪我过一生的人是你。"

谢思好颇感动，抱他更紧："不对，是你陪我一生，你四岁以前的人生我都没有参与。"

"那以后我比你先……"

谢思好捂住周数和的嘴巴，她知道他要说什么，制止道："不许这样说，虽然我们不能同年同月同日生，但最好同年同月同日死，谁先都不行，另一个人会难过的。"

周数和因她孩子气的理想发言而心情愉悦，问她："你真的想和我同年同月同日生吗？"

谢思好并未思考过这个可能性，这时做出假设，她认真想了想，说："那样我们就可以是同班同学……好像也不可以，我成绩太差了，进不了尖子班。算了，我觉得还是现在这样比较好，数和哥哥是无可取代、不可或缺的。"

周数和笑意更浓："如果你成绩不差，能进尖子班和我做同班同学呢？"

"可以考虑一下，最好当你的同桌，每天抄你的作业。"

周数和忍俊不禁："你都进尖子班了还需要抄作业吗？"

"难道这就是差生的自我修养？我代入不了尖子生的身份。"谢思好笑了一会儿，"以后我俩的孩子一定要遗传你的优秀智商，千万不要像我，不学无术！”

周数和反而希望像她，活泼开朗、自信大方，这样的性格很好。他摸摸她的脑袋，笑：“你想得太远了，你毕业五年内，我们应该不会考虑生孩子。”

谢思好没有社会经验，她不懂：“为什么？”

“你不是决定考雁城歌舞团吗？事业上升期怎么能生小孩？而且，你还很年轻，五年过后二十七岁，那时候心理、生理都做好当妈妈的准备了，比较合适。”

“没想到你对生孩子的年龄也有一定研究！”谢思好打趣一句，然后重重亲了一下他脸颊，“老公，你真好！”

黑暗中周数和神色柔和，他也亲亲她的面孔：“睡吧，初一要早点起床拜年。”

春节假期结束，谢思好便开始排练舞蹈作品，整个专场她需要准备五个剧目，除了独舞，其他四个都是合作项目，因此待在学校练功房的时间很长，往往夜里九点才结束排练。

最后一学期，谢思好不再住学校宿舍，周数和负责每天的接送，偶尔他有事，她便自己开车。

这天依旧是晚上九点准时停下来，谢思好走到墙角拿起杯子猛喝两口水，然后一边擦汗一边看手机。周数和发来消息，他已经到了，她笑着回：“等我一会儿。”

她们一群人迅速做完清洁卫生，关窗关门离开。谢思好走出练功房大楼就见到了周数和，他穿了一件卡其色风衣，身形颀长挺拔，气质卓然。他听到说话声便投来目光，准确落到谢思好身上，眼中笑意浮现。

谢思好顿时觉得练舞的疲惫一扫而空。她的同伴们羡慕道：“这样的老公怎么找的？”

她笑盈盈地道：“万里挑一。”

说了两句话，她就走到周数和身前，学校停车场与宿舍的方向不同，她与大家告别，挽着周数和的手臂离开。看着两人的背影，她们不禁感叹，谢思妤简直就是上天宠儿、人生赢家。

谢思妤也觉得自己这二十二年很顺遂，她毕业后想进雁城歌舞团，刚巧今年雁城歌舞团立项一个民族舞剧，面向社会招聘舞蹈演员。

这些年谢思妤参加演出留下不少精彩视频资料，周数和整理成附件，让她随简历一起发送，于是成功收到面试邀请。她身高和外形亮眼，舞蹈功底深厚，表现力亦突出，进入歌舞团没有什么悬念。

接到电话通知的时候，谢思妤一个人在家里。她觉得这真是一件奇妙的事情，从很早以前开始，周数和的大学通知书、她的大学通知书，重要的好消息送到时，他们永远在办公室。

谢思妤再一次直奔公司，周数和的办公室开着门，这会儿里面除了他没别人。周数和感到有人进来，抬起头见到谢思妤，神情柔和："怎么突然来了？"

她激动地分享："雁城歌舞团让我下周一去报到！"

虽是意料之中的结果，但周数和仍旧十分开心，眉眼俱笑："晚上庆祝一下。"

谢思妤点点头，她双手撑在他的办公桌上，俯身朝他探过去，同时嘟起嘴唇。周数和宠溺地亲亲她的唇。

她并不打扰他工作，成功索吻后，转移下一个目标："我去告诉爸爸和妈妈。"

得知她成功进入雁城歌舞团，谢书均、苏永莎十分高兴，晚上照例到餐厅庆祝。

到了年底，他们结婚一周年的时候，谢思妤成功争取到舞剧主演角色，工作步入正轨，两人开始着手筹备婚礼。

婚礼定在 2014 年 8 月 17 日，谢思好二十三岁生日那天，她穿着一袭极其漂亮梦幻的雪白婚纱，挽着爸爸的手臂，看着数和哥哥一步一步朝自己走来。她的手被郑重地放进他的掌心，由他握着走向舞台中央。

对戒交换完成，司仪让谢思好说两句感言，她接过话筒，大方道：

“我印象中最深刻难忘的婚礼，是十岁那年，小姑姑和小姑父的结婚仪式，记得当时我对数和哥哥说了两个愿望：第一，我以后也要当一个像小姑姑一样漂亮的新娘；第二，他以后的新娘也要像小姑姑那么漂亮。

“今天，我的两个愿望都实现了！亲爱的家人们，亲爱的朋友们，现在，请各位送上热烈的掌声，见证对我们而言最有意义的时刻，谢谢大家的恭喜。

“现场很多朋友问过我一个问题：‘你怎么这么早就结婚？’我想说，我今年二十三岁，我和数和哥哥已经整整认识二十三年了，除掉他大学四年上学期间去了首都，我们从没有分开过。我们之间的感情基础实在太深厚，这婚非现在结不可，晚一分一秒我都会觉得浪费时间。

“每个女孩子都对自己的另一半有很多想象，我也不例外。我曾经看过一部电影，名字叫作《大话西游之大圣娶亲》，相信你们都知道里面的那句经典台词：‘我的意中人是个盖世英雄，有一天他会踩着七色的云彩来娶我。’在我成长的过程中，数和哥哥一直扮演我的英雄，他是无所不能的，承担了多重身份，既是守护者，也是陪伴者，更是引领者。我能成为一个拥有很多美好品质的人，他功不可没，他教会我坚持、明理、共情，同时，也在任何一个我需要他的时刻及时出现，他无处不在。因此，爱上数和哥哥是必然的，也是我这一生做的最正确、最坚定的事情。

“在这里，我要感谢我的爸爸，还有数和哥哥的爸爸，感谢两位爸爸深厚的同窗情谊，因为你们的交情，才给我们创造相识相爱的机会。更要感谢两位妈妈，谢谢你们毫不保留的付出，以及全力支持我们恋爱。还要感谢我的伴娘程玥彤小姐，你是第一个知道我喜欢数和哥哥的人，在我犹豫不决的时候，肯定我，鼓励我，让我勇敢追求爱情，现在，大明星百忙之中回来为我的婚礼操劳，我很感动。

“当然，我最最最感谢的，是我身边这位周数和先生，谢谢你出现在我的生命中，成为我不可或缺的一部分。谢谢这么多年来，你在我身上投入全部的耐心和温柔，世界上再也找不出另一个比你更能包容我的人。谢谢你爱我，和你在一起的每一天我都感觉好幸福。而我非常确信，未来的每一天、每一刻、每一分，我们都会很幸福。

“我爱你，永远爱你。”

最后一句话，她笑看着周数和说的，周数和含情脉脉地望着她，两人情不自禁地吻了吻，底下的亲友掌声雷动。

接下来轮到周数和致辞，他紧紧牵着谢思好的手，面向大家，不疾不徐地开口：

“各位亲友，首先欢迎大家来参加好好和我的婚礼。2012 年 12 月 21 日那天，我和谢思好领了结婚证，但因为那时候她还没有大学毕业，婚礼等到现在才办，我期待这一天很久了，感谢大家百忙之中到来。

“知道我和好好在一起，很多朋友都大吃一惊。她成为我的爱人之前，一直是我当妹妹对待的家人。在我的学生生涯期间，我的每一位同学都知道我有一个漂亮可爱的妹妹，虽然有的同学知道谢思好是我爸爸好朋友的女儿，有的同学不知道这个事情，但他们统一有一个根深蒂固的认知，那就是谢思好是周数和的妹妹。所以，与我相交时间最长的许思宁先生听见这个消息时，第一反应不是送上祝福，而是骂我禽兽。说实话，我刚开始意识到爱上谢思好时，也这样骂自己。

“你们听到这里，或许以为我承受了很大的心理压力，经历了很多煎熬时刻。我要坦诚告诉大家，我很快接受了这个事实。因为当你爱一个人的时候，你确定非她不可的时候，不用别人帮你说好话，你一定会找很多理由，自己说服自己。我想了想，世界上再也没有任何一个女人能像谢思好一样吸引我的目光、牵动我的情绪、打破我的原则、占据我的心。如果这都不是爱，那我不知道爱情应该如何定义。

“我和谢思好认识二十三年了，见第一面的时候，她刚出生不久，那时候她的眼睛就非常漂亮，圆圆的、大大的，望着我笑，我一眼就喜欢上爸爸好朋友家的这个妹妹了。我想，这应该就是命中注定吧。

“这个世界上，许多爱人会有相见恨晚的感觉，遗憾没有早一些认识对方。我很幸运地能够参与谢思好的整个成长过程，她的每一个重要人生时刻我都清楚，我应该算是个谦虚的人，但我要很骄傲地说，没有谁比我更了解谢思好。

“谢思好是个拥有很多优秀品质的女生，显而易见的一点就是漂亮且多才多艺。当她站在舞台上，任何人都没办法不看她，此刻虽是我发言，但台下的你们一定把更多的目光放在了她身上，对吗？她还有一颗非常美好善良的心灵，并且天真、活泼、乐观、豁达、勇敢、有趣，她从小就善于表达，和她在一起是一件很有意思的事情。从前我以为选择另一半，必须保持学业、事业上相同的思想高度，后来我意识到我太狭隘了，只要是她，哪怕她说的只是今天的天气、衣服、食物这种日常小事，我也会乐在其中，滔滔不绝。

“因此，十分感谢四位爸爸妈妈的信任，好好是你们的宝贝，感谢你们放心地把她交给我，并信任我能肩负一位丈夫的职责，能照顾好她。

“还要感谢谢思好，感谢你选择做我的妻子，和我共度一生。我爱你。

“最后，再次感谢大家的到来，来见证好好和我人生中非常重要的时刻，祝大家用餐愉快。”

- 正文完 -

番外
拥抱闪亮的日子

1

2013 年 7 月 2 日，谢思好入职雁城歌舞团的第一天。

清晨周数和叫她起床，她睁开眼睛，伸出双臂圈住他的脖子，声音懒洋洋的：“几点了？”

“七点四十分。”周数和低头吻了吻她，“可以起来了。”

“你再亲我一下就起来。”谢思好朝他索吻。

周数和十分享受谢思好的腻歪，爽快同意她开出来的条件，重新覆上她的唇，缠绵吻了一会儿，他将她从床上捞起来，抱着放到地上穿鞋，说：“抓紧时间洗漱。”

正式成为上班族，谢思好购置了一堆化妆品。今日她要用美丽的形象去见今后的同事们，她认认真真地描眉画眼，原本就精致的五官经过一番修饰后更是艳光四射。

她精心打扮自己，周数和则仔细替她检查报到需要的材料。吃完早餐后，他送她到歌舞团。

车子驶到大楼前缓缓靠边停下，谢思好解开安全带，凑过去亲亲他的脸颊："拜拜！"

周数和心情颇好地说："去吧。"

谢思好下了车，关上门后，又敲敲窗。周数和按下车窗，她探进头来，指指刚才她亲过的地方，提醒："你看看镜子。"

周数和调整车内后视镜照了一下，他的脸上被谢思好留下了一个绯红唇印。看着她离开的背影，他露出拿她没办法的笑容，抽了张纸巾擦干净，才启动车子重新上路。

谢思好一到歌舞团就被行政带去办理各种入职手续，最后录入指纹系统，才被领到舞蹈队。

这次新招进来的几名年轻舞蹈演员，关于谢思好的讨论最多。

一是因为她的外形条件和舞蹈功底，团里一致认为这个新的民族舞剧项目，她可以参与主演的竞争；二是听说她家庭条件十分优越，电视台里还有领导是她的长辈；三是她才二十二岁，居然已婚，大家都对她的老公感到好奇。

谢思好很乐意让所有人认识自己的老公，当晚舞蹈队迎新聚餐，夜里周数和来接她回家，他出现在众人的视线当中，颠覆了她们的想象。大伙儿多少带些刻板印象，这两年流行一句"宁愿在宝马车里哭，也不在自行车上笑"，她们以为像谢思好这样年轻貌美的女孩嫁人，对方必定是大腹便便的富商，没想到她老公帅得有些离谱，若不是从未在电视节目中见到，还以为他是演员。

后来熟了才知道谢思好的老公很厉害，毕业于首都大学，分到电商的第一杯羹，二十六岁就管理一个百人团队，年收入相当可观，不比富商逊色。更何况他的容貌那么出众，对谢思好也是有目共睹的体贴温柔，谢思好成为团里的"好命"代表。

谢思好的确好命，经过两个月的苦练，她拿下了主演一角。全员精益求精训练半年，2014 年 3 月 15 日，她正式登台演出。

周数和坐在台下观看，主演是中心，并不是完全的焦点，这是一出讲求行云流水配合的舞剧，但是周数和的目光始终无法离开谢思好。

她梳着高高的髻，穿着石榴裙，舞姿婀娜，即使在家中陪她练舞时看过无数次，他依然如痴如醉。

他盯着她，恍惚间觉得时光倒退，他作为观众欣赏过她的很多表演，慢慢倒回到她的第一次演出，小学一年级六一儿童节，她在台上跳《蜗牛与黄鹂鸟》。那时她眉心点着红点，这时她眉心画着花钿，一大一小两张脸蛋逐渐重叠，1998 年至 2014 年，一眨眼就是十六年。

耳边掌声如雷，周数和回过神来。台上灯光熄灭，舞剧落下帷幕，演员悄然退场。他低声与旁边的爸妈说了句话，抱起手边的玫瑰往后台走，第一时间恭喜她首演成功。

路上他想，他会当她最忠实的观众，直到她老了告别舞台的那一天。

2

2009 年 10 月 7 日，国庆节最后一天，许思宁接到周数和的电话，手机另一头传来的却是一个热情女声，谢思好邀请他："思宁哥哥，晚上请你吃饭。"

许思宁不由自主地笑，他第一天认识幼儿园的谢思好小朋友就厚着脸皮向她要糖吃，这么多年一向热衷于逗她玩，明知故问："为什么请我吃饭？"

谢思好也故作惊讶："你不知道吗？我还以为数和哥哥已经告诉你了。"

许思宁仍装糊涂："告诉我什么？"

谢思好不上他的当，她通知他吃饭的地点："你出来就知道啦。"

晚上一见面，谢思妤便打趣许思宁：“禽兽是什么意思？”

许思宁立即向周数和投去难以置信的目光，还要不要他做人！他不知道的是，后来在婚礼仪式上，周数和再次将他脱口而出的“禽兽”拿出来当众回顾，成了现场的笑点之一。

不过许思宁反应很快，他适时地做出痛心疾首的表情：“兔子不吃窝边草，我不能理解的意思。”

谢思妤乐不可支：“肥水不流外人田，你这样想就能够理解了。”

许思宁当然已经消化他们变恋人这件事，只是他看着他俩十指相扣的手，难免感慨。

以前他们几个男孩子都愿意让周数和带谢思妤出来玩，因为她一口一个哥哥叫得脆又甜，他们都很照顾她，也喜欢哄着她。好朋友的妹妹就是自己的妹妹，高中时他们还操心她会不会早恋，仔细观察过她身边经常出现的男孩子，现在只记得一个打篮球打得很不错，另一个长得很不错，没想到最后她的男友居然会是周数和。让他严防死守，他真是做到了防守的最高境界。

三个人吃海鲜，周数和戴上手套剥虾，喂到谢思妤嘴边。许思宁只觉大开眼界，周数和以前和赵梦渝谈恋爱，两个人私底下是怎样的相处模式不清楚，同他们这些朋友在一起时，绝对不会做出如此亲昵的举动。

许思宁问谢思妤：“是不是他对你太好了，有了比较，其他所有男孩子你都看不上？”

周数和瞥了许思宁一眼，感觉对方在内涵他。

“我没有拿数和哥哥和任何人比较，他是唯一的。思宁哥哥，你有点委婉，真正想说的话是我产生错觉了吧？我知道我没有，我很清醒，喜欢就是喜欢。”末了，谢思妤揶揄，“你好古板哦，我爸爸妈妈都比你开明。”

许思宁哑口无言，笑起来：“我自罚三杯向你赔罪好吧？”

谢思好立即表示："我陪你喝三杯，够意思吧。"

两人一拍即合，周数和也未阻拦，谢思好要的是甜型起泡酒，并不醉人，微醺状态反倒助兴。她与许思宁很聊得来，回忆了不少小时候的事，笑声不断，结账时许思宁拍着周数和的肩，语气诚恳："我之前太先入为主，你和好好在一起的状态确实很不同。"

谢思好连忙问："有什么不同？"

许思宁谨慎道："我提他前女友你会不会不高兴？"

"梦渝姐姐怎么了？以前数和哥哥太不解风情，如果他对梦渝姐姐浪漫一点，做一名合格男朋友，我就只能靠边站了。"谢思好说。

"原来你知道，所以我才说他和你在一起的状态很不同。"

走出餐厅，许思宁拦了辆出租车回家。周数和送谢思好到学校。车上，她问周数和："你还记得那次我让你约梦渝姐姐去照大头贴的事情吗？"

周数和没什么印象，问："哪次？"

谢思好向他描述了一遍当时的情况，那会儿放暑假，他成天坐在电脑前研究电商，她自作主张地替他安排约会，他却敷衍对待，导致她的目的没有达成："我当时简直对你恨铁不成钢，要被你气死了。"

经她一番绘声绘色的讲述，周数和想了起来，她当时还振振有词地教他如何正确与女朋友交流，不禁笑出声："现在还气吗？"

谢思好摇摇头："我现在很庆幸，原来真的只有我受得了你不解风情的性格。只是我这种想法对梦渝姐姐很不公平。"

周数和想了想："你知道我们分手时，她怎么说的吗？"

谢思好转头望他。

"她建议我再交女朋友，务必参照你的性格。"

"我们比较互补？"

周数和"嗯"了一声："但我觉得，可能她没有敢往这个方面想，当时我也没有发现自己的心，其实命运早就安排好了，我们注定要在一起的。”

谢思好完全控制不住地笑了起来：“我要收回刚才的话，其实你很解风情的。”

3

2012年六一儿童节，微博掀起一股晒童年照的风潮。谢思好热衷于参加这种分享活动，她从书房抱出厚厚一摞相册，准备找两张有意思的发给网友看。

苏永莎细心地在相册封壳左上角标注年份，1991年到2000年的十几本相册看起来就很有年代感，像那几年的画报女郎风格，明星写真上面赫然印着红色艺术字——倩影。

谢思好一册接一册看得津津有味，直至翻到一张让她格外怀念的照片……

那张照片是她与周数和的合照，相馆拉了蓝天、大海、椰子树的背景布，谢思好穿着娃娃领粉色裙子，他的白色短袖衬衫扎进黑色短裤，两人手牵手，笑容灿烂。她真想坐上时光机回去玩一玩。

那是2000年的夏天，谢思好缠着爸爸妈妈，恳求他们：她要陪数和哥哥一起去周叔叔、纪阿姨那里过暑假。最终获得批准。

那个夏天很热，周数和小学时在青少年宫报了游泳班。他带妹妹去体育馆的游泳池玩，周清平、纪春很放心。

刚开始谢思好下水需要借助游泳圈，不过她很勇敢，不怕呛水，也能克服在水中下坠的窒息感，她按照数和哥哥教的方式学得很快，没几天便灵活如一尾鱼，彻底爱上了这项活动。

有一天夜里他们游完泳从体育馆出来，经过单身公寓时，谢思好无意间往楼上看了一眼，她眼尖地发现其中一个昏暗的阳台上，一对年轻情侣正在接吻。她感觉自己看见了不该看的画面，迅速收回目光，拉着周数和快走几步。

周数和不明所以，问她：“怎么了？”

谢思好回头看了看单身公寓楼，那对年轻情侣已经进屋，她松了一口气，把刚才看到的那幕当作一件大事悄悄告诉他：“数和哥哥，我刚刚看见有人亲嘴！”

周数和愣了一下，他已经是初中生，在生物课上学过两性知识，浅显地知道恋爱这个概念。谢思好才三年级，他觉得自己有义务教导妹妹：“不许对这种事情好奇，那是成年以后才能做的事情。”

当时的谢思好还不懂情爱，压根没将这个插曲放在心上，一心只想着如何玩。

她很会交朋友，结识了当地一群年龄相仿的小孩，经常往外跑，周数和也经常出去寻人。

有时午睡起来，家里已经空空荡荡，她不知什么时候溜出去找她新混熟的小伙伴，一点不将她的暑假作业和十遍生字词抄写放在心上。周数和答应了谢叔叔、苏阿姨监督她完成作业，于是见时间差不多，便会去“逮”她回来做功课。

谢思好往往待在别人家里看电视。不大的房间里坐了六七个小朋友，聚精会神地盯着屏幕。有时看《聊斋》，有时看《西游记》，有时看《还珠格格》，周数和到的时候，会有小朋友第一时间反应过来提醒她：“你哥哥又来叫你写作业了！”

她的眼睛从屏幕前移不开，总是央求周数和：“数和哥哥，看完这集再走。”

周数和自然答应，如果遇上一集刚刚开头的情况，他则需要耐心等待半个小时，然后才能带着依依不舍的她离开，到家后就将她按到书桌前。

当然，她没看够电视剧意犹未尽的时候也会抗议。周数和颇有原则：“今日事今日毕，不要养成临时抱佛脚的坏习惯，留到最后两天做，做不完怎么办？”

“做不完你帮我呀。”谢思好提到其中一个小伙伴的名字，“星星的哥哥都会帮她做暑假作业！”

周数和看着她，问：“你觉得这样做对吗？”

谢思好知道不对，却狡辩：“有什么大不了的嘛，反正老师把暑假作业收上去也不会仔细检查。”

他叫她名字：“谢思好。”

她识时务：“我说着玩的，自己的作业必须自己做，不可以掺假。”

周数和“嗯”了一声，笑着摸摸她的脑袋：“写完了我们出去买凉面和冰砖吃。”

谢思好立刻就被哄得心花怒放，重重“嗯”了一声。

这已经是2000年的事了，谢思好想起来仍旧觉得历历在目，尤其她被数和哥哥抓回家写作业，她注意力容易分散，做题不认真，喜欢叽叽喳喳地讲与学习无关的趣事。如果是现在的自己碰上以前的谢思好，真要呵斥一句“你给我闭嘴，专心一点”，但在谢思好的印象中，数和哥哥从来没有对此不耐烦，他选择一次又一次将她的注意力拉回到练习册上，他对她总是充满无限的耐心。

谢思好把这张照片发到网上，写道“12年前❤”，评论很快被“青梅竹马”这个词淹没。

4

2012年两人领了结婚证，那时谢思好还是大学生，两对父母多少有些担心小夫妻不懂分寸，表明他们还没有做好当爷爷奶奶、外公外婆的准备。等到周清平、纪春先后退休，公司主要创收项目转移到电商版块，谢书均、苏永莎也闲下来后，两对父母被老同学们含饴弄孙的朋友圈勾出羡慕心思，想当爷爷奶奶、外公外婆了。

尽管他们多次催生，谢思好却不为所动，她这两年处于事业上升期，演出行程繁忙，一旦怀孕，主舞就会被换下，生了小孩恢复身材再复职，不一定还能顺利当主角。周数和支持她的想法，早在刚结婚时，两人就讨论过这个话题，那时候周数和已经想到这一点，他说过至少在她毕业五年内不考虑要小孩。

2020年春，大家因为疫情被封在家里，文娱行业受到极大影响，解封后也没什么线下演出。这年谢思好二十九岁，生理和心理条件都已经具备当一位成熟的妈妈，他们终于决定要个小孩。两人每年定期体检，平时坚持锻炼，饮食健康，没什么不良嗜好，因此身体素质不错，很顺利就怀上了。

周数和赶紧向许思宁取经，许思宁结婚比他晚，但人家进度条拉得快，现在放言响应国家号召，计划生二胎了。

说起来，周数和那些结了婚的同学，几乎都升级当爸当妈了，只有他过了三十岁还没动静，聚会时，还被大家拿出来调侃。许思宁就是那个罪魁祸首，说他吃了嫩草，跟不上大部队合情合理。

许思宁在老婆怀孕期间总结出一些经验，给周数和列举注意事项。周数和一一照做，每次产检都陪她去医院，只要有空就接送她上孕妈瑜伽班，耐心替她抹妊娠油，加上宝宝也像天使一样，一点都不折腾人，谢思好很平和地度过了整个孕期，在2021年春天的时候生下一个女儿。没有特意取小名，她爷爷奶奶、外公外婆对她千欢万喜的，一口一个“宝宝”，于是干脆就叫她“宝宝”，还取了个“周时宝”的名字，意思是时时都是大家的宝贝。

小家伙的性格也像极了她妈妈，刚出生那几个月，胆子很小，外面一点点动静都能把她吓哭。有天夜里电闪雷鸣，谢思好、周数和先后被惊醒，两人连忙去婴儿房，不出所料，宝宝果然哭得小脸涨红。阿姨见到他们如遇救星，她抱着哄了好一会儿，不起作用，又怕去敲先生太太的门影响两人睡觉，这时候松了口气，赶紧将宝宝递到周数和的手上。

宝宝到了爸爸的怀里哭声变小，妈妈又在旁边说话逗她，她的注意力被转移，慢慢地不害怕了，伸出小手去摸妈妈的脸，笑了起来。两人陪着女儿玩了许久，重新将她哄睡着后，才携手回房。

谢思好想到自己小的时候，她说："数和哥哥，我记得好像有一次我也是在睡觉的时候被打雷声吓醒了，你还带我去找爸爸妈妈。"

周数和也没有忘："对，宝宝很像你。"

谢思好满怀期待："可是我希望她更像你，遗传你的智商。"

但周数和一直以来都认为谢思好的性格很好，希望他们的孩子像她那样活泼开朗且自信大方。

宝宝没有辜负爸爸妈妈的期盼，她既像爸爸那样智商过关，说话、走路、识字，方方面面都比同龄的小孩更早一步，展现出她的聪明天赋，又像妈妈一样外向，非常开朗，笑的时候那两只圆圆的眸子弯起来，更是与谢思好如出一辙。

说起来也巧，这一年，程玥彤也生了小孩。

自从那次当了群演后，程玥彤真的走上演员的职业道路，不过她没有多少名利心，不奔着头部演员发展，只接配角的戏，休息的时候就回雁城。李星成当年那么顽皮，没想到他居然成了他们当中学历最高的那个人，他读了研究生，毕业后回雁城，考上了雁大体院的老师。他俩前两年才结婚，听到谢思好开始备孕，程玥彤也开始行动。

两人的预产期只隔一个月，谢思好生了宝宝后，程玥彤也祈求生个女儿，这样她们的小孩就可以延续她俩的友谊，从小做好姐妹。不过最终，她生了一个男孩，取名"李卓尔"，小名"耳朵"。

休息的时候，两人常常带着小孩出门聚会，宝宝和耳朵很玩得来。别看耳朵小一个月，但他还挺有绅士风度，很知道照顾宝宝。每次谢思好对宝宝说"你是姐姐"，耳朵就很大声地说："姨姨，我不是弟弟，我是哥哥！”

对此，程玥彤很得意，她向往道：“我平时这么教他的，虽然让他俩做好姐妹的梦碎，但如果能像数和哥哥和你一样，我也很满意。”

谢思好看着两个凑在一块儿拼乐高的小孩，脸上带着满足的笑容。她忽然想到多年以前，她想要一个菠萝笔筒，数和哥哥带她去买了折纸回家，两人坐在桌前，也是这样认真。

从前，现在，时间在她和他身上留下太多太多温柔的痕迹。

5

谢思好爸爸那辈，亲的、堂的加起来，一共五兄妹。谢书均是老大，他和苏永莎结婚结得早，谢思好出生以后，她的两个叔叔和两个姑姑才陆陆续续成家。

在谢思好的印象中，大姑姑是第一个穿婚纱的，二婶、小婶也穿了婚纱，小姑姑更不用说了，结婚那天她靓绝全雁城，只有自己的妈妈没穿过婚纱。谢思好看过爸爸妈妈多年前拍的结婚照，虽然身着一套红色西装裙的妈妈很漂亮，但是没见到妈妈穿婚纱的样子，她觉得很遗憾。

同样的，周清平、纪春结婚时也没有西式排场，2013 年谢思好和周数和筹备拍婚纱照时，她对周数和说：“我有一个主意，你要不要听？”

周数和好奇：“我听一听。”

“妈妈和纪阿姨当年结婚时没有穿婚纱，这次我们邀请她们一起拍婚纱照吧。”

两人准备睡觉了，坐在床头说话，谢思好突然爬到周数和的腿上，搂着他的脖子。

明明她一开口，周数和就觉得这个建议不错，两家人变成一家人，拍一套婚纱形式的全家福，很有纪念意义，偏偏他却享受她缠着自己撒娇，故意不说话。

谢思好在他身上扭了扭："我好想见到两位妈妈穿婚纱的样子，你难道不想吗？"

周数和忍着笑："还行吧，我的好奇心只有一般般。"

谢思好"哼"了一声，她怎么会瞧不出来数和哥哥在开玩笑，于是她眨眨眼："那你也不想看我穿婚纱咯？"

说着，她就要从周数和的腿上下去，刚动了一下，后腰按上来一只手，他把她禁锢在怀里，一本正经道："我想看你穿，你穿不穿给我看？"

谢思好重新搂上他的脖子："人家本来就要穿给你看。"又凑上去亲了亲他，"你快告诉我，我的主意能不能够被采纳？"

"当然。"周数和抱着她加深了这个吻。

第二日谢思好就向两对父母发出邀请，他们还不好意思，说都老夫老妻了还凑什么热闹。不过谢思好做他们的思想工作没有难度，她最会说甜言蜜语，轻轻松松就搞定了，约了一个周末，一家六口前往拍摄。

两位妈妈年轻时都是美女，平时保养得好，化妆师止不住地夸她们，说她俩就像谢思好的姐姐，把两位妈妈捧得格外高兴。

妈妈们的美是毋庸置疑的，但当谢思好换上一袭白裙出来后，周数和完全被她吸引。她对上他的视线，眼睛亮晶晶的："数和哥哥，我漂亮吗？"

她一句话引起爸爸妈妈们的注意，他们齐刷刷地看过来。

周数和这会儿根本注意不到父母的反应，他和谢思好不一样，他是完全不擅长说甜言蜜语的，但他的表情很诚挚，点点头："很漂亮。"

谢思好见他的眼神定住了，从自己的身上移不开视线，便满意地说：“我就知道你会被我迷倒。”

周数和不由自主地“嗯”了一声。

这时父母四人互相看看，都忍不住发出笑声。

摄影师适时开口组织：“咱们先拍一张整体的吧。”

照片定格，曾经的两个小孩长大，分别站在各自父母身后，三口之家与三口之家完美融合，他们原来不是家人胜似家人，如今终于成为相亲相爱、真真正正的一家人。

– 完 –